Andreas Engelmann wurde 1971 in Köln geboren. Er schreibt und veröffentlicht bereits seit Schulzeiten Kurzgeschichten, mit Vorliebe aus dem Bereich Mystery. Aber auch Krimis und humorvolle Geschichten stammen aus seiner Feder.

Andreas Engelmann

ABER GLAUBE!

Mystery- und Horrorgeschichten

Impressum

Bibliografische Information der Deutschen Nationalbibliothek: Die Deutsche Nationalbibliothek verzeichnet diese Publikation in der Deutschen Nationalbibliografie; detaillierte bibliografische Daten sind im Internet über http://dnb.dnb.de abrufbar.

Buchcoverdesign: Sarah Buhr / www.covermanufaktur.de unter Verwendung von Bildmaterial von Elena Schweitzer; Alex Malikov/ Shutterstock

Herstellung und Verlag:
BoD – Books on Demand, Norderstedt

Originalausgabe, 1. Auflage 2018

ISBN: 9783748110361

Inhalt

Aber glaube!

Der Kopf der Hexe stand plötzlich in Flammen.

Thomas blieb stehen und starrte sie fasziniert an. Auch Michaela legte den Kopf in den Nacken. Mit der rechten Hand schirmte sie ihre Augen vor den gleißenden Sonnenstrahlen ab. Die Wolken waren aufgerissen, und rotgoldenes Licht verlieh den Gässchen der Altstadt jene Magie, welche die Dekoration aus leuchtenden Kürbisköpfen, Gespenstern, Skeletten, Teufeln, Kobolden und Hexen heraufzubeschwören versuchte.

Ein Reisigbesen schwebte wie magisch über der Gasse, in der sie standen. Die dünnen Fäden erkannte man nur bei genauem Hinsehen. Auf dem Besen saß die scheeläugige Hexe. Unter ihrer Hakennase ragte ein einziger langer Zahn aus dem schiefen Mund. Das plötzlich durchbrechende Licht der Abendsonne verwandelte ihre grauen Strähnen in eine Flammenhaube. Es war, als würde ihr Leben eingehaucht, und tatsächlich fing sie an zu zittern. Michaela blinzelte irritiert. Eine schwache Brise strich nun auch über ihren Kopf hinweg.

„Komm jetzt, Tom", sagte sie. „Mir tun die Füße weh, ich hab Hunger, und wir haben immer noch keine Unterkunft für die Nacht!"

Thomas nickte und griff nach Michaelas Hand. „Keine Sorge, Ela, wir finden schon was. Ich will ja schließlich, dass du morgen frisch und ausgeruht bist."

„Wenn ich daran denke, wird mir ganz flau. Meinst du, meine Bilder gefallen dem Kuratorium?"

„Warum hätten sie dich sonst über 400 Kilometer hierher fahren lassen? Deine Bilder sind hammermäßig gut, Kleines, das weißt du. Die werden bestimmt alle nehmen. Die werden der Schlager der Ausstellung!"

Michaela lachte. „Du kannst zwar nicht gut lügen, aber danke, dass du's versuchst!" Sie strich über seinen Bart und gab ihm einen Kuss.

Dann setzten sie ihren Weg fort. „Wir hätten nur besser doch vorher ein Zimmer reservieren sollen."

Thomas seufzte. „Wer kann denn auch ahnen, dass der ganze Ort ausgerechnet heute ausgebucht ist? Wer kommt um diese Zeit noch in einen Kurort?"

„Die wollen hier Halloween feiern."

„Können die das nicht zu Hause?"

„Hier ist es eben unheimlicher: der dunkle Harz, der sagenumwobene Brocken ..."

„Es muss doch noch irgendeine Pension mit einem freien Zimmer geben. Komm Kleines, wir gehen hier runter, da haben wir's noch nicht versucht."

Die Häuser wuchsen höher und mit ihnen die Schatten der Dämmerung.

„Ich hab das Gefühl, hier wird's noch früher dunkel als bei uns zu Hause", murmelte Michaela. „Es ist noch nicht mal fünf!"

„Sieh mal, die Lampe da an dem Haus! Wusste gar nicht, dass Melitta Werbung auf Lampen macht."

„So wie die aussieht, muss das vor unserer Zeit gewesen sein. Scheint noch das modernste Teil an dem Gebäude zu sein."

„Heh, wer sagt's denn?!"

Michaela sah Thomas fragend an. Der deutete mit einem Grinsen auf ein Schild in einem der schmutzigen Fenster unterhalb der Lampe: „Zimmer frei."

„Was ist, Ela?"

„Ich weiß nicht. Sieh dir das Haus doch mal an. Ich glaube nicht, dass die Zimmer gepflegter sind. Lass uns weitergehen."

„Ach komm, wir können es uns ja mal wenigstens anschauen. Nein sagen können wir dann immer noch. Außerdem weiß ich bald nicht mehr, wo wir sonst noch suchen könnten. Ich hab keine Lust, im Auto zu übernachten."

Ehe Michaela widersprechen konnte, drückte Thomas auf den Klingelknopf.

Michaela biss sich auf die Lippen und nestelte an den Knöpfen ihrer Jacke. Vielleicht war ja keiner zu Hause. Aus keinem der Fenster drang Licht. Hinter den Gardinen schienen Vorhänge zugezogen worden zu sein. Wer würde sich schon so abkapseln, wenn er auf Gäste hoffte? Bestimmt hatten die Bewohner nur vergessen, das Schild aus dem Fenster zu entfernen.

Sie wurde enttäuscht.

Die Tür öffnete sich und ein Mann schaute sie an, der kaum gepflegter als sein Haus wirkte. Er war einer jener Menschen, deren Alter schwer zu schätzen ist: Er mochte Ende vierzig oder auch Mitte sechzig sein.

Sein bereits stark angegrautes, dichtes Haar stand in den verschiedensten Richtungen ab, ein Drei-Tage-Bart zog sich um sein rundes Kinn. Der graue Pullover und die schwarze Hose ließen ihn unvorteilhaft bleich erscheinen.

Dagegen seine Augen: Blaugrau, klar und wach. Michaela war sein bohrender Blick unangenehm und sie schaute zu Boden.

„Guten Tag", sagte Thomas. „Wir haben das Schild im Fenster gesehen und ..."

„Sie möchten ein Zimmer? Kommen Sie doch rein! Bitte, kommen Sie."

Er machte eine einladende Bewegung, ihr Mann trat ein und Michaela sah sich genötigt zu folgen.

Als die Tür hinter ihr zuschlug, griff eine kalte Hand nach ihrem Herz. Am liebsten wäre sie direkt wieder umgekehrt. Doch schon schlüpfte der Mann an ihr vorbei und forderte sie auf ihm zu folgen.

Von der hohen Decke des Flures glotzte wie das Auge einer Wasserleiche eine einzelne Lampe auf sie herab. Ihr mondbleiches Licht ließ die Haut des Mannes wie die einer Leiche wirken.

Rasch verwarf Michaela diesen Gedanken und eilte Thomas und dem Mann hinterher, die schon einige Schritte weiter waren. Bei jeder Bewegung knarrte und ächzte das Parkett.

„Ein altes Haus", stellte Thomas fest.

Der Mann nickte. „Oh ja. Alt und groß." Er bemerkte Thomas' neugierige Blicke in die Zimmer links und rechts des schmalen Flures und setzte hinzu: „Zu groß für mich allein."

Auch Michaela blickte in einen der Räume. Im Halbdunkel sah sie Dutzende von Betttüchern, unter denen sich die Konturen von Möbeln abzeichneten. Selbst an den Wänden hingen Tücher, unter denen Michaela Bilderrahmen nur erahnte.

Und nun erkannte sie, dass das, was sie von außen für Vorhänge gehalten hatte, ebenfalls Bettlaken waren.

„Der Unterhalt ist natürlich auch nicht billig", führte der Mann seine Erklärungen fort, während er sie ans Ende des Flures führte. „Deswegen versuche ich meine kleine Rente durch die Vermietung etwas aufzubessern."

„Sie sind schon in Rente?", rutschte es Michaela raus.

Wieder dieser durchdringende Blick! Sie wich ihm aus und sah zu Boden.

„Ein Unfall. Ich war Handelsvertreter. Jetzt komme ich nicht mehr so viel rum ... na ja ...“

„Sie könnten doch auch in eine Wohnung umziehen", meinte Thomas.

„Das geht nicht." Der Mann schüttelte den Kopf. „Äh, ich meine, ich hänge sehr an diesem Haus. Ich habe es ... geerbt. – So, da sind wir. Ihr Zimmer, bitte sehr."

Er hatte die letzte Tür am linken Ende des Flurs geöffnet, ging in den Raum und machte das Licht an.

Vor Thomas und Michaela lag ein Zimmer mit graublauem Teppichboden. Zwei Holzstühle, ein Tisch, ein Schrank, eine Kommode und ein breites Bett, dessen Laken weiß und frisch strahlten, als wäre es gerade eben erst bezogen worden. Als sie eintraten, sahen sie rechts hinter der Tür ein kleines Waschbecken und darüber einen fleckigen Spiegel.

„Toilette und Bad sind hier den Gang runter, die übernächste Tür links. Sehen Sie, alles da, was Sie zu Ihrer Bequemlichkeit brauchen."

Wie der Kerl sie angrinste! Michaela gefiel er nicht, ihr gefiel das ganze Haus nicht, doch das wollte sie in seiner Gegenwart nicht aussprechen. Thomas würde ihre Blicke schon richtig verstehen.

„Und das zu einem günstigen Preis: Zwanzig Euro die Nacht plus zehn Euro fürs Frühstück für Sie beide zusammen!"

„Okay, wir nehmen es."

Michaela glaubte sich verhört zu haben.

„Thomas ..."

„Sehr schön. Wenn Sie Ihr Gepäck holen wollen ..."

„Der Rucksack ist ...", begann Thomas, doch Michaela ließ ihn nicht zu Ende reden: „Ja, wir holen noch ein paar Sachen aus dem Auto. Außerdem habe ich Hunger. Wir werden uns noch nach einem guten Restaurant umsehen."

„Ich kann Ihnen da gerne eins empfehlen. Gutes aber preiswertes Essen. Hier gleich um die Ecke, zwei Straßen weiter."

„Danke. Komm, Thomas!"

„Moment, lass mich wenigstens erst den Rucksack abstellen."

Der Vermieter deutete Michaelas entsetzten Blick falsch: „Sie können gerne abschließen. Hier steckt der Schlüssel."

„Und für die Haustür?"

„Klingeln Sie einfach. Und keine Angst, wenn's spät wird. Ich bin eh lange auf, bin ein Nachtmensch." Er lachte, als hätte er gerade einen besonders guten Witz erzählt. „Ich sitz dann meistens oben in meiner Küche. Also nicht wundern, wenn's vielleicht ein bisschen dauert."

„Ja, dann schon mal vielen Dank, Herr ..."

„Gröger."

Thomas nannte seinen und Michaelas Namen, dann führte Gröger sie durch den Flur wieder nach draußen. „Bis nachher."

Michaela sagte nichts, solange das Haus noch zu sehen war, aber als sie um die nächste Ecke bogen, platzte es aus ihr heraus: „Spinnst du?! Wieso hast du zugesagt?!"

Thomas schaute verdutzt. „Wieso? Das Zimmer sah doch okay aus. Und dann der Preis! Für dreißig Euro kriegst du woanders nicht mal die Besenkammer!"

„Ich mag dieses Haus aber nicht! Und ich mag diesen Mann nicht!"

„Ach komm, Ela, es ist doch nur für eine Nacht."

„Sein Blick ist unheimlich."

„Was für ein Blick? Ela, du bist doch nur gereizt, weil du Hunger hast und wegen morgen aufgeregt bist. Komm, Kleines, wir gehen jetzt lecker essen, dann sieht die Welt schon ganz anders aus."

Michaela wollte widersprechen, sagte dann aber doch nichts.

Hand in Hand schritten sie durch die Straßen der Altstadt, beobachtet von flackernden Kürbisköpfen in Dutzenden Fenstern.

Schon bald fanden sie ein Restaurant, dessen Speisekarte ihnen zusagte. Es gelang Thomas, Michaela auf andere Gedanken zu bringen.

Doch als er nach dem Essen mit ihr zu ihrer Unterkunft zurückkehren wollte, bat sie ihn, noch etwas durch den Ort zu schlendern.

Sie kamen in den Kurpark. Die Bettlaken in Form von Gespenstern, die dort in den Bäumen hingen, erinnerten sie wieder an das, was sie verdrängen wollte. „Warum hat er die Fenster zugehangen? Wer macht so was?"

Thomas hob die Schultern. „Dann sieht man vielleicht den Staub nicht so."

„Ach komm, im Ernst. Findest du ihn nicht merkwürdig?"

„Merkwürdig? Vielleicht etwas. Aber ich glaube, du steigerst dich da in deine Phantasien hinein. Dazu dieser ganze Halloweenkram ..."

„Dass du das nicht merkst!" Michaela schüttelte den Kopf. „Du bist doch sonst auch sensibel genug ..."

„Ela, lass gut sein. Wir gehen da jetzt hin, schlafen, und kommen morgen ausgeruht bei der Kuratorin an. Sie nimmt alle deine Bilder, wir freuen uns und fahren wieder nach Hause ..."

„Du bist doof!"

„Nein, müde. Lass uns nicht streiten. Okay?"

Was sollte sie sagen? Vielleicht hatte Tom recht. Wahrscheinlich sogar. Je länger sie darüber nachdachte, umso kindischer kam sie sich selber vor.

Bis sie wieder vor dem Haus standen und klingelten.

Die Angst überfiel sie erneut, und alle rationalen Argumente halfen nicht, sie zu vertreiben. Im Gegenteil. Als der Mann öffnete und sie wieder hinein bat, glaubte sie einer Spinne zu folgen, die sie in ihr Netz lockte.

Auch als sie allein in ihrem Zimmer waren, wurde sie dieses Gefühl nicht los.

Thomas hatte sich längst schon ausgezogen und ins

Bett gelegt, während sie noch auf der Kante hockte und auf jedes Geräusch im Haus horchte.

„Ela, nun komm, zieh dich aus und leg dich hin. Du kannst doch nicht die ganze Nacht da hocken."

Wortlos kam sie der Aufforderung nach, hielt ihre Augen und Ohren aber weiterhin offen.

„Du musst ...", er gähnte, „einfach die Augen zumachen."

Sie versuchte es.

Es ging nicht.

Neben ihr sank ihr Mann in Morpheus′ Arme, während sie meinte, keine Luft mehr zu bekommen. Je stiller es um sie herum wurde, umso lauter und heftiger schlug ihr Herz.

Ab und an hörte sie das Knarren des Parketts. Ihr Gastgeber war noch auf.

Wartete er, bis sie eingeschlafen waren?

Hatten sie die Tür abgeschlossen?

Sie stand auf und schritt auf Zehenspitzen dorthin, um es nachzuprüfen. Gott sei Dank lag hier Teppich, so dass niemand ihre Schritte hörte.

Licht wagte sie nicht anzumachen. Der Mondschein, der durch das schmale Fenster fiel, reichte ihr aus.

Ja, es war abgeschlossen. Gut.

Sie legte sich wieder hin. Es wurde ganz still im Haus. Hatte er sich auch zu Bett begeben?

Thomas atmete tief und regelmäßig.

Vielleicht würde es ihr ja doch gelingen, in dieser Nacht ein bisschen Schlaf zu finden. Sie schloss die Augen. Ihr Herzschlag normalisierte sich langsam.

Sie versuchte an die Ausstellung zu denken, an die Rückfahrt morgen, an zu Hause.

So döste sie eine Zeit lang vor sich hin, bis sie aufgeschreckt wurde von Thomas′ Keuchen. Er wälzte sich unruhig und richtete sich plötzlich mit einem leisen Schrei auf.

„Er will uns umbringen!" Seine Stirn war schweißüberströmt, die Augen hatte er weit aufgerissen.

„Sssch, Tommy, du hast geträumt. Du hast geträumt!"

„Nein, er will uns ..." Thomas unterbrach sich selbst, als er sah, dass außer ihnen niemand im Zimmer war.

Michaela streichelte ihn beruhigend.

„Oh Mann, jetzt fang ich auch schon an daran zu glauben!" Stöhnend legte er sich zurück.

„Was war denn?"

„Ich hab gesehen, wie er durch eine Luke im Boden rauf kam, ein Messer in der Hand. Da vorne war′s ..."

Michaela biss sich auf die Lippe. „Du, manchmal hat man ja Wahrträume, Visionen. Wenn da wirklich eine Luke ist ..."

Diesmal widersprach Thomas ihr nicht. Stattdessen schwang er sich auf und tastete den Boden ab. Michaela machte Licht. Während sie ihn beobachtete, merkte sie, wie das Atmen ihr immer schwerer fiel. Die Luft war wie Sirup. Sie würden hier drin umkommen!

„Nein, nichts zu fühlen." Thomas stand auf und fasste sich an den Hals. „Es ist so stickig. Ich krieg kaum Luft." Er ging zum Fenster, das mehr ein Oberlicht war, und öffnete es. Vom mondbeschienenen Hinterhof drang kühle Luft ins Zimmer. Sie brachte zumindest etwas Linderung.

„Du würdest durchpassen, aber ich ...", murmelte er.

„Wovon sprichst du?"

„Ach nichts, vergiss es."

„Tom, was hast du überlegt?!"

„Es ist verrückt, aber ich ..."

„Ja?"

„Ich weiß auch nicht, aber ich habe ein ungutes Gefühl. Wenn an unseren Spinnereien wirklich was dran ist ... ich meine ... also, ich hab überlegt, wie wir ihm entkommen könnten."

„Tom, dass wir beide es spüren ist doch kein Zufall! Schmeckst du diese schwere Luft? Das wird immer schlimmer."

Sie hatte den Satz kaum beendet, da erklang aus dem Flur der schrille Ton der Türklingel.

Beide zuckten unwillkürlich zusammen.

„Um diese Zeit?", flüsterte Michaela. Sie nahm ihre Armbanduhr vom Nachtschränkchen auf. Es war kurz nach Mitternacht.

Thomas schlich auf die Tür zu und horchte.

Das Knarren des Parketts war selbst für Michaela zu hören. Ihr Pensionswirt kam von oben und öffnete die Tür.

„Eine dunkle Stimme. Ein Mann", flüsterte Thomas, während er sein Ohr noch dichter an die Tür presste.

„Noch einer, der ein Zimmer sucht?"

Thomas schloss die Augen, lauschte angestrengt. „Nein, ich glaub nicht. Sie reden so leise. Ich versteh den anderen kaum. Als wenn er über Funk spricht ... – Jetzt kommen sie zu uns!"

Beiden blieb für einen Moment das Herz stehen. Unbeweglich lauschten sie den Geräuschen der Schritte, die vor ihrer Tür haltzumachen schienen.

Murmeln war zu hören.

Michaela wandte sich zum Fenster um. Ja, sie könnte durchpassen. Aber Tom ... Was sollten sie bloß tun?

Erneut erklangen Schritte, Knarren. Sie gingen nach oben.

Thomas fasste sich ein Herz, schloss die Zimmertür auf und öffnete sie vorsichtig einen Spalt breit. Rasch schloss er sie jedoch wieder. „Puh!"

„Was ist?!"

„Ein Gestank! Wie von faulen Eiern. Als ob was verwest."

„Was hast du gesehen?"

Er schüttelte den Kopf. „Die waren schon weg."

„Thomas, ich halt's hier nicht länger aus. Ich will weg!"

Ihr Mann strich über seinen Bart. „Wir können doch nicht einfach so abhauen ...“

„Warum nicht?“

„Was denkt Gröger dann von uns? Nachher erstattet der noch Anzeige ...“

„Wir bezahlen natürlich! Das Geld legen wir hier auf den Tisch.“

Sie sah, dass Thomas noch nicht überzeugt war. „Wovor hast du Angst?“

Er blickte sie ernst an. „Wenn man´s logisch bedenkt, ist ja nichts passiert. Ich meine, es ist doch nur diese Atmosphäre ...“

„Ich werde auch nicht warten, bis was passiert! Wir müssen hier raus! Sonst enden wir wie in diesen Filmen, in denen die Leute die Zeichen ignorieren, weil ja eigentlich nichts passiert, und am Ende sind sie alle tot.“

„Ela! Beruhige dich.“

„Ich beruhig mich, wenn wir draußen sind! Komm, wir ziehen uns an.“

„Und wenn er abgeschlossen hat?“

„Das sehen wir dann ja.“ Sie griff nach ihren Klamotten, und machte ihrem Mann damit wohl deutlich, dass es keinen Zweck hatte zu widersprechen, denn er folgte ihrem Beispiel.

Als sie angezogen waren, nahm er seine Brieftasche und legte das Geld auf den Tisch.

Von oben hatten sie ab und an die Stimmen der beiden gehört, ohne verstehen zu können, was sie sprachen. Als sie nun die Tür öffneten, wurden die Stimmen deutlicher und Schritte erklangen.

„... unten. Hab Geduld. Komm, aber leise, die Gäste schlafen."

Michaela und Thomas erstarrten. Die obersten Treppenstufen ächzten unter dem Gewicht ihres Zimmerwirtes und seines nächtlichen Besuchers.

Thomas schloss die Tür so leise als möglich und raunte Ela zu: „Mach das Licht aus!"

Im plötzlichen Dunkel kam sich Michaela ausgeliefert vor. Mit angehaltenem Atem horchten beide auf jeden Laut. Die Männer kamen näher. Ela tastete nach Thomas´ Hand. Die Stimme des Fremden erklang. Undeutlich und unverständlich.

Sie mussten jetzt vor dem Zimmer stehen.

Da! Bewegte sich die Türklinke?

Elas Augen hatten sich noch nicht an die fahle Düsternis gewöhnt. War es Trug oder versuchten sie wirklich, in ihr Zimmer zu gelangen?

Grögers Stimme war zu hören. „... ins Speisezimmer. Ich hab da noch ..."

Die beiden gingen weiter, und Ela war, als vernähme sie ein unterdrücktes Kichern.

„An denen kommen wir nicht unbemerkt vorbei", raunte Thomas.

„Was sollen wir denn tun?!"

„Wir verbarrikadieren uns. Mach das Licht wieder an. Wir schieben die Kommode vor die Tür. Wenn wir nicht raus können, kommen die wenigstens auch nicht rein."

Mit vereinten Kräften, und darum bemüht so leise wie möglich zu sein, schoben sie das schwere Möbelteil über den Teppich. Nun hatten sie zumindest das Gefühl von etwas Sicherheit.

Hand in Hand saßen sie auf dem Bett und warteten darauf, dass etwas geschah.

Ab und an waren leise die Stimmen der Männer zu vernehmen, ohne dass man sie jedoch verstand.

Der schmale Streifen Mondlicht, der durchs Oberlicht drang, wanderte über die Wand und machte irgendwann einem hellem Grau Platz, das nach und nach das Zimmer erfüllte.

Irgendwo kläffte ein Hund.

Ela schrak auf. Sie musste eingeschlafen sein.

Doch jetzt war sie hellwach.

Die Kommode stand immer noch vor der Tür. Ela stieg aus dem Bett. Thomas regte sich nun auch und sah sie mit müden Augen an.

„Alles klar, Kleines?"

Sie nickte und öffnete das Oberlicht. Die Luft war kühl, doch rein. Tief sog sie sie in sich ein. Das Tageslicht vertrieb die Schatten der Nacht. In Ela kehrte Ruhe ein. Das unmittelbare Gefühl der Bedrohung war verschwunden.

„Wir leben noch." Thomas lächelte sie an.

„Ich bin froh, wenn wir hier weg sind."

Thomas stand auf und legte seine Arme um sie. „Was für eine Nacht. Komm, wir schieben die Kommode wieder an ihren Platz."

Nachdem sie damit fertig waren und sich am Waschbecken frisch gemacht hatten, horchte Thomas an der Tür auf Geräusche. „Ob der andere Kerl auch noch im Haus ist?"

Ela hob die Schultern.

„Okay." Thomas nahm den Rucksack. „Komm, wir gehen." Sie traten hinaus in den düsteren Flur, sahen die Treppe hinauf. Nichts zu hören und zu sehen von ihrem Zimmerwirt oder seinem unheimlichen Gast. Auch von dem penetranten Gestank war nichts zu bemerken.

Es war anders als gestern Nacht. Dennoch erschien Ela die Haustür am Ende des Ganges wie ein Rettungsring. Im Stillen verdammte sie das alte Parkett, das unter jedem ihrer Schritte ächzte.

„Guten Morgen! Gut geschlafen?"

Er war so plötzlich im Türrahmen neben ihnen aufgetaucht, dass Ela einen spitzen Schrei ausstieß.

„Oh, habe ich Sie erschreckt? Das tut mir leid. Kommen Sie, der Kaffee ist gleich fertig. Der Frühstückstisch ist bereits gedeckt." Er warf einen Blick auf den Rucksack und runzelte die Stirn. „Werden Sie wieder abreisen? Ich kann Ihnen einen besseren Preis machen, wenn Sie noch eine Nacht hierbleiben möchten."

„Äh, danke, aber wir müssen heute wieder zurück.

Tja ..."

„Schade. Aber kommen Sie doch ins Speisezimmer. Es steht alles für Sie bereit."

Sie sahen sich genötigt, der Aufforderung zu folgen. Während Gröger ging, um den Kaffee zu holen, sollten sie sich in sein Gästebuch eintragen. „Fürs Finanzamt, wissen Sie."

Dass er überhaupt eines führte, wunderte sie bereits, doch als sie sahen, wann der letzte Eintrag gemacht worden war, überlief sie unwillkürlich ein leichter Schauer. „Das war vor fast zwanzig Jahren!"

Es waren die üblichen Dankfloskeln. Nichts, aus dem sich hätte herauslesen lassen, ob der letzte Besucher ähnlich wie sie empfunden hatte.

Thomas überlegte einige Zeit; dann las Ela, was er eintrug: Unheimlich gut.

Sie lächelten sich an.

Das Frühstück nahmen sie schweigend und ohne großen Appetit zu sich.

Elas Blick fiel dabei auf ein Foto, das auf der Anrichte stand. Es zeigte einen Mann und eine Frau mittleren Alters und zwischen ihnen einen Jungen von etwa zehn Jahren. Eine Familie, die sich lächelnd und eng beieinanderstehend vor einem Haus präsentierte, in dem Ela dasjenige zu erkennen glaubte, in dem sie sich gerade befanden. Das Foto löste einen Schauer in ihr aus. Nicht wegen des Hauses, sondern wegen der Augen des Mannes und des Jungen. Derselbe bohrende Blick aus eisgrauen Augen wie bei ihrem Vermieter. Ein Blick, der tief in ihr Innerstes ging.

„Meine Eltern." Gröger stand plötzlich neben ihnen. Melancholie tanzte über sein Gesicht. „Es ist nicht einfach ohne sie. Nein. Und auch nicht einfach mit ihnen …"

Etwas an diesen Worten war seltsam, passte nicht zu dem Lächeln, das er nun zeigte. Doch Ela hatte keine Lust, mit Gröger über seine Eltern zu sprechen. Sie wollte nur eines: So schnell wie möglich raus hier!

In Thomas´ Augen las sie, dass es ihm ähnlich erging. Sie beendeten das Frühstück, und Thomas gab Gröger das Geld. Er wirkte irgendwie traurig und streckte ihnen seine Hand zum Abschied hin. Ela musste sich regelrecht überwinden, um sie zu nehmen. Dem Blick aus seinen hellen Augen wich sie aus.

„Mein Haus steht Ihnen immer offen."

Wortlos nickten sie und gingen mit eiligen Schritten davon.

Erst an der nächsten Häuserecke wagten sie aufzuatmen.

Es war noch früh am Morgen, die Kuratorin würde sie erst in zwei Stunden erwarten, und so schlenderten sie durch das Städtchen und seinen Kurpark. Nebelfetzen trieben durch die Bäume und verliehen den Gespensterlaken eine bedrohliche Ausstrahlung. Der Kurteich lag im Licht der aufgehenden Sonne brackig und schwarz vor ihnen.

Wie konnte sich ein Kurgast hier bloß erholen? Nun lenkten sie ihre Schritte doch zur Ausstellungshalle und warteten auf das Eintreffen der Kuratorin.

Die erkannte die beiden schon von Weitem und winkte ihnen zu. „Schönen guten Morgen zusammen! Hach, frisch ist es hier draußen. Drinnen können wir uns wärmen." Die hochgewachsene Frau schaute sie über die Ränder ihrer Brille forschend an. „Sie sehen aber nicht so aus, als hätten Sie gut geschlafen. Sie machen sich doch wohl hoffentlich keine Sorgen wegen der Ausstellung, hm? Da brauchen Sie sich wirklich keine zu machen. Ihre Bilder beweisen hohe Professionalität und Kreativität. Da fällt nur die Wahl schwer, welche wir nehmen. Hm?"

„Das ist es nicht", erklärte Thomas, während sie ins Gebäude eintraten. „Unsere Unterkunft war ... nicht sehr erholsam."

„Oh, das tut mir leid. Wo haben Sie denn übernachtet?"

Thomas beschrieb ihr die Lage des Hauses. „Es ist leicht an der Melitta-Werbung zu erkennen."

„Ach, komisch. Jetzt wohne ich schon so lange hier und wusste gar nicht, dass dort Zimmer vermietet werden. Na, man lernt halt nie aus, hm."

Thomas sagte nichts, doch der Blick, den er Ela zuwarf, verriet seine Gedanken. Ihr ging es ähnlich.

„Beim nächsten Mal sagen Sie mir rechtzeitig Bescheid, ich reserviere Ihnen dann ein Zimmer in einem guten Hotel." Sie lächelte die beiden an. „So ausgebucht waren die Hotels und Pensionen früher sonst nur zu Walpurgis. Jetzt hält Halloween eben auch im Harz Einzug. Scheint, als übernähmen wir wirklich alles von den Amerikanern, hm?"

„Irgendwie scheint es gut hierher zu passen."

„Na ja, wir im Harz haben traditionsgemäß eine hohe Affinität zu Hexen und Geistern. Auch wenn bei uns Walpurgis im Vordergrund steht, also die Vertreibung der Teufel, Dämonen und Hexen und damit des Winters, ist uns die Bedeutung von Allerheiligen und der Nacht davor, „All Hallows Eve", doch bewusst."

„Welche Bedeutung?", fragte Ela und spürte ein Frösteln an ihren Armen.

„Dies soll die Zeit sein, in der die Schleier zwischen den Dimensionen der Lebenden und der Toten besonders dünn sind, weil besonders viele Menschen der Verstorbenen gedenken. Es heißt, wenn der Glaube stark genug sei, dann kämen die Verstorbenen des Vorjahres für eine Nacht zu uns zurück. Manche glauben sogar für immer."

Ela schauderte unwillkürlich. „Glauben Sie daran?"

„Nun, ich will es so ausdrücken: Das Übernatürliche oder besser der Glaube daran wird gewissermaßen wieder Teil des Alltags, und so der Realität, hm. Die Wissenschaft allein erfüllt uns Menschen nicht und kann auf die Fragen des Lebens keine befriedigenden Antworten geben. Deswegen berührt uns die Kunst. Wir sind auf der Suche, und viele meinen eben, die Antworten im Übernatürlichen zu finden."

„Aber es bleibt doch trotzdem Phantasie."

Die Kuratorin schüttelte den Kopf. „Unsere Gedanken bestimmen, wie die Welt für uns ist. Viele richten nun zu Halloween und Allerheiligen ihre Gedanken eben besonders intensiv auf die jenseitigen Sphären. Sie stoßen damit die Tore dieser Dimensionen auf und laden die Geister der Verstorbenen und Dämonen ein. So werden sie für diese Leute erneut Teil der Realität. Wer sensibel genug ist, soll sie sogar sehen können.

Was denken Sie denn darüber, hm?"

„Wir ... äh ...", begann Thomas, und Ela sprang ein: „Ich glaube schon, dass es mehr zwischen Himmel und Erde gibt, als unsere Schulweisheit sich träumen lässt. Wenn man sich dann in dieser Atmosphäre aufhält ... die Kürbisse, Geister und Hexen überall ... die dunklen Abende ..."

„... dann sieht man schnell Dinge, die gar nicht da sind", beendete Thomas. „Die wirklichen Gefahren drohen vom Menschen und nicht von Geistern."

„Wollen wir hoffen, dass es so ist, nicht?" Die Kuratorin verzog ihre Lippen zu einem schmalen Lächeln. „Aber Sie sind ja nicht hier, um mit mir über Geister zu diskutieren. Kommen wir zu Ihren Bildern ..."

Als Ela und Thomas die Ausstellungshalle verließen, schien eine warme Oktobersonne vom Mittagshimmel. Ela konnte zufrieden sein nach dem Gespräch mit der Ausstellungsleiterin. Sie freute sich über die Chance, etwas bekannter zu werden. So würde sie ein neues Publikum und hoffentlich auch neue Kunden für ihre Kunst gewinnen.

Inzwischen war auch der Appetit wiedergekehrt, und sie suchten sich ein Restaurant, um für die Rückfahrt gestärkt zu sein.

Als sie es nach dem Essen verließen, prallte Thomas mit einem kleinen Gespenst zusammen. Halbwüchsige Zauberer, Monster, Vampire und Hexen tollten an ihnen vorbei und kicherten. Die Kinder rannten über den Marktplatz zum Rest ihrer Gruppe, wo zwei Lehrerinnen den wilden Haufen wieder unter Kontrolle brachten.

Mit einmal war die Erinnerung an die gestrige Nacht wieder wach.

„Lass uns fahren", sagte Ela.

„Ja, mir reicht's auch", erwiderte Thomas. Er schulterte den Rucksack und nahm die Hand seiner Frau. Raschen Schrittes gingen sie in Richtung ihres Autos, das sie unweit vom Marktplatz abgestellt hatten.

Plötzlich stoppte Thomas und kramte nervös in seinen Taschen. „Wo ist denn ...? Ich hatte ihn doch ..."

„Was suchst du?"

„Den Autoschlüssel. Ich hab ihn doch sonst immer in

der rechten Jackentasche. Aber da ist er nicht."

„Hast du ihn vielleicht in den Rucksack mit eingepackt?"

Sie schauten, dass sie keinem im Weg standen, und
Thomas wühlte im Rucksack. Dabei wurde er von Sekunde zu Sekunde hektischer. Nun ergriff auch Ela Un-
ruhe, denn sie begriff, was das Fehlen des Schlüssels
bedeuten konnte. „Lass mich mal! Such du noch mal in
deinen Taschen!"

Es half nichts: Der Schlüssel war nicht da.

„Okay, überlegen wir, wo er sein könnte ... Ich meine, ich hab ihn zuletzt auf der Kommode liegen sehen,
gestern Abend."

Thomas nickte. „Ja, da hatte ich Brieftasche und
Schlüssel abgelegt."

„Die Brieftasche hast du doch, also musst du ihn heute Morgen eingesteckt haben."

Thomas' Stirn legte sich in Falten. „Die Brieftasche ...
ja, aber ... nein, ich glaube nicht ... Da lag kein Schlüssel." Sein Gesicht wurde aschfahl. „Der muss runterge-
fallen sein, als wir die Kommode verrückt haben!"

„Du meinst, er liegt noch im Zimmer?"

Thomas nickte.

Zehn Minuten später standen sie vor dem Haus mit der
Melitta-Lampe.

„Hör zu, Ela, du musst da nicht rein. Ich klingele, gehe rein, hole den Schlüssel, und schon sind wir weg."

Ela kaute auf ihrer Unterlippe. Sie sah zu dem schäbigen Gebäude, den verhangenen Fenstern und wandte sich Thomas zu: „Ich weiß, es ist Unsinn ... ich meine, es ist helllichter Tag ... da wohnt nur ein älterer Mann ..., aber ich kann da nicht noch mal rein! Und ich wünsche, dass du auch nicht reingehst."

„Ela, ich muss da rein. Wie sollen wir denn sonst von hier wegkommen?"

„Und wenn wir mit dem Zug fahren? Zu Hause haben wir doch den Zweitschlüssel ..."

„Und fahren wieder zurück? Ela, mach dich nicht lächerlich! Ich geh jetzt. Hier, halt solange den Rucksack."

„Nein!" Sie fasste ihren Mann am Arm. „Ich kann´s nicht erklären, aber ich hab Angst. Ich spüre, dass das Haus gefährlich ist. Ich spüre es!"

Thomas atmete aus. „Mir gefällt es ja auch nicht. Aber was kann schon passieren? Ich bin nur zwei Minuten drin. Und wenn ich länger brauche, dann klingele. Ich komm dann sofort an die Tür. Okay?"

Ela sagte nichts. Besorgt sah sie Thomas nach, wie er vor den Eingang trat. Dort, wo sie wartete, würde Gröger sie nicht sehen können, sie ihn allerdings auch nicht. So beobachtete sie nur, wie Thomas zu jemandem sprach und ins Haus eintrat.

Sie blickte auf die Uhr.

Zwei Minuten hatte er gesagt.

Sie schaute sich um. Warum waren bloß keine Leute zu sehen? Warum war es so still hier?

Kaum eine Minute war vergangen.

Ela trat von einem Bein aufs andere.

Wie langsam sich Zeiger auf einer Uhr vorwärts bewegen konnten.

Eine Katze tigerte vorbei. Als sie an dem Haus vorbeischlich, sträubte sich ihr buschiger dunkler Schwanz, sie buckelte und fauchte. Dann sprang sie vorwärts und verschwand in einer Seitenstraße.

Was passierte da drin?!

Der Blick auf die Uhr sagte ihr diesmal, dass die zwei Minuten um waren. Jetzt musste Thomas jeden Moment kommen. Sie trat vor die Haustür, lauschte.

Nichts.

Wo blieb er denn bloß?!

Sie sollte klingeln, hatte er gesagt.

Also senkte sie ihren Finger auf den Klingelknopf.

Sie wartete.

Nichts zu hören.

Noch einmal betätigte sie den Knopf.

Da! Waren das nicht Schritte?

Ja, jemand kam.

Die Tür ging auf. Er stand vor ihr. Diese hellen, durchdringenden Augen! Wo war Tom?

„Äh, guten Tag. Ich warte auf meinen Mann." Sie sah an Herrn Gröger vorbei in den düsteren Flur. Keine Spur von Thomas. „Tom?"

Gröger runzelte die Stirn. „Ihr Mann?"

Sie ignorierte ihn. „Thomas! Nun komm schon!"

Gröger drehte den Kopf, als wäre auch er gespannt, Thomas im Flur auftauchen zu sehen. Dann wandte er sich Ela mit fragender Miene zu. „Wie kommen Sie darauf, dass er hier sein sollte?"

Sie beschloss, den letzten Satz nicht gehört zu haben. „Thomas! Komm endlich!"

Der Mann seufzte. „Möchten Sie vielleicht reinkommen?"

Diese Worte ließen Ela zusammenzucken.

„Dann können Sie sich selbst überzeugen, dass er nicht hier ist."

Das war alles so irreal! Es konnte gar nicht sein, dass sie hier stand und ernsthaft eine solche Unterhaltung führte. „Was wird hier gespielt? Wo ist mein Mann?!"

Wieder seufzte der Hausherr. „Ich weiß es nicht, liebe Frau. Jedenfalls nicht hier, auch wenn Sie offensichtlich anderer Meinung sind. Aber wie gesagt, überzeugen Sie sich selbst."

„Das kann nicht sein. Er ist vor wenigen Minuten erst durch diese Tür gegangen. Ich stand dort und habe es gesehen."

Gröger trat zwei Schritte nach vorne um die Stelle anzuschauen, auf die Ela deutete.

„Mhm, wie soll er denn reingekommen sein? Ich war die ganze Zeit oben in der Küche, bis Sie klingelten."

„Was reden Sie da? Sie haben ihm doch geöffnet!"

„Das wüsste ich ja wohl besser. Abgesehen davon, können Sie das von dort vorne gar nicht erkannt haben."

„Ha, also geben Sie es zu!"

„Was? Es gibt nichts, was ich zugeben könnte. Hören Sie, das wird mir langsam zu dumm. Tut mir leid, wenn Sie Ihren Mann verloren haben, aber machen Sie bitte nicht mich dafür verantwortlich!"

Er machte Anstalten die Tür zu schließen. Ehe Ela sich überhaupt bewusst wurde, was sie tat, hatte sie schon einen Fuß in der Tür. „Mein Mann ist hier drin! Und wenn Sie ihn nicht augenblicklich holen, rufe ich die Polizei!"

Etwas blitzte kurz auf in den Augen des Mannes, doch seine Stimme klang ganz ruhig: „Wenn Sie sich lächerlich machen möchten, bitte sehr! Ich habe nichts zu verbergen."

Seine Selbstsicherheit ließ Ela schwanken. Was, wenn er recht hatte? Sie hatte tatsächlich nicht gesehen, dass er es gewesen war, der die Tür geöffnet und Thomas eingelassen hatte. Das würde allerdings bedeuten ...

„Ist außer Ihnen noch jemand im Haus?"

Gröger sah sie mit seinem seltsam forschenden Blick an. „Überzeugen Sie sich selbst: Ich bin allein. Bitte, sehen Sie nach!"

Ela zögerte nur kurz. Sie roch die Gefahr. Sicher, sie könnte die Polizei rufen. Doch bis die ankamen, konnte weiß Gott was mit Tom geschehen sein. Jetzt war noch die Chance, ihm zu helfen; es waren ja kaum fünf Minuten vergangen, seit er das Haus betreten hatte.

Sie trat ein.

Das Schließen der Tür weckte in ihr die Vorstellung von einem Sargdeckel, der sich über ihr schloss. Es dauerte einige Momente, ehe sich ihre Augen an das hier herrschende Halbdunkel angepasst hatten.

Gröger war schon vorausgegangen und wartete nun, dass sie nachkam.

„Wo sollen wir zuerst nachsehen?", fragte er.

„In unserem Zimmer."

„Also schön."

„Er wollte den Autoschlüssel holen."

„Bitte?"

„Unser Autoschlüssel. Wir haben ihn im Zimmer liegen gelassen."

Sie blieb hinter Gröger, auch als er sie vor sich ins Zimmer eintreten lassen wollte.

Das Zimmer sah so aus, wie sie es verlassen hatten – abgesehen davon, dass die Betten gemacht waren. Keine Spur von Thomas.

War er in ein anderes Zimmer gegangen?

Als sie den Raum verlassen wollte, zog ein Lichtreflex ihre Aufmerksamkeit auf etwas am Boden. Es lag im Flur, links von der Zimmertür. Im ersten Moment wollte sie ihren Augen kaum trauen, doch als sie sich bückte, erkannte sie den Autoschlüssel!

Wie kam er dahin? Und was war das für ein dunkler Fleck? Er schimmerte feucht und war leicht klebrig.

„Haben Sie etwas entdeckt?", raunte eine Stimme dicht neben ihrem Ohr.

Ela fiel vor Schreck der Schlüssel fast aus der Hand.

„Das ist unser Schlüssel!"

„Schön, dass Sie ihn gefunden haben."

„Ich weiß, dass Sie lügen! Wo ist Thomas? Was haben Sie mit ihm gemacht?"

Ein schwerer Seufzer entrang sich der Brust des Mannes. „Also schön. Ich bringe Sie zu ihm."

„Hören Sie auf zu .... Sie bringen mich zu ihm?"

„Es hat ja doch keinen Zweck."

„Warum haben Sie mich dann belogen?! Was ist passiert?"

„Das werden Sie gleich sehen. Keine Angst, ich gehe vor." Er schritt so dicht an ihr vorbei, dass sie den Schweiß auf seiner Haut riechen konnte.

Entgegengesetzt zur Haustür befand sich am anderen Ende des Flures, nahe ihrem Zimmer, eine kleine, unscheinbare Tür in der Holzverkleidung. Er öffnete sie, drückte auf einen Schalter, und diffuses Licht offenbarte ihr, dass es sich um den Zugang zum Keller handelte. Sie konnte die obersten Stufen erkennen, der Rest verschwamm im Dunkel.

Ein Hauch von Feuchtigkeit, Moder und Verwesung hing in der Luft, der die Erinnerung an den gestrigen Abend weckte und an den unbekannten Besucher.

„Ist mein Mann dort unten?"

Gröger nickte. Seine Miene war wie versteinert.

„Thomas? – Thomas?!" Feindselig starrte sie Gröger an. „Sie lügen doch schon wieder!"

„Nein, ich schwöre, ich sage die Wahrheit! Ihr Mann ist im Keller."

„Sie wollen doch nur, dass ich dort hinuntergehe, und ..." Ein Geräusch ließ sie innehalten. Da war jemand! „Tom?!"

„Ela ..."

Es war kaum mehr als ein Flüstern, irgendwie fremd, doch es reichte, um Ela wieder Kraft und Hoffnung zu spenden. „Thomas! Oh Gott, wo bist du?!"

Undefinierbare Geräusche drangen nach oben, doch keine direkte Antwort.

„Bist du verletzt?" Sie war vorgegangen, in der Hoffnung, ihren Mann besser verstehen zu können. Nur noch wenige Schritte trennten sie jetzt von Gröger.

Zu wenige Schritte. Ela hatte ihn nicht aus den Augen gelassen, und doch traf es sie unvorbereitet, als er aus dem Stand auf sie zusprang, wie ein Panther auf seine Beute, sie packte und nach vorne stieß.

Sie versuchte noch, sich dagegen zu stemmen, doch das Gewicht des Rucksacks brachte sie vollends aus dem Gleichgewicht. Sie fiel die Stufen hinunter. Ihren spitzen Schrei beantwortete Gröger mit dem Ausschalten des Lichts.

Als sie am Fuß der Treppe auf steinigen Boden prallte, umhüllte sie Schwärze. Sie wandte den Kopf. Grögers Silhouette zeichnete sich im Türrahmen ab. „Ich fürchtete schon, Sie würden nicht wiederkommen", sagte er.

„Dann hätte er seine Wut an mir ausgelassen. Er wollte Sie gestern schon haben. Ich sagte, es sei noch zu früh. Ihr Geist müsse sich noch öffnen, um seiner Existenz Kraft zu geben, doch das war gar nicht nötig. Sie waren schon bereit. Er spürte es natürlich. Es ist nicht einfach, wirklich nicht einfach."

Als das letzte Wort verklang, legte sich ein Schatten vor die Silhouette und den helleren Hintergrund und verschluckte das letzte Quäntchen Licht.

Mit einem leisen Klack schloss die Tür.

Nie gekannte Furcht umschloss Ela mit ledrigen Flügeln – hüllte sie vollends ein, so dass sie keine Luft mehr bekam.

Sie würgte einen Laut heraus, um den Bann zu zerbrechen.

Ihre Gedanken wirbelten durcheinander.

Sie stützte sich halb auf, zog die Beine an, und tastete umher.

Da!

Ihre Finger zuckten zurück.

Etwas Weiches.

Ihre Gedanken fokussierten sich allmählich auf die Entdeckung. Ihre Finger streckten sich noch einmal. Es bewegte sich nicht. Das war Stoff. Wie ... eine Jeans! Und in der Jeans steckten Beine.

Ein furchtbarer Gedanke stieg in ihr hoch.

Ihre Finger glitten weiter, über den Rand der Hose:

Eine Jacke, ein Pullover. So, wie Thomas gekleidet war ...

Sie robbte näher, keuchend, würgend. Die Luft war zum Schneiden. Der Gestank von Tod war übermächtig.

Haut. Ein Bart. Sein Gesicht, so klebrig feucht ...

„Tommy ..."

Eine Bewegung in der Dunkelheit. Schwerfällig. Etwas, jemand kam näher. Doch sie hörte keinen Atem.

Dafür erklang eine Stimme. Sie glaubte, sie schon einmal gehört zu haben. Merkwürdig angestrengt klang sie und wie durch ein Handy, so als spräche derjenige von weit her. „Hab keine Furcht, mein Kind. Bald wirst du sehen, was dein Mann bereits sehen darf. Die Schleier sind dünn in diesen Tagen, die Tore offen. Nur für eine Nacht, doch wenn der Glaube stark genug ist ..." Ein hohles, abgehacktes Keuchen erklang. Als mühten sich vertrocknete Lungen die Perversion eines Kicherns ab. „Wir haben lange auf jemanden wie euch warten müssen. Lange ..."

Ela glaubte aus der Ferne Gelächter zu hören. Das hohe Lachen einer Frau. War noch jemand hier?

„Sie möchte auch kommen", wisperte die Stimme vor ihr. „Doch gib mir zuvor noch ein bisschen Kraft ... du weißt, wer wir sind ..."

„Nein, nein! Das ist nur meine Einbildung. Das kann nicht sein!"

„Und doch ist es. Du glaubst, also bin ich."

„Tommy …" Ela heulte und kroch rückwärts in die Richtung, in der sie die Treppe vermutete. „Bitte lieber Gott, hilf mir. Bitte!"

„So ist es schön. Flehe, weine, versuch zu fliehen. Aber glaube!"

Sie spürte, wie sich Klauenfinger auf ihre Schulter legten. Ela schloss die Augen, und ihr Verstand verabschiedete sich aus dieser Welt …

Der Fleck

Seitdem habe ich keine ruhige Minute mehr. Ich erinnere mich noch genau an den Tag, an dem Florian mir von dem Fleck erzählte.

Wir saßen in der Mensa zusammen. Ich hatte mich gerade mit Ketchup voll gekleckert und bemühte mich, den Schaden mit Wasser und einer Serviette zu begrenzen. „Shit, ausgerechnet auf das neue Hemd …"

„Reg dich ab, Alter", sagte Floh. „Mit Fleckensalz geht das wieder raus. Aber Mann, ich hab 'nen Fleck, gegen den ist kein Kraut gewachsen."

„Was?" Gedankenverloren blickte ich auf.

„Das wollt ich dir gerade erzählen: In meiner Diele ist ein verdammt seltsamer Fleck. Keine Ahnung, wo der herkommt."

„Wie wärs mit putzen?", frotzelte ich.

Floh schnaufte. „Hab ich versucht. Geht nicht weg. Und mit versucht mein' ich nicht nur mit Putzwasser, ja? Ich hab Scheuermilch genommen, Essig, Aceton, und was weiß ich noch. Egal. Das Scheißding geht nicht weg. Im Gegenteil: Es ist noch größer geworden. Aber das ist noch nicht mal das Seltsamste." Er beugte sich mit Verschwörermiene zu mir herüber und seine Stimme sank zum Flüsterton herab: „Ich hab mit den Fingern drüber gefühlt. Und plötzlich saugte sich der verdammte Fleck an mir fest. Wie 'n Saugnapf, verstehste? Ich wollt die Finger wegziehen. Und weißt du was? Das war wie Kaugummi gemischt mit Sekundenkleber. Ich konnt mich nur mit einem voll heftigen Ruck befreien und dabei hab ich mir was Haut abgerissen. Hier ..." Er präsentierte mir die geröteten Fingerkuppen seiner rechten Hand.

„Is' ja eklig", sagte ich. „Ich mag mir gar nicht vorstellen, was das sein kann. Vielleicht ist's noch so ein unappetitliches Überbleibsel von der letzten Party in deiner Bude. Bernd hatte doch das ganze Bad vollgekotzt, und Arnies Platzwunde hat geblutet wie Sau. Also ich hätt den Fleck garantiert nicht angefasst."

„Mensch, Tim, das war vor zwei Monaten! Dieser Fleck ist neu! Der war letzte Woche noch nicht da. Und ich hab ja noch nicht alles erzählt."

Ich verdrehte die Augen. Noch mehr von Flohs unappetitlichen Schilderungen, und er konnte mein Schnitzel mit Fritten haben.

„Hör zu: Als ich dann mit 'nem Schwamm drüber bin, klebte der plötzlich auch fest. Ich riss wie bekloppt daran, um ihn loszubekommen. Dabei ist die untere Schicht kleben geblieben. Ich hab dann ein Messer geholt, um das Zeug abzukratzen, doch wie ich wieder zurückkomm, ist nichts mehr zu sehen von den

Schwammresten. Aber Alter, ich schwör, der verdammte Fleck ist wieder um 'ne Idee größer geworden."

„Hör mal, kiffst du?"

Ich sah Wut in Flohs Augen aufblitzen. „Meinst du, ich denk mir son Scheiß aus?! Dann komm doch nachher mit zu mir. Guck's dir an! Vielleicht hast du ja 'ne Idee, wie er weggeht."

Nach der Uni fuhren wir mit der Straßenbahn zu Floh und keuchten das liebevoll mit Graffitikunst beschmierte Treppenhaus in den neunten Stock zu seiner Wohnung hinauf.

„Wann …wird denn endlich … der Fahrstuhl repariert?"

Floh winkte wortlos ab. Als ich Flohs Bude betrat, fühlte ich mich, als hätte ich den Mount Everest im Rekordtempo bestiegen.

Floh knipste das Licht an und deutete auf den Fliesenboden.

„Siehste?"

Ich trat an ihm vorbei und ließ mich erleichtert und immer noch japsend auf dem Boden nieder. Ja, da war ein dunkler, oval geformter Fleck, der sich über zwei Fliesen erstreckte. Es sah aus, als wären die Fliesen eingefärbt worden, und irgendwie schimmerte es feucht. Der Schatten meiner Hand fiel darüber, und ich blickte zur Deckenlampe hoch.

Floh meinte meinen Gedanken erraten zu haben und lachte auf. „Zuerst hab ich auch an einen Schatten gedacht."

Ich schüttelte den Kopf, wollte etwas sagen, doch Floh kam mir zuvor: „Und an Feuchtigkeit auch, bin ja nicht blöd, Alter. Aber das is' keine Feuchtigkeit. Ich war sogar gestern Abend noch unten bei den Nachbarn, um mir deren Decke mal anzuschauen. Nichts."

„Hm." Ich rieb mein Kinn. „Das kann schon mal dauern, bis so ein Wasserschaden sichtbar wird."

„Erzähl mir nichts von Wasserschaden, Mann. Meine Alten hatten mal einen im Bad. Da konntest du die Feuchtigkeit spüren und riechen, und die Fliesen lockerten sich. Aber hier ist alles trocken. Wenn du drüber gehst, ist's so ein seltsam pelziges Gefühl."

Ich hütete mich, den Fleck zu berühren.

„Vielleicht ist's was Organisches? Ein Schimmelpilz oder so? Hast du mal versucht, es mit 'nem Messer oder Spachtel abzukratzen?"

Floh nickte und meinte: „Wart mal. Ich zeig dir was." Er drückte sich an mir und dem Fleck vorbei in das Zimmer vor uns. Es war Wohnzimmer, Schlafzimmer und Küche in einem. Ansonsten gab es nur links von mir noch eine Tür, die in ein kleines Badezimmer mit Toilette und Dusche führte. Eine Studentenbude eben.

Ich hörte Floh am Besteckkasten hantieren, und kurz darauf stand er mit einem Frühstücksmesser in der Hand im Türrahmen. „Hier, versuch du es mal." Er beugte sich zu mir runter und hielt mir herausfordernd das Messer hin.

Ich nahm es und begann vorsichtig über den Fleck zu kratzen. Im ersten Moment tat sich nichts, es war, als kratzte ich über die Fliese selbst, nur dass es sich nicht so anhörte. Es war ein Geräusch, als würde ich mit dem Messer über rauen Stoff streichen. Dann spürte ich einen Widerstand. Ich musste stärker drücken, um das Messer zu bewegen. Der Widerstand wuchs. Und ich bemerkte, dass etwas von dem Fleck an der Rückseite der Klinge haftete, ohne dass ich hätte sagen können, an welcher Stelle der Fliese sich etwas vom Fleck gelöst hätte. Ich sah genauer hin und erkannte, dass es wie Kaugummi daran klebte. Daher der Widerstand. Ich zog das Messer fort oder vielmehr, wollte es tun, doch die Masse war unglaublich zäh. Wie Teer. Und sie breitete sich auf der Klinge aus, kroch höher, als wenn Wasser sich an einem Papierstreifen hochsaugt.

„Das gibt's doch nicht!" Ich zerrte jetzt mit beiden Händen am Messer. Das reichte. Ein plötzlicher heftiger Ruck, und ich landete rücklings auf den Fliesen.

„Was'n das für'n Teufelszeugs?", beschwerte ich mich bei Floh.

„Sieh dir mal das Messer an", sagte er.

Die Klinge, die ich in der Hand hielt, sah aus, als hätte ich sie in Säure getaucht. Die Stellen, auf denen das teerähnliche Zeug geklebt hatte, waren weggefressen. Ich konnte es nicht glauben und starrte den Fleck an.

Und tatsächlich schimmerte dort ein winziger Streifen Metall, wo das Messer festgesteckt hatte. Nur einen Augenblick, dann glänzte der Fleck wieder glatt und unberührt wie zuvor.

Ich sah Floh an: „Das ist ja der Hammer! Hast du das auch gesehen?"

Floh nickte. „Jetzt hab ich übrigens nur noch ein Frühstückmesser. Das andere hat der Fleck gestern verspeist. Sieh mal, er ist wieder gewachsen."

Wieder sah ich zum Fleck. „Für mich sieht er aus wie vorher."

„Das kommt, weil du nicht genau hingeschaut hast." Floh stöhnte. „Du beobachtest nicht genau. Wetten, du kannst mir nicht sagen, wer vorhin im Treppenhaus an uns vorbeigelaufen ist?"

„Na klar, so 'n Junge …"

„Ne, das war die Arya, die Tochter vom Kemal. Die trägt gern Baseballkappen."

„Wie soll man denn da …?"

„Watson, Watson, Watson." Floh schüttelte den Kopf, rollte theatralisch mit den Augen und wies auf die Fliesen. „Da, vor deinen Füßen hat sich der Fleck um fast 'nen Zentimeter vergrößert."

„Na, auf jeden Fall habe ich gemerkt, dass das hier nicht normal ist." Ich stand vom Boden auf. „Ruf deinen Vermieter an, der muss sehen, wie er's weg bekommt. Notfalls müssen die Fliesen rausgeklopft werden."

„Ja, und wer kann das denn alles zahlen, Tim, und

kann sich direkt nach 'ner neuen Bude umsehen, weil der liebe Herr Beerenkötter mich doch sowieso schon so gern hat, hm?"

„He, Floh, da muss 'n Profi ran. Was willste denn sonst machen?"

Florian seufzte und sah zu Boden. „Keine Ahnung. Wenn, dann klopf ich die Fliesen selber raus. Aber besser, ich penn erst mal 'ne Nacht drüber, vielleicht kommt mir ja noch 'ne Idee."

Am Freitag haute mich Floh in der Vorlesung von Frau Dr. Schwatenmöller an: „Der verdammte Fleck geht jetzt schon bis zur anderen Wand und wächst in Richtung meines Zimmers. Ich muss 'nen Spagat machen, wenn ich nicht festkleben will. Und soll ich dir was richtig Unheimliches erzählen? Wenn ich zu lange davor stehen bleibe, wächst der Fleck auf mich zu. Egal, an welchem Ende ich stehe."

„Weil der sich wahrscheinlich in alle Richtungen ausdehnt", sagte ich und unterdrückte ein Gähnen.

„Ne, ich hab's genau beobachtet: Der Fleck wächst immer nur in die Richtung, in der ich mich aufhalte. Heut Nachmittag hau ich das verfluchte Ding raus. Hab mir gestern zwei Meißel besorgt. Hilfst du mir?"

Ich schüttelte den Kopf: „Angie. Wir fahren nachher gleich mit der Bahn in die Eifel, ihre Eltern haben dort ein Wochenendhaus. Richtig schön abgelegen."

Floh grinste anzüglich. „Verstehe, nur ihr zwei und

die Liebe … un grande amore."

Ich blickte auf meinen Laptop und tat, als wäre ich beschäftigt.

„Is schon gut, du Kameradenschwein, ich versteh das voll", raunte mir Floh ins Ohr. „Aber wenn der Fleck mich aufsaugt, wirst du denken, hätt ich mal lieber dem armen, alten Floh geholfen, statt mir von meinen Hormonen das Gehirn wegblasen zu lassen."

Ich wollte protestieren, doch Floh kicherte und schlug mir kameradschaftlich auf die Schulter.

Als ich am Montagmorgen auf dem Weg zur Uni mein Handy wieder einschaltete, meldete es zig versäumte Anrufe von Floh. Noch während ich die Liste überflog, klingelte es.

Ich spielte den Genervten. „Kann man nicht mal ein Wochen…?"

„Es lässt mich nicht raus!", unterbrach mich eine gepresste, angstverzerrte Stimme. Ich hatte Mühe, sie als die meines Freundes zu identifizieren.

„Was …? Floh?"

„Es ist in meinem Zimmer! Der Flur ist voll. Alles!" Der Klang von Flohs Stimme machte mir Angst. So hatte ich ihn noch nie gehört. „Du musst mir helfen!"

„Moment, ganz ruhig, Alter. Du meinst doch nicht diesen Fleck?"

„Fuck, genau den!"

„Aber … aber was ist denn passiert? Du wolltest die

Fliesen doch raushauen?"

Ein gequältes Lachen schepperte durch den Lautsprecher. „Hab ich, hab ich. Aber das Zeugs war längst darunter. Verstehste? Der ganze Estrich war schwarz! Und jetzt komm ich nicht mehr raus. Du musst kommen!"

„Heh, Floh, beruhige dich. Ich komm, so schnell ich kann, ja? Sitz gerade in der Bahn. Bin gleich am Barbarossaplatz und steig um zu dir, okay? Mach nur keinen Scheiß."

Ein Schnaufen drang durch den Hörer. „Ich mach bald gar nichts mehr, Alter, verstehste?"

Die Straßenbahn hielt, ich stieg aus und wartete am Bahnsteig auf die Linie, die mich zu Floh bringen würde. Dabei versuchte ich meinen Freund zu beruhigen, doch stattdessen griff Flohs Panik auf mich über. Das ist doch alles hirnrissig, sagte eine Stimme in mir. Doch zugleich erinnerte ich mich an diesen seltsam glitzernden Fleck und das zerfressene Messer, und mein Magen zog sich immer mehr zusammen.

„Also, was ist genau passiert?", fragte ich.

Floh sog geräuschvoll Luft ein. Seine Stimme zitterte, als er zu berichten begann: „Das war doch 'ne Nummer zu groß für mich. Also hab ich den Beerenkötter angerufen. Freitagabend. Hat dem gar nicht gepasst, er hat geflucht, doch er sagte, er komme am Samstagvormittag vorbei. Über Nacht ist das Scheißding dann aber weiter gewachsen, fast bis vor meine Zimmertür." Er atmete schwer aus. „Den halben Flur hat es eingenommen. Und meine Treter und der kleine Dielenschrank waren weg. Verstehste, Tim?! Die waren weg!"

Ich sah die teerartige Masse vor mir und das Messerstück darin verschwinden. „Und dann?"

„Als Beerenkötter klingelte, wusste ich erst gar nicht, wie ich zur Tür kommen sollte. Hatte keine Lust, auch nur einen Fuß in den Fleck zu setzen."

„Kann ich verstehen."

„Also hab ich mir eine Decke genommen und drüber geworfen. Dann bin ich schnell zur Tür. Oh, Scheiße, Tim, es ist gleich an meinem Bett! Du musst dich beeilen! Das Ding wächst immer schneller, genau in meine Richtung! Es weiß, wo ich bin!"

„Ja, die Bahn fährt grad ein. Bin in zwanzig Minuten bei dir. Jetzt bleib ruhig und erzähl weiter. Was war jetzt mit deinem Vermieter?"

„Ach, der Idiot hat getobt, als er die Bescherung sah. Was ich diesmal angestellt hätte, und wie ich dazu käme, einfach die Fliesen rauszuhauen, und dass ich mir zum nächsten Ersten 'ne neue Bude suchen könne. Nur so ein Scheiß eben. Den hat gar nicht interessiert, was da passiert. Dabei hat das Ding vor seinen Augen die Decke aufgesaugt. Hat gesagt, er schickt jemanden vorbei und ist wutschnaubend raus. Kam aber keiner mehr am Samstag. Ja, und am Sonntag hatte das Zeug so gut wie den ganzen Flur erobert. Ich hab mir mein Laken und mein Kissen gepackt und bin darüber raus. Hab den ganzen Tag über versucht, Beerenkötter zu erreichen, aber der ging nicht ran. Und du auch nicht."

Obwohl ich nicht hatte ahnen können, dass die Geschichte so ausarten würde, und ich wahrscheinlich auch nichts hätte ändern können, wenn ich da gewesen wäre, packte mich das schlechte Gewissen. „Angies Hütte liegt im Funkloch, Floh, und …"

„Heh, spar dir das, Alter, is' schon gut. Ich wusst halt nicht, was ich machen sollte. Bin zu Konrad und Rolf und mit denen um den Block gezogen. Die glaubten mir kein Wort, und irgendwie dachten die, ich hätte gekifft oder das Bier nicht vertragen. Dabei hatten die hinterher selber ganz schön einen im Kahn. Aber dann meinte Konrad, wenn das Ding gerade meine Wohnung auffrisst, sollte ich wohl besser rausholen, was mir wichtig wäre. Ich dachte an meinen Laptop mit den ganzen Arbeiten drauf. Und an meine Lederjacke, weißte, die, mit der ich bei den Mädels immer so cool rüberkomme. Also, ich bekomm 'nen Riesenschreck und wanke zurück zu meiner Wohnung. Hat mich meine Jacke und mein letztes Paar Schuhe gekostet, in mein Zimmer zu kommen. Und dann wollt ich nur kurz ausruhen, war ganz benebelt … und wach vorhin erst wieder auf! Ich Idiot! Da wars zu spät!"

„Du musst doch noch irgendwelche Klamotten haben, die du drauf werfen kannst."

„Ja, hab ich ja gemacht! Doch das Ding ist jetzt gefräßiger! Im Nullkommanix waren die Klamotten weg und der verdammte Fleck nur noch größer geworden! Ich komm nicht zur Tür … Er wird es nicht zulassen, Tim. Der hat's auf mich abgesehen. Die ganze Zeit schon. Irgendwie weiß der, wo ich bin. Wenn ich zum Bett geh, kriecht er dahin, wenn ich zum Herd geh, wächst in die Richtung plötzlich ein Arm raus. Ich hab Angst, Tim!"

Es gab nur einen Ausweg. „Hör zu, Floh, halt dich so fern von dem Ding wie möglich! Schnapp dir alle Klamotten, die du noch hast, und schau zu, dass du zum Fenster kommst. Ich ruf jetzt die Feuerwehr, hörst du? Wir holen dich da raus. Okay?"

Flohs Antwort war mehr ein Weinen. Durch das Fenster der Straßenbahn konnte ich schon das Hochhaus sehen, in dem Floh wohnte.

„Bin gleich bei dir, okay?"

„Beeil dich, beeil dich bitte …"

Ich legte auf und tippte die Nummer der Feuerwehr ein. Dem Mann am anderen Ende erzählte ich was von einem Brand, und dass es um Leben und Tod ginge.

Als ich endlich das Hochhaus erreichte, hörte ich aus der Ferne schon die Sirenen heulend näherkommen. Ich sah hoch zum neunten Stock. Flohs Fenster war geschlossen. Seit Minuten wählte ich Flohs Handynummer, doch er ging nicht ran. Vielleicht war ihm das Handy aus der Hand gefallen und vom Fleck aufgezehrt worden, versuchte ich mich zu beruhigen. Ich drückte blindlings auf einige Klingelknöpfe, bis mir irgendwer aufdrückte. Der Lift war noch immer defekt. Also sprintete ich los. So schnell war ich noch nie in den neunten Stock gekommen. Ich keuchte wie eine alte Dampflok und klingelte. Dann fiel mir ein, wie unsinnig das war. Ich warf einen Blick auf Flohs Wohnungstür, die in einem kaum besseren Zustand war als der Flur, von dessen Wänden an vielen Stellen der Putz rieselte.

Eine Minute später war die Tür immer noch verschlossen, dafür war meine rechte Schulter halb taub. Ich versuchte es mit den Füßen, als zwei Feuerwehrmänner auf dem Treppenabsatz erschienen, ausgestattet mit Axt und Schlauch.

„Gott sei Dank!", rief ich und wies unnötigerweise auf die Tür. Sie schlossen den Schlauch an den Verteilerkasten auf dieser Etage an und rückten der Tür zu Leibe. Die Männer verstanden ihr Handwerk. Als ich eintreten wollte, hielt mich einer zurück. „Sie bleiben draußen!"

„Mein Freund ist da drin."

„Keine Sorge, wir holen ihn." Sie gingen rein, bevor ich sie warnen konnte. „Halt, passen Sie auf …"

Der hintere Feuerwehrmann winkte ab. Sie bewegten sich auf die Tür zu Flohs Zimmer zu. „Hallo, hallo ist jemand hier?"

Ich aber stand im Türrahmen und starrte auf den Dielenboden. Ich sah den freigelegten Estrich, die Fliesen, die so sauber glänzten, als wären sie gerade frisch geputzt worden. Keine Spur vom Fleck! Ich machte einen Schritt in die Wohnung, sah mich um. Nichts. Nichts deutete darauf hin, dass es diesen Fleck je gegeben hatte. Mein Hirn präsentierte mir erleichtert Dutzende guter Erklärungen, die sich alle darum drehten, dass Floh ein Kiffer und verdammt guter Geschichtenerzähler war.

Dann fiel mir auf, dass die Diele leer war. Keine Kommode, keine Schuhe, die hier sonst immer rumlagen.

Ein Geräusch drang aus dem Bad. Die beiden Feuerwehrmänner hatten es auch gehört und winkten mich verärgert zurück. Doch ich war schneller. Die Tür zum Bad stand offen. Ich sah direkt auf den halb zur Seite gezogenen Duschvorhang. Etwas bewegte sich dahinter.

„Floh?"

Es müssen nur Sekundenbruchteile gewesen sein, doch ich schwöre, ich sah ihn ganz deutlich. Oder sollte ich sagen es? Ein schwarzer, ölig glänzender Arm streckte sich mir von der anderen Seite des Vorhangs entgegen und etwas, das mehr Tentakeln als Fingern glich, griff nach mir. Ich meinte, Flohs Stimme zu hören, von weit her, wie über eine schlechte Telefonleitung. Doch ich hörte meinen Namen. Es ging mir durch Mark und Bein. Vielleicht war es aber auch Einbildung. Die Feuerwehrleute sagten später, sie hätten nichts gehört.

Ich aber hörte ein qualvolles Stöhnen. Der Arm wurde hinter den Duschvorhang zurückgerissen. Rasch machte ich einen Schritt auf die Dusche zu, riss den

Vorhang beiseite und sah gerade noch etwas Dunkles in meiner Größe in sich zusammensacken. Es geschah so schnell, dass ich nicht sicher bin, ob es nicht nur ein Schatten war, der verblich, als das Licht auf ihn fiel. In der Duschtasse aber sah ich eine ölig-teerige Masse, die mit einem ekligen Geräusch im Abfluss verschwand.

Unnötig zu sagen, dass wir von Floh keine Spur in der Wohnung entdeckten. Niemand hat seit diesem Tag etwas von ihm gehört. Niemand, außer mir. In meinen Träumen höre ich ihn nach mir rufen. Jedem dunklen Fleck begegne ich seitdem mit Angst, ja Panik, und manchmal, manchmal ist mir, als würde ich sein Profil, seine Gestalt erkennen. Seine Hand, die sich mir entgegenstreckt. Im Fleck auf der Straße, an der Tankstelle, in der Bahn, in der Küche … Um mich zu holen? Oder willst du zurück, Floh, von wo auch immer du jetzt bist?

Ich weiß nicht, was ich mehr fürchte …

Der Stein des unsichtbaren Volkes

Das Unheil begann, als Ernst Schäfer den VW Golf genau neben dem Felsblock zum Stehen brachte, um den die holprige Straße einen Bogen beschrieb. Der Stein hatte fast die Ausmaße ihres Autos.

„Ich muss mal", entschuldigte er sich bei seiner Verlobten Kathrin. Kühle Luft drängte sich in das Auto, als er die Tür öffnete. Ein kräftiger Wind wehte über den wolkenverhangenen Himmel.

„Wie praktisch, dass du im passenden Moment den einzigen Stein weit und breit gefunden hast", erwiderte Kathrin mit einem süffisanten Lächeln.

Ernst warf ihr über die Schulter einen fragenden Blick zu und deutete dann mit der Hand über die grauschwarze Lavafläche, die sich scheinbar endlos um sie herum erstreckte. „Wieso, hier gibt's doch nichts anderes außer Steinen und Geröll." Er machte Anstalten, hinter dem Fels zu verschwinden, doch Kathrins Ruf ließ ihn noch mal innehalten.

„Du, Ernst? Ernst!"

„Was denn? Kann ich nicht mal in Ruhe pinkeln, ohne dass du mich vollquatschst?"

„Im Reiseführer habe ich gelesen, dass unter solchen

Felsbrocken die unsichtbaren Einwohner Islands hausen. Geisterwesen, Feen oder Trolle. Die Isländer respektieren das und lassen sie unberührt an Ort und Stelle. Sonst beschwören sie Unglück herauf. Das hier muss so ein Stein sein. Sieh mal, wie die Straße extra einen Bogen drum herum macht."

„Ist ja sehr interessant, aber kannst du mir das nicht gleich im Wagen weitererzählen? Ich hab nur schnell was zu erledigen und keine Lust mir was abzufrieren."

„Ernst!"

Wollte sie ihn ärgern? Weil sie enttäuscht von der rauen Natur Islands war und ihren Urlaub lieber im sonnigen Spanien verbracht hätte? Aber sie hatte voriges Jahr das Ziel ihres ersten gemeinsamen Urlaubs aussuchen dürfen, nun war er dran gewesen.

„Was ist?!"

„Ernst, kannst du das nicht woanders machen?"

Es dauerte einen Moment bis er begriff, was sie von ihm wollte.

„Hast du sie noch alle?", gab er gereizt zurück und verschwand hinter der windgeschützten Seite des Felsens. Doch gerade in dem Moment, in dem er den Reißverschluss seiner Hose runterzog, tauchte Kathrin neben ihm auf.

„Ernst, nicht! Du verärgerst das Geistervolk damit!"

Das reichte! Er gab ihr einen Schubser Richtung Auto und rief: „Dein Geistervolk kann mich mal! Weißt du, was ich vom Geistervolk halte? Hä? Ich pisse auf dein

Geistervolk! Hört ihr mich? Ich pisse auf euch!"

Die nächsten zehn Minuten herrschte eisiges Schweigen, bis Ernst meinte: „Es tut mir leid."

Kathrin seufzte. „Mir auch. Ist es wieder gut, Ernie?"

Ernst grinste. „Ja, ist wieder gut. Wirklich, ich wollt dich nicht so anranzen, aber wenn du da in der Kälte stehst mit einer Blase, die bald platzt ... " Er schüttelte den Kopf. „Du hast aber auch Ideen ..."

„Ich hab einfach ein ungutes Gefühl, eine böse Vorahnung ..."

„Du glaubst doch nicht etwa an solchen Unsinn? Feen und Trolle? Was?"

Sie schwieg.

„Schau mal auf die Landkarte, wie weit es noch bis Seyðisfjörður ist", versuchte er sie auf andere Gedanken zu bringen. Er wusste genau, dass sie noch mindestens zwei Stunden brauchen würden. Zwei Stunden durch diese urtümliche Landschaft, geformt vom Magma der Vulkane und dem eisigen Wind. In der Ferne erhoben sich dunkle, teilweise schneebedeckte Berge. Soweit sie die Straße einsehen konnten – und das war sehr weit –, waren sie die einzigen Menschen, die hier unterwegs waren. Ernst genoss die Einsamkeit, es hatte etwas Abenteuerliches.

Ernst verfluchte die Einsamkeit, als auch eine Stunde nach einer Reifenpanne noch immer kein Mensch zu sehen war. Dämmerung legte sich bereits über die Landschaft, obwohl es Nachmittag war. Nur die Spitzen einiger Hügel und der Berge wurden noch in Sonnenlicht getaucht. Doch vor der Dunkelheit brauchten sie sich nicht zu fürchten, denn um diese Zeit des Jahres wurde es in Island nicht wirklich dunkel. Zwar würde bald die Sonne untergehen, doch die Insel würde in ein Zwielicht getaucht bleiben bis zum nächsten Morgen. Dafür herrschte in den bald bevorstehenden Wintermonaten die Dunkelheit und Schwärze vor.

Dennoch hatten sie keine Lust, die Nacht im Auto zu verbringen. Es war jetzt schon kalt, und später würde es vermutlich Frost geben.

Doch bis zur nächsten Siedlung war es zu Fuß zu weit. Sie hatten die Landkarte genau studiert. Leider war sie nicht detailliert genug, um zu erkennen, ob in der Nähe wenigstens ein einsames Gehöft lag.

So hofften sie weiter auf ein vorbeikommendes Fahrzeug. In Decken eingehüllt, saßen sie im Wagen und starrten missmutig durch die Scheiben.

Die Sonne war noch nicht lange hinter den Bergen verschwunden, als Ernst plötzlich aufgeregt rief: „Da! Da sind Lichter! Siehst du es?"

Er deutete auf die Hügel rechts von ihnen. Tatsächlich bewegten sich dort zirka ein halbes Dutzend kleiner Lichter auf und ab.

„Was kann das sein?", murmelte Kathrin.

„Vielleicht eine Wandergruppe oder Schafhirten."

„Um diese Zeit?"

Ernst sprang aus dem Wagen. „Egal, ich werde nachschauen!"

„Ernst, warte, lass mich nicht allein!"

Er wandte sich um. „Jemand muss beim Wagen bleiben, Schatz. Wenn nun doch ein Auto vorbeikommt ..."

Sie nickte und rief ihm hinterher: „Bleib nicht zu lange fort!"

Ernst lief, so schnell er konnte, auf die Lichter zu. Bei dem steinigen Untergrund und dem Dämmerlicht musste er aufpassen, dass er nicht stolperte. Ein gebrochenes Bein hätte ihm jetzt gerade noch gefehlt.

Er wedelte im Laufen mit den Armen und rief: „Hallo! Hallooo! Wir brauchen Hilfe! Help us please!"

Doch die Lichter blieben nicht stehen. Im Gegenteil, sie schienen sich wieder zu entfernen. Oh nein, das konnte doch nicht wahr sein!

Noch einmal rief Ernst, so laut er konnte. Er meinte, eine Stimme zu vernehmen, doch nicht aus der Richtung der Lichter, sondern vom VW her. Kathrin?

Irritiert blieb er stehen, sah zurück und lauschte. Nichts. Er hatte sich wohl getäuscht. Als er sich wieder den Lichtern zuwenden wollte, stellte er mit großer Bestürzung fest, dass sie verschwunden waren!

Er wollte es nicht glauben und lief noch einige Schritte in die Richtung, in der er sie zuletzt gesehen hatte. Doch sie erschienen nicht wieder.

Mit hängenden Schultern ging er zum Wagen zurück. Das hatte er nun von seinem Abenteuerurlaub. Es tat ihm leid, dass er Kathrin hierher gebracht hatte und nicht an einen freundlicheren, wärmeren Ort. Beim VW angelangt, sagte er: „Ich war nicht schnell genug. Ich schwör dir, beim nächsten Urlaub ..."

Er verstummte augenblicklich, als er merkte, dass seine Verlobte nicht ihm Wagen war. „Kathrin?" Er stieg aus, ging um das Auto herum und schaute sich um. „Kathrin!"

Sie war wie vom Erdboden verschluckt.

„Sie kann nicht weit gekommen sein, Herr Schäfer. Keine Sorge, ich habe einen Hubschrauber angefordert. Wir finden sie schon."

Ernst sah in das aufmunternde Gesicht des Polizisten. Der Fahrer des Kleintransporters, der ihn aufgelesen hatte, behielt jedoch seinen skeptischen Ausdruck. Nachdem Ernst ihm seine Geschichte erzählt und – da der Mann angefangen hatte von Feen zu reden – auch die Sache mit dem Stein erwähnt hatte, war dem Fahrer sofort klar, was passiert war: „Das kleine Volk hat sie geholt! Sie haben sie gereizt, und das ist ihre Rache."

„Red keinen Unsinn, Gunnar, du regst unseren Gast nur auf."

„Du weißt, dass ich keinen Unsinn Rede, Jón. Mit dem kleinen Volk ist nicht zu spaßen. Viele von denen sind sowieso sauer auf uns, weil unsere Vorfahren die Bäume abgeholzt haben. Und dann kommt er und fordert sie heraus. Das war dumm. Hören Sie, Herr Schäfer, glauben Sie besser an das unsichtbare Volk und entschuldigen Sie sich. Das ist Ihre einzige Chance, Ihre Frau zurückzubekommen."

Ernst entschuldigte sich nicht. Das war ja lächerlich! Kleines Volk!

Die Polizei fand jedoch keine Spur von Kathrin. So konnten sie nur spekulieren, was geschehen war: Vielleicht hatte auch sie Lichter oder etwas anderes gesehen und war auf eigene Faust losgelaufen. Möglicherweise war sie gestürzt, so dass Ernst sie nicht hatte sehen können. Und später wäre sie dann orientierungslos durch die karge Landschaft geirrt bis ins Moorgebiet, in dem schon einige Menschen spurlos verschwunden waren.

Lange hegte Ernst die Hoffnung, Kathrin wiederzufinden. Mehr als fünf Jahre lang.

Zweimal kehrte er in dieser Zeit nach Island zurück, doch er fand nur Schmerz und Trauer. In seiner Verzweiflung verwünschte er das unsichtbare Volk und kehrte der Insel, die ihm die Liebste genommen hatte, für immer den Rücken.

Ein Jahr später begegnete er meiner Mutter. Sie erst brachte wieder Freude in sein Leben. Sie heirateten. Ich wurde im Jahr darauf geboren.

Das ist nun über zwanzig Jahre her.

Vater starb letzten Sommer an einem Schlaganfall. Er

hatte im Garten einen Baum fällen wollen. Nie vergesse ich den entsetzten Ausdruck auf seinem Gesicht.

Die mysteriöse Geschichte vom Verschwinden seiner ersten Verlobten hatten Mutter und ich erst kurz vorher erfahren. Beim Aufräumen waren meiner Mutter alte Bilder und Fahndungsplakate von Kathrin in die Hände gefallen. So aufgeregt hatte ich Vater vorher noch nie erlebt, ja, ich sah ihn damals das erste Mal weinen, als er uns davon berichtete. Der Schmerz saß immer noch tief.

Mich hatte diese Geschichte seitdem nicht losgelassen, und so beschloss ich, meinen Urlaub dieses Jahr in Island zu verbringen. Ein Auto konnte ich mir zwar nicht leisten, aber mit dem Bus, per Anhalter und auch zu Fuß kam ich auch gut voran.

Ich folgte den Spuren meines Vaters, fragte bei der Polizei nach, die den Fall längst zu den Akten gelegt hatte. Dort erfuhr ich, wo genau Kathrin damals verschwunden war. Meine Neugier und die verrückte Hoffnung, etwas zu entdecken, was alle anderen übersehen hatten, trieb mich in die einsame Lavalandschaft des Nordens. Über Geröll und Löcher stolperte ich dort bis zum Sonnenuntergang herum.

Schließlich ruhte ich mich erschöpft aus und lauschte der Stille der Nacht. Eine Nacht, die so viel heller als bei uns zu Hause war. Schwach leuchteten einige Sterne am hellgrauen Himmel, und ab und an pfiff der Wind leise über die Ebene.

Allein inmitten der unwirtlichen Landschaft erschien

mir das Vorhandensein von Geistern, Feen und Trollen weitaus greifbarer. Aus dieser Stimmung heraus sprach ich wohl mein kleines Gebet an sie, uns Kathrin wiederzugeben, und bat im Namen meines Vaters um Verzeihung.

Ich lauschte in die Nacht, doch es kam keine Antwort.

Was hatte ich auch erwartet?

Nach einigen Minuten machte ich mich wieder auf den Weg und ging zurück zur Straße. Es war noch eine lange Strecke bis zum nächsten Dorf.

Im ersten Moment glaubte ich, mir die Stimme eingebildet zu haben, aber sie war tatsächlich da und rief den Namen meines Vaters!

„Ernst! Ernst, da bist du ja!"

Von links näherte sich eine schlanke Gestalt. Es war eine Frau. Erst wenige Meter vor mir konnte ich ihr Gesicht erkennen und erstarrte.

„Kathrin?"

„Ernst, du glaubst nicht, was mir passiert ist! Plötzlich stand diese blonde Frau neben mir und fragte direkt auf Deutsch, ob ich ihr helfen könne. Ich ihr! Stell dir vor! Ich war so perplex, dass ich ihr folgte. Sie führte mich in eine Höhle, keine Ahnung, wie wir da reinkamen. Dort standen Möbel aus Holz und Stein, mitten im Wasser, die halbe Höhle war überschwemmt. Es hat so komisch gerochen. Wir mussten ihre Pflanzen retten; und dann half ich ihr, das Wasser in Eimern rauszutragen. Erst als wir fertig waren, kam ich wieder richtig zu mir und suchte nach dir. Sieh mal, was sie mir als Dankeschön geschenkt hat. Ich glaube, es ist Gold!"

Kathrin trat näher auf mich zu – und erstarrte ebenfalls.

„Du ... Sie sind gar nicht Ernst! Sie sehen ihm so ähnlich."

„Nein." Ich schüttelte den Kopf. „Aber ich kenne ihn. Und ich kenne Sie, Kathrin."

„Mich? Woher? Wer sind Sie?" Sie schaute sich um.

„Wo ist denn bloß Ernst? Gehören Sie zu der Wandergruppe, die er gesehen hat?"

„Nein, es ... ist etwas komplizierter." Ich sah ihr in die Augen. Sie strahlten genauso jung wie vor über fünfundzwanzig Jahren. Ich bedeutete ihr, sich zu setzen.

„Glauben Sie an das unsichtbare Volk ...?"

Schwarzer Peter

„Mensch, Peter, du kannst nicht mit! Wie oft soll ich dir das noch sagen?!" Hendrick schaute seinen kleinen Bruder verärgert an. Der stand in seine schwarze Kutte gehüllt im Flur und machte eine trotzige Miene.

„Ich will aber mit", beharrte er mit weinerlicher Stimme.

„Du nervst, zieh Leine!" Hendrick wandte sich wieder dem Spiegel zu, um seine Zombie-Schminke zu prüfen. Würde er Lena damit beeindrucken?

„Mutti hat gesagt, du passt auf mich auf."

Hendrick gab einen entnervten Laut von sich. Warum musste Mutter ausgerechnet heute Abend kellnern? „Ja, und sie sagt auch immer, dass kleine Jungs um zehn ins Bett müssen. Also husch ins Körbchen."

„Das ist gemein!" Peter stampfte mit dem rechten Fuß auf, senkte die Stirn und verschränkte demonstrativ die Arme vor dem Oberkörper. In diesem Moment erklang die Türklingel. Hendrick öffnete und sah in die Maske Freddy Kruegers. Ein Fleischermesser tanzte dicht vor seinen Augen, und eine dumpfe Stimme sagte: „Süßes oder Saures."

Hendrick blinzelte und lächelte gequält. „Mensch,

Jan, steck das Ding weg."

Freddy Krueger lachte hinter seiner Maske. „Ist nur 'n Larp-Messer, keine Angst. Aber du siehst auch echt krass aus." Er folgte Hendrick in den Flur und sein Blick fiel auf Peter.

„Huh, kleiner schwarzer Mann." Er beugte sich zu Peter runter und fuchtelte mit dem Messer vor dessen Stirn herum. „Kleine Kinder mag ich am liebsten", sagte er mit verstellter Stimme. Tatsächlich wich Peter ängstlich ein paar Schritte zurück. Freddy Krueger lachte. „Wieso is'n der Hosenscheißer noch auf?"

„Selber Hosenscheißer!" Peter warf Hendricks Freund einen zornigen Blick zu.

„Heh, Pete, jetzt sei vernünftig", versuchte es Hendrick mit ruhiger Stimme. „Von mir aus kannst du noch 'ne DVD sehen, okay? Wie wärs mit Cars, den hast du doch so gerne. Und von dem Süßen, das wir gesammelt haben, ist auch noch genug da. Kannste alles haben. Okay?

Heh, Bruderherz, okay?"

Peter verschränkte erneut die Arme und drehte sich um. „Ihr seid Arschlöcher!"

Jan lachte und nahm die Freddy-Maske ab. „Gut, dass ich Einzelkind bin. Also, was ist, Alter, können wir gehen?" Er zog aus seiner Umhängetasche eine Flasche mit rotem Wodka hervor. „Ich hab alles dabei."

Hendricks Zombiegesicht verzog sich zu einem Grinsen. „Ja, alles klar. Ich leg meinem Bruder nur noch 'ne

DVD rein."

„Das kann ich selber!", erklang es wütend aus dem Wohnzimmer.

„Komm, wir sollten die Mädels nicht warten lassen", raunte Jan. Hendrick nickte, zog sich seine Lederjacke über, nahm die Schlüssel und rief ins Wohnzimmer: „Mach ja keinen Unsinn, hörst du?"

Vergeblich lauschte er auf eine Antwort. Jan schlug ihm auf die Schulter, und Hendrick zog die Wohnungstür hinter sich zu.

Der Weg zur Frielingsdorfer Bushaltestelle war nicht weit. Hendrick und Jan waren nicht die einzigen Horrorgestalten, die an diesem Abend unterwegs waren. Nachdem die Kids ihre Halloweensüßigkeiten gesammelt hatten, wollten nun die Jugendlichen Halloween auf ihre Weise feiern. Nicht alle Dorfbewohner freuten sich über diesen Trend. Doch vor einigen Häusern oder in Fenstern begrüßten beleuchtete Kürbisköpfe das Gruselfest.

Hendrick hörte das Tappen von Schritten hinter sich und drehte sich um. Es war nichts zu sehen. Vor seinen Lippen bildete sein Atem schwache Wölkchen. „Scheißekalt." Er zog den Reißverschluss seiner Jacke zu.

Jan grinste und deute auf die Wodkaflasche. „Damit wärmen wir uns schon richtig auf. Mal sehen, was heute noch geht." Er gab Hendrick einen freundschaftlichen Stoß mit dem Ellbogen. „Da sind sie!"

Sie sahen eine Hexe mit Spitzhut, unter dem sich langes braunes Haar bis auf die mit einem Mantel bedeckten Schultern ergoss und daneben eine Teufelin, aus deren krausen, schwarzen Haaren rote Stoffhörner stachen.

Jan zog seine Maske auf und holte sein Messer hervor, und Hendrick verdrehte die Augen, hielt die Arme steif vor sich gestreckt und verfiel in einen torkelnden Gang.

„Heute Nacht holt dich der Teufel!", zischte Jan der Teufelin zu. Die verzog ihre knallroten Lippen zu einem gequälten Lächeln. „Wie originell."

Lena sah ebenfalls nicht sehr amüsiert aus und Hendrick beschloss, seine Zombienummer aufzugeben. „Hey Mädels", begrüßte er die beiden.

„Da seid ihr ja endlich. Wir dachten schon, wir müssten hier erfrieren", gab Lena leicht gereizt als Antwort.

Hendrick hob die Schultern. „Tut mir leid, Stress mit meinem kleinen Bruder." Und dachte: Das fängt ja gut an.

„Also, was geht?", fragte Jan. „Zum Alten Friedhof?"

Die Miene der Teufelin machte deutlich, was sie von diesem Vorschlag hielt.

Lena wies mit dem Kopf auf eine andere Gruppe Maskierter, die rauchend beieinanderstanden. „Da sind doch jetzt alle. Nein, wir gehen zur Neuenburg."

Hendrick stutzte. „Zur Burgruine?"

„Ja, oder hast du Angst?"

Hendrick straffte die Brust. „Ne, Blödsinn. Ich dachte nur, ist ja doch 'n Weg. Durch Scheel und dann den Wanderweg lang … Oder wollt ihr an der Zwergenhöhle vorbei hoch in den Wald?"

„Ne, zu dunkel und zu steil", meinte Lena.

„Wir haben was Besonderes vor …", sagte die Teufelin mit bedeutungsschwangerer Stimme.

„Ihr seid immer was Besonderes", versuchte Jan zu punkten.

„Danke, ich weiß", sagte die Teufelin kühl, konnte sich aber das Grinsen nicht verkneifen. Sie langte in ihre Umhängetasche und holte ein ledergebundenes Buch daraus hervor. „Es geht um das hier. Hab ich neulich in 'nem Antiquariat gefunden."

„Was 'n das?", fragte Jan und las mühsam den Titel: „Von den wahren Mächten und denen aus den Tiefen der Anderwelt." Ratlos sah er die Buchbesitzerin an.

„Mensch, das ist voll cool!", meinte diese. „Ein Handbuch für Hexen und Magier. Hier stehen voll abgefahrene Beschwörungsformeln drin. Die probieren wir aus. Ist heut doch 'ne magische Nacht."

Hendrick warf Lena einen unsicheren Blick zu. Die sah ihn herausfordernd an. Er zuckte mit den Achseln. „Von mir aus."

„Ich hab auch Kerzen, eine Taschenlampe und alles andere, was wir brauchen dabei", sagte Melina, die Teufelin.

„Krass. Ich bin dabei!", rief Jan aus.

Hendrick fühlte sich nicht wirklich wohl bei dem Gedanken an satanische Beschwörungen. Doch wenn er Halloween mit Lena verbringen wollte, blieb ihm nichts anderes übrig. An ihrer Seite schritt er stumm die Jan-Wellem-Straße hoch, während Jan all seinen Charme bei Melina spielen ließ. Hendrick überlegte, womit er bei Lena Eindruck machen könnte, doch ihm fiel nichts ein, und er wollte auch nichts Dummes sagen. Als sie am Alten Friedhof vorbeigingen, sahen sie dort kleine Lichter und hörten unterdrückte Stimmen.

„Siehste!", hörte er Melina sagen. Er blickte hinüber und blieb abrupt stehen. Er sah Kerzenschimmer beim hohen Grabmal in der Mitte des parkähnlichen Geländes und die Umrisse einer Gruppe Jugendlicher. Flaschen klirrten, Kichern und Gemurmel klang herüber. Doch es war etwas anderes, das seine Aufmerksamkeit erregt hatte. Aus den Augenwinkeln glaubte er, einen Schemen wahrgenommen zu haben, der, als sie am Friedhof vorbeigingen, ihnen wie ein Schatten über die Straße hinterhergehuscht war. In dem Moment aber, als Hendricks Blick auf ihn fiel, war er blitzschnell hinter einem Gebüsch verschwunden.

„Was ist?", fragte Lena.

Hendrick starrte in die Dunkelheit und schüttelte schließlich den Kopf. „Nichts."

Lena seufzte laut und ging weiter.

Den ganzen Weg zur Burgruine wurde Hendrick das Gefühl nicht los, verfolgt zu werden. Immer wieder sah er sich um, meinte das Geräusch von Schritten zu hören oder ein Knacken im Unterholz. Den anderen blieb das natürlich nicht verborgen.

„Macht sich da einer ins Hemd?", fragte Jan und die Mädchen kicherten.

Hendrick ärgerte sich und riss sich zusammen. Er versuchte, seine Aufmerksamkeit auf den Lichtstrahl von Melinas Taschenlampe zu konzentrieren, der über den lehmigen Weg vor den spärlichen Überresten der Neuenburg glitt. Braungelbes Laub raschelte unter ihren Füßen, als sie den Zugang über den tiefen Graben zum einzigen Einschnitt im Erdwall nahmen. Der Eingang wurde bewacht von einem halb verfallenen Turm aus Bruchsteinen, dem einzigen deutlich sichtbaren Überrest der Burg, abgesehen von einem Stück Mauer, das sich im Innern des Erdwalls an den Turm anschloss. Der Wald hatte sich längst das verlorene Terrain wieder zurückerobert. Das fahle Licht des abnehmenden Mondes sickerte durch die Herbstbäume und verlor sich auf dem Weg zum laubbedeckten Untergrund.

Sie traten auf eine Lichtung. Jan wies nach rechts auf einen Haufen Steine, der die Überreste einer Feuerstelle markierte. Melina schüttelte den Kopf. „Nein, wir bleiben hier." Sie gab Lena die Taschenlampe, zog ihre Umhängetasche über die Schulter und fing an, etwa ein Dutzend Stumpenkerzen in einem scheinbar willkürlichen Muster auf dem Boden zu verteilen. „Wir müssen ein Pentagramm bilden", erklärte sie, „groß genug, dass wir in der Mitte stehen können." Sie drückte Jan ein Feuerzeug in die Hand und bedeutete ihm, die Kerzen anzuzünden. Ihr warmer, gelblicher Schimmer erhellte kaum mehr als den Boden, auf dem sie standen. Hendrick erkannte die Eckpunkte eines fünfzackigen Sterns in der Anordnung. Melina rückte zwei, drei Kerzen zurecht, dann griff sie erneut in die Umhängetasche, holte das Buch und einen kleinen Gegenstand hervor.

Jan trat neugierig zu ihr. „Was willst du denn mit dem Taschenmesser?"

Melina presste die Lippen aufeinander, als sie sie der Reihe nach ansah. Dann meinte sie: „In dem Buch steht, dass jemand das Opfer spielen und sein Blut geben muss."

„Davon hast du nichts gesagt!" Lenas Miene wurde plötzlich bleich.

„Es braucht ja nicht viel zu sein. Nur ein bisschen. Ein Schnitt in den Finger …"

„Toll, und wer soll das machen?!"

Keiner gab eine Antwort.

„Wir lassen das Schicksal entscheiden. Ich hab Karten mitgebracht …"

„Das ist doch bescheuert", sagte Lena.

„Nein, nein, warte", meinte Jan. „Wenn's wirklich nur ein Pikser ist. Ist doch nicht schlimm."

„Dann kannst du es ja gerne machen."

Jan zog die Wodkaflasche aus seiner Tasche. „Wollen wir uns nicht erst was aufwärmen, bevor wir loslegen?"

Alle stimmten eifrig zu. Hendrick rieb sich fröstelnd die Hände. Irgendwie hatte er sich den Abend anders vorgestellt. Doch der Alkohol löste nach und nach die Anspannung, wärmte, die Kerzen gaben allem einen romantischen Touch, und als die Flasche so gut wie leer war, war auch er der Meinung, dass es doch eigentlich eine spaßige Idee war.

Ein lautes Rascheln erklang und alle blickten sich erschrocken um.

„Bestimmt nur ein Reh", sagte Jan.

Hendrick schüttelte den Kopf. Nein, das war kein Reh. Diesmal hatte er es deutlich gesehen: Ein dunkler Schemen, der rechts von ihnen hinter einem Erdhügel verschwunden war. Er sah die anderen an und legte seinen rechten Zeigefinger auf die Lippen. Dann bat er Lena wortlos um die Taschenlampe, die er ausschaltete, und wies Jan an mitzukommen. Während er nach links an der Feuerstelle entlangging, sollte Jan von rechts den Hügel umrunden. Er versuchte leise zu sein, doch der Alkohol beeinflusste seinen Gleichgewichtssinn zu sehr. Hendrick taumelte, ein Zweig knackte unter seinem Fuß. Von der anderen Seite des Hügels glaubte er ein Keuchen zu vernehmen, dann Rascheln und plötzlich Jans Stimme: „Heh, hab ich dich, du Ratte!"

Mit zwei Sätzen war Hendrick auf dem Erdhügel, schaltete die Taschenlampe ein und leuchtete in die

Senke. Dort stand Jan. In seinem Griff wand sich eine kleine Gestalt in schwarzer Kutte und mit auf die Stirn geschobener Scream-Maske.

„Peter!"

Die Gestalt hielt inne. Hendrick sprang in die Senke und sah seinen Bruder fassungslos an. „Sag mal, spinnst du?! Was machst du hier?"

Peter sah ihn wütend an. „Du hast Alkohol getrunken."

„Heh, Rotznase, werd nicht frech", sagte Jan und verstärkte seinen Griff.

„Aua."

„Nicht Jan, tu ihm nicht weh."

„Das sag ich alles Mutti."

„Das sag ich alles Mutti", äffte Jan ihn nach.

„Wer ist das?", fragte Melina, die mit Lena hinzugekommen war.

„Mein kleiner Bruder", seufzte Hendrick. „Ja, das wars dann wohl. Jetzt kann ich ihn nach Hause bringen. Echt prima, Bruderherz. Das wird voll das Nachspiel haben!" Er hätte ihn in diesem Moment erwürgen können.

„Wieso nach Hause?", meinte Jan. „Lass den Kleinen doch mitspielen."

Hendrick sah seinen Freund an, als hätte der den Verstand verloren. Der kicherte. „Wirklich, mich stört er nicht. Euch etwa, Mädels?"

Lena zögerte mit einer Antwort, Melina zuckte die

Achseln.

„Wir wollten doch gerade ein Kartenspiel spielen …", fuhr Jan fort und nickte Melina zu. Er ließ Peter los, der rasch ein paar Schritte auf die Mädchen zuging.

„Der wird heute Abend seine Lektion lernen", raunte Jan Hendrick zu.

Ehe der fragen konnte, was sein Freund damit meinte, forderte Jan auch schon die Teufelin auf, ihre Karten hervorzuholen.

„Du wolltest uns gerade erklären, wie's geht."

„Ganz einfach eigentlich. Ich hab hier ein Schwarzer Peter-Spiel. Ich werde gleich fünf Karten mischen. Jeder zieht eine. Eine davon ist der Schwarze Peter. Wer ihn zieht, ist das Opfer und …"

„Lass mich das machen", sagte Jan und zwinkerte Hendrick zu. Peter beobachtete die Großen schweigend und besah sich die Kerzen.

„Du spielst doch mit, oder hast du Angst, Peter?", fragte ihn Jan.

„Was für ein Spiel ist das denn?"

„Keines für Angsthasen und Hosenscheißer. Nur für Leute, die groß genug sind. Wenn du lieber gehen möchtest …"

„Ich bin kein Hosenscheißer!" Peter ballte seine Fäuste.

„Okay, du bist dabei."

„Nein, lass ihn." Hendrick trat neben seinen Bruder. „Ich bringe ihn nach Hause."

76

„Ich will nicht nach Hause! Ich will mitmachen. Sonst sage ich Mutti, was ihr hier macht."

„Peter …"

„Mensch, lass ihn doch. Ist doch nur Spaß. Okay, wer will anfangen?" Jan hielt fünf Karten in seiner rechten Hand. Er beugte sich zu Peter runter, der ihn nur mit großen Augen ansah, und wandte sich dann den anderen zu. Hendrick nahm als erster eine Karte. Ein Mädchen mit blonden Zöpfen.

„Vielleicht die Damen?", fragte Jan und hielt ihnen die Karten hin. Zögernd zogen sie je eine und atmeten erleichtert auf.

„Nun hab ich nur noch zwei Karten auf der Hand, Peter. Jetzt bist du dran."

Peter sah zu seinem Bruder hoch ehe er die Hand ausstreckte und vorsichtig eine Karte zog. Er drehte sie um und bekam große Augen. „Ist das der Schwarze Peter?"

Hendrick sah einen kleinen blonden Kaminkehrer auf Peters Karte. „Ja."

„Tja, Pech, kleiner Schwarzer Peter." Jan lachte laut auf.

Hendrick trat zwischen die beiden. „Nein, das kannst du nicht machen."

„Er hat die Karte gezogen", sagte Melina. „Brauchst keine Angst haben, Kleiner. Hier, der letzte Schluck ist für dich." Sie hielt Peter die Wodkaflasche hin.

„Ich darf keinen Alkohol trinken."

„Du darfst auch nachts nicht aus dem Haus laufen", sagte Jan. „Aber wenn du nicht willst ..." Er griff nach der Flasche und leerte sie. Achtlos warf er sie zu Boden und schob Peter in die Mitte des Pentagramms.

„Ihm passiert schon nichts", flüsterte Lena Hendrick zu. Er sah das hübsche braunhaarige Mädchen an und glaubte ihr. Außerdem verdiente Peter eine kleine Strafe. Er hatte sich ausgemalt gehabt, was später in der Nacht geschehen könnte, vielleicht würden er und Lena allein sein ... doch das konnte er jetzt vergessen. Ja, sollte sein nerviger Bruder ruhig ein bisschen zittern.

Sie stellten sich inmitten des Pentagramms kreisförmig um Peter herum.

„Nehmt euch bei den Händen", sagte Melina, die das Buch aufgeschlagen hatte. Peter schaute sie alle fragend an, blieb aber ruhig in der Mitte stehen. Melina begann zu lesen: „Schwarzer Mann, wir rufen dich. Schwarzer Mann, erhöre mich. Komm als Schatten, eil herbei, endlich bist du wieder frei. Dieses Opfer geben wir, mach uns andre reich dafür." Sie gab Jan mit einem Kopfnicken zu verstehen, dass nun die Zeit für das Blutopfer gekommen war. Er holte das Taschenmesser hervor, kniete sich vor Peter hin und bat ihn um seine linke Hand. Peter zögerte, warf Hendrick einen suchenden Blick zu. Hendrick nickte. Würde ja nur ein kleiner Piks sein.

Peter streckte die Hand aus, Jan umfasste sie. Hendrick schaute genau hin. Ehe sie sich versahen, hatte Jan

Peter schon in den kleinen Finger geschnitten. Ein Blutstropfen quoll hervor.

„Aua, aua. Hendrick, er hat mir wehgetan. Lass mich los. Aua ..." Peter wollte sich losreißen, doch gegen Jan kam er nicht an. Er wimmerte und schniefte.

„Nimm dies unschuldige Blut, kühle damit deine Wut", fuhr Melina fort und flüsterte: „Es muss auf den Boden tropfen."

Jan drückte an Peters kleinem Finger, der schrie auf und rief nach seiner Mutter. Ein Tropfen Blut fiel zu Boden.

„Nimm, Windschatten, was du kannst, füttere damit deinen Wanst. Doch gib dem, der dich flieht, alles, was er sieht. Gib uns Gold und ..."

Ein plötzlicher, heftiger Windstoß riss Melina die Worte förmlich von den Lippen. Die Kerzen flackerten. Sie erzeugten eine eigentümliche Illusion. Hendrick, der die ganze Zeit über seinen Bruder beobachtete, meinte, zu dessen Füßen einen Schatten heranwachsen zu sehen, schwärzer als die Nacht, immer größer werdend, bis die Flammen der Kerzen mit einem Mal erloschen und sie im Dunkeln standen. Keiner wagte ein Wort zu sagen, nur Peters Wimmern drang durch die Nacht. Trotz der Düsternis meinte Hendrick immer noch den Schatten sehen zu können, der wuchs und wuchs. Er spürte Lenas Griff um seine Hand fester werden. Als er sich ihr zuwandte, nahm er hinter ihr, dort wo in diesem Moment der Kopf des Schattens sein musste, ein Glimmen wahr. Zwei Kerzendochte flammten plötzlich auf, wie ein sich öffnendes Augenpaar, das ihn mit bösem, feurigem Blick anstarrte.

Der Anblick schnürte ihm die Kehle zu. Etwas Kaltes griff nach seiner Seele. Er hörte Peters panischen Schrei. Kurz darauf schrie jemand auf wie vor Schmerzen. Keuchen und Fluchen, etwas huschte zwischen ihnen davon.

„Wichser!", schrie Jan. „Hen, die Lampe! Mach die Lampe an! Dein verfluchter Bruder hat mich in die Hand gebissen!"

Hendrick hatte ganz vergessen, dass er die Taschenlampe eingesteckt hatte. Er holte sie aus der Jackentasche, knipste sie an und leuchtete als Erstes auf die Stelle, an der er den Schatten gesehen hatte. Er war nicht mehr da.

„Mensch, Hen, in die andere Richtung! Er ist da langgelaufen."

Hendrick drehte sich um und strahlte in die angegebene Richtung. Er meinte einen Schemen am Turm vorbeirennen zu sehen und lief los.

„Heh, lass uns nicht ohne Licht!", rief Melina ihm zu.

„Kommt mit! Wir müssen meinen Bruder finden, bevor er sich im Dunkeln die Knochen bricht!"

Die drei anderen folgten ihm fluchend. Vor dem Zugang sahen sie sich suchend um. Rechts lag der Weg, über den sie hergekommen waren, links sahen sie den Schemen eines morschen Unterstandes, an dem zwei

Trampelpfade vorbei in den Wald führten.

„Und wohin jetzt?", fragte Lena.

Hendrick lauschte. Kam von links nicht ein Knacken und Rascheln? „Da lang!" Sie ließen den Unterstand rechts liegen, wichen einem kaputten Fahrrad aus, das jemand mitten auf dem Weg hatte liegen lassen. Hinter sich hörte er Lena fluchen. „Verdammt, wir brechen uns hier noch selber alle Knochen. Ich kann kaum was sehen."

„Da! Leucht mal da hin, Hen!", rief Jan. Ein schwarzer Schatten. War das Peter? Sie liefen den steilen Weg den Berg hinab und mussten aufpassen, dass sie auf dem feuchten Waldboden nicht ausrutschten.

Lena und Melina waren vorsichtiger als die Jungs und blieben bald zurück.

„Heh!", hörte Hendrick Lenas Ruf. Doch das war ihm im Moment egal. Er musste Peter finden. Verdammter Mist, er hätte ihn besser direkt nach Hause bringen sollen, dann wäre das alles nicht passiert.

Keuchend rutschten und stolperten sie den Berg hinunter. Immer wieder meinte Hendrick, eine dunkle Gestalt zu entdecken, mal in Peters Größe, aber auch mal größer. Nur jeweils knapp vor ihnen, doch dann verschwand sie hinter einem Busch oder Baum. Ab und an sauste ein Windstoß zugleich mit ihnen zwischen den Bäumen hindurch.

„Peter! Warte doch", rief Hendrick. „Es ist alles okay. Peter!"

„Das gibt's doch nicht. Der ist doch nicht schneller als wir", sagte Jan.

Hendrick stolperte über eine Wurzel und fiel der Länge nach hin. Ein Windstoß jagte knapp über ihn hinweg. „Scheiße!"

Sofort rappelte er sich wieder auf, griff nach der Taschenlampe, die ihm aus der Hand gefallen war und blickte keuchend nach vorne. Der Weg gabelte sich. Zwischen den Baumstämmen hindurch sah Hendrick die Lichter von Häusern.

Jan war schon weiter und lief den rechten Weg hinunter. Erst jetzt dachte Hendrick wieder an Lena und Melina. Er drehte sich nach ihnen um, fand aber keine Anzeichen von ihnen. Dann folgte er seinem Freund.

„Ich glaub, er ist da unten", rief Jan ihm zu. Hendrick sah, wie sein Freund nach rechts auf einen länglichen, dunklen Umriss wies. Hendrick leuchtete dorthin. Das Licht der Taschenlampe riss einen breiten Holzzaun aus der Finsternis. Jetzt wusste er, wo sie waren: Der Zaun markierte das Ende eines Abhangs. Dahinter ging es steil etwa drei Meter hinab, genau vor den Eingang einer kleinen Höhle, der sogenannten Zwergenhöhle.

Jan war bereits den Weg links vom Zaun weiter nach unten gelaufen. „Er ist da drin", rief er zu Hendrick hoch. Dann wandte er sich nach rechts, zum Höhleneingang. „Peter, ich weiß, dass du da drin bist. Komm raus, wir tun dir schon nichts."

Es kam keine Antwort. Einzig das Plätschern von Wasser drang durch die Nacht. Hendrick wusste, dass in der Nähe eine Teichanlage war.

„Ich seh dich doch. Komm raus!", hörte er Jan.

Hendrick stieg vorsichtig den Weg zur Höhle hinunter.

„Okay, dann komm ich eben rein."

Hendrick war noch nicht unten, als Jans Schrei erklang. Ein Schrei, wie Hendrick noch nie einen Menschen hatte schreien hören. Und doch wusste er instinktiv, dass dies ein Schrei nach Leben war, ein Schrei der Todesangst, der so rasch verstummte wie er aufgeklungen war.

Hendrick gefror in seiner Bewegung. „Jan?"

Keine Antwort. Stille. Plätscherndes Wasser. Und ein Windstoß.

„Jan?!" Hendrick fand die Kraft, seinen Weg zu beenden und kam unten an. Die Höhle lag rechts von ihm. Er leuchtete mit der Taschenlampe dorthin und rief erneut nach seinem Freund. Vorsichtig setzte er einen Schritt vor den anderen. Die Höhle war nicht sehr tief, der Strahl der Taschenlampe drang bis an ihr Ende vor. Wenn jemand sich darin befand, musste er ihn sehen. Doch da war niemand.

„Jan?" Er drehte sich um, leuchtete die Umgebung ab. Ein spitzer Schrei durchschnitt die Nacht. Das kam von oberhalb. Lena!

Hendrick spurtete los und mühte sich den steilen Weg wieder hinauf, den er gerade heruntergekommen war.

„Lena?"

„Hendrick, hier!"

Er leuchtete in die Richtung, aus der er Lenas Stimme zu hören glaubte und lief weiter. Wenig später fand er sie an einen Baumstamm gelehnt, die Augen weit aufgerissen. Ihren Hexenhut hatte sie längst verloren, Dreck und Schrammen zeichneten ihr Gesicht.

„Lena, mein Gott, was ist passiert?"

„Melina. Etwas … etwas hat sie geholt."

Er legte beruhigend seine Hände auf ihre Schultern. Noch heute Nachmittag hatte er sich vorgestellt, wie es wäre sie zu berühren. Und nun stellte er verwirrt fest, dass es einerseits angenehm war, andererseits aber auch nicht. Nicht auf diese Weise.

„Was meinst du? Wer hat Melina geholt?"

„Ich … ich weiß nicht. Da war der Wind … und dann dieser dunkle Schatten. Er war so groß, so schnell … er hat sie geschluckt, einfach so geschluckt …" Sie schluchzte und sackte zusammen. Hendrick fing sie und drückte sie an seine Brust. Es elektrisierte ihn, ihr Haar zu riechen und gleichzeitig entsetzte es ihn, ihre Angst zu spüren. Er fühlte sich hilflos, begriff nicht, was hier geschah.

„Wo war das?", fragte er schließlich.

Lena hob den Kopf, wischte sich die Tränen aus den Augen und deutete auf eine Stelle hinter Hendrick. Er leuchtete dorthin, ging ein paar Schritte in die Richtung. Was lag denn dort? Er ging schneller, bückte sich dann und hob ein Buch hoch. Melinas Buch! Die Kante einer Karte lugte zwischen den Seiten hervor. Er klappte es an dieser Stelle auf. Es war die Schwarzer Peter-Karte. Hendrick überflog die beiden Buchseiten. Das war die Beschwörung, die Melina aufgesagt hatte. Die Einleitung hierzu schnürte unwillkürlich seinen Magen zusammen: „Nur für erfahrene Hexen und Magier. Falsch ausgeführt verwirken alle Teilnehmer, die nicht schneller laufen können als der Nachtschatten des Windes, ihr Leben und Seelenheil und werden Teil seines ewigen Schattenreiches."

Lena trat neben ihn. „Ich glaube, es ist echt", sagte sie tonlos.

Hendrick verstand nicht, was sie meinte.

„Das Buch, die Formeln", erklärte sie. „Sie sind echt. Sie funktionieren."

Hendrick schüttelte den Kopf. „Nein, das ist doch Humbug."

„Sie hat den Schwarzen Mann beschworen."

Hendrick fröstelte. Er dachte an den alten Kinderreim und sprach ihn leise aus: „Wer hat Angst vorm Schwarzen Mann? Niemand. Und wenn er kommt?" Er sah zu Lena hoch.

„Dann laufen wir."

Mit ungutem Gefühl stiegen sie den Neuenberg hinab und kamen zur Zwergenhöhle. Hendrick hatte Lena erzählt, wie Jan verschwunden war. Ängstlich blickten sie sich immer wieder nach allen Seiten um und schraken jedes Mal zusammen, wenn sie ein Knacken oder Rascheln hörten. Kurz leuchtete Hendrick noch einmal in die Höhle, doch sie war nach wie vor leer.

„Wir müssen die Polizei rufen!", sagte Lena panisch.

„Nein. Ja … ich meine, ich muss erst wissen, wo Peter steckt. Vielleicht ist er bis nach Hause gerannt." Bitte, lieber Gott, dachte er, lass ihn zu Hause sein. Ich will ihm auch echt alles verzeihen.

„Ich will nach Hause, Hen. Bitte, bring mich nach Hause."

Er sah Lena ernst an. „Okay, aber erst muss ich wissen, was mit meinem Bruder ist. Verstehst du? Dann bring ich dich zu deinen Eltern, und wir rufen die Polizei."

Ein Windstoß jagte den Hang hinab und wirbelte das Laub hinter ihnen auf.

Hendrick und Lena liefen los, so schnell sie konnten. Den Weg weiter runter, über die Holzplanken, die über ein Rinnsal auf die Wiese führten. Nicht weit vor ihnen grenzten Hecken und Zäune die Gärten der ersten Häuser ab. Sie liefen an ihnen vorbei, bis sie endlich Asphalt unter den Füßen spürten. Sie waren wieder im Dorf. Sie könnten an einem der Häuser klingeln, die Polizei rufen lassen, doch Hendrick spürte, dass dann die Zeit nicht reichen würde, um Peter zu retten. Sie mussten laufen. Um ihr Leben und um das seines Bruders.

Allein wäre er schneller gewesen, doch er passte sich Lenas Tempo an. Er durfte sie nicht auch noch verlieren. Jedes Rascheln des Windes in Hecken und Bäumen löste Entsetzen in ihm aus. Jeder Windhauch ließ ihn frösteln.

Seine Nackenhaare sträubten sich, er spürte förmlich ihren Verfolger. Jeden Moment würde er sie packen. Jetzt, jetzt gleich!

Doch immer, wenn er sich umblickte, sah er nur die leere Straße. Gehetzt blickte er nach links und rechts, schrak zusammen, wenn er einen Schatten zwischen den Häusern zu sehen glaubte, der ihnen nachzujagen schien.

Ein Auto kam ihnen entgegen. Die Scheinwerfer rissen für einen Moment Lenas verdrecktes Gesicht aus dem Dunkel der Nacht. Hendrick bekam einen Schreck, als er sie so sah, und er fragte sich, wie er selbst in seinem Zombieoutfit auf andere wirken musste.

Endlos zog sich die Straße durch Scheel, bis sie endlich nach Frielingsdorf gelangten. Auf dem Alten Friedhof war jetzt alles dunkel und still. Oder was war das? Zwei Lichter, die sich ihnen näherten. Ein Mann.

Nein, das waren keine Lichter, das war kein Mann. Ein endlos langer Schattenarm streckte sich nach ihnen aus, eine eisige Klaue griff nach seiner Seele. Er spürte ihren frostigen Hauch, griff nach Lenas Hand und zerrte sie mit sich. Sie mussten schneller sein!

Die Straße führte hinauf zur Kirche. War es ihr Anblick, der ihn beruhigte oder wagte sich der frostige Hauch nicht in ihre Nähe? Er war plötzlich nicht mehr da. Kurz überlegte Hendrick, ob sie nicht besser in den Mauern der Kirche Schutz suchen sollten. Doch was würde dann aus Peter?

Hendrick spürte plötzlich Seitenstechen, blieb aber nicht stehen. Die Straße führte nun bergab. Sie beschleunigten ihr Tempo, erreichten die Kreuzung, hinüber zur anderen Straßenseite, links hoch …

„Ich kann nicht mehr", keuchte Lena.

„Wir sind gleich da." Hendrick nahm Lena bei der Hand und zog sie mit sich. Seine Kehle brannte, seine Knie und Füße schmerzten, doch er durfte jetzt nicht aufgeben.

Dort war ihr Haus! Es brannte kein Licht, aber das musste nichts heißen.

Vor der Haustür rangen beide nach Luft. Mit zitternden Händen schob Hendrick den Schlüssel ins Schloss.

Wie ein gähnender, dunkler Schlund empfing sie der Flur. Etwas Bedrohliches lag in der Luft. Hendrick schaltete das Licht an. Lena hielt sich dicht an seiner Seite.

„Peter? Peter, bist du hier?"

Sie schauten in alle Räume des Erdgeschosses und knipsten in jedem das Licht an. Es war beruhigend zu sehen, wie die Dunkelheit und die Schatten Stück für Stück verdrängt wurden.

„Hier unten ist er nicht. Vielleicht oben in seinem Zimmer." Sie stiegen die Treppe in den ersten Stock empor, schalteten auch hier das Licht ein. Hendrick öffnete die Tür zu Peters Zimmer und rief ihn. Die Antwort war Stille.

Sie traten ins Zimmer, schauten sich um. Nichts.

Dann fiel Hendrick etwas ein. Er kniete sich vor dem Bett nieder. „Wenn er Angst hat, versteckt er sich schon mal gerne unter seinem Bett."

„Sei vorsichtig", wisperte Lena.

War da nicht eine Bewegung? Hendrick knipste die Taschenlampe an und lugte unter Peters Bett. Der Lichtstrahl glitt über Staubflocken, Legosteine und andere Spielsachen. Keine Spur von seinem Bruder. Enttäuscht stand Hendrick auf. Langsam wusste er nicht mehr, wo er suchen sollte.

„Was war das?" Lena blickte ihn erschrocken an.

„Was denn?"

„Na da, hörst du es nicht?"

Er lauschte. Ein schwaches Geräusch. Eine Art Tapsen und Rascheln.

Es kam von unten.

„Peter?" Hendrick war sofort bei der Tür und stürmte in den Flur.

„Nicht!", rief Lena.

„Bleib du hier oben. Ich schau mal eben nach." Er lief die Treppenstufen hinab, stoppte aber auf halber Höhe. Die Flurlampe war aus. Und auch aus den anderen Räumen des Erdgeschosses drang kein Schimmer mehr. Einzig seine Taschenlampe schnitt Lichtlanzen ins Dunkel.

Vorsichtig setzte er die nächsten Schritte.

„Ist da jemand?" Hendrick konnte das Zittern in seiner Stimme nicht unterdrücken. Er stand nun im Flur und sah zur Haustür. Sperrangelweit stand sie offen.

Vorsichtig ging er auf sie zu. Da ertönte ein Schrei von oben! Auf dem Absatz machte er kehrt und sprintete die Treppe hinauf. Auch der erste Stock war wieder komplett in Finsternis getaucht.

„Lena!" Er stürmte in Peters Zimmer. „Lena, wo bist du?"

Er schwenkte die Taschenlampe und entdeckte etwas auf dem Boden vor Peters Bett, das ihm das Blut in den Adern gefrieren ließ: Einen von Lenas Schuhen.

Stoff raschelte auf der anderen Seite des Bettes. Etwas war dort! Hendrick hob ruckartig die Taschenlampe. Ihr Schein schälte eine kleine Gestalt in schwarzer Kutte aus der Finsternis. Eine weiße Maske bedeckte ihr Gesicht, die dem berühmten Motiv aus Edvard Munchs Bild „Der Schrei" nachempfunden war.

„Peter?"

Die kleine Gestalt bewegte sich, kam um das Bett herum, ohne einen Laut von sich zu geben.

„Peter? Bist du das?" Hendrick wich zurück. Eine Seite der Kutte hob sich, als würde ein Arm ausgestreckt. Hinter der Maske funkelten feurige Augen. Hendrick spürte einen eisernen Griff, der seine Brust zusammenzog, und in diesem Moment wusste er sicher, dass das dort vor ihm nicht sein Bruder war. Rückwärts stolperte er durch die Tür, warf sich herum und stürmte die Treppe herab.

In Peters Zimmer fauchte es, als würde ein Windstoß durch das Zimmer jagen. Er hörte, wie die Zimmertür zuschlug. Hendrick sah vor sich die offene Haustür, spürte einen frostigen Hauch im Nacken und rannte, so schnell er konnte. Etwas Eiskaltes strich schnell wie der Wind an ihm vorbei. Die Haustür begann sich zu bewegen. Hendrick sprang!

Wuchtig knallte die Haustür hinter ihm zu. Hendrick sah sich nicht um. Er sprintete los. Er musste schneller sein als der Nachtschatten des Windes, schneller als der Schwarze Mann. Das war seine einzige Chance.

Hinter ihm fauchte der eisige Wind, rüttelte wütend am Laub und an den Ästen der Bäume.

Hendrick lief.

Das Seitenstechen meldete sich zurück, Tränen schossen ihm in die Augen. Doch er lief. Das war alles, was er noch tun konnte. Er verdrängte alle Gedanken, denn dafür war keine Zeit. Aber aus den Tiefen seiner Seele wisperte unablässig eine Stimme: Wer hat Angst vorm Schwarzen Mann? ... Und wenn er kommt ...?

Bitterer Regen

„Spendieren Sie 'nem alten Arbeiter 'ne Flasche Wodka, und ich erzähl Ihnen von dem verschwundenen Dorf. Kommen Sie, Sobutylnik, setzen Sie sich zu mir. Sie werden's nich bereuen."

Anatol zögerte einen Moment, ehe er der Aufforderung des knollengesichtigen Alten folgte. Vielleicht würde ja tatsächlich eine interessante Story dabei herauskommen. Fünfundzwanzig Jahre danach gab es zwar immer noch einiges zu berichten, doch das erschöpfte sich bei den meisten Kollegen in langweiligen Statistiken über Halbwertzeiten und Strahlungsintensität oder in herzzerreißenden Storys über das Erwachsenwerden missgebildeter Kinder oder die Zunahme von Schilddrüsenkrebs. Was er brauchte, war etwas Neues, etwas, worüber noch keiner berichtet hatte, Enthüllungen, neue Skandale, kurz: ein Knaller. Sein Redakteur war diesbezüglich unmissverständlich gewesen. Anatol war noch auf Probe, und dies war seine einzige Chance, wenn er nicht wieder bei einem Provinzblatt oder in der Anzeigenredaktion landen wollte.

Also setzte er sich auf den ungepolsterten Holzstuhl und bestellte beim Wirt einen Tee für sich und eine Flasche Wodka für seinen neuen Freund mit der Säufernase. Der Wirt schüttelte den Kopf. „Das Geld sollten Sie sich sparen. Wiktor Petrowitsch ist ein Trunkenbold, der Ihnen für 'ne Flasche Wodka alles Mögliche erzählen würde."

Das Gesicht des Alten zog sich zusammen. „Heh, Juri, geht man so mit seinem besten Kunden um?", krächzte er. „Ich kann auch woanders trinken gehen."

„Außer mir lässt dich doch keiner mehr rein. Aber pass auf, was für Märchen du erzählst."

Der alte Petrowitsch winkte ab. „Bah, keine Märchen. Die sind alle verschwunden, von heute auf morgen. Damals, nach der Katastrophe."

„Wiktor Petrowitsch!" Der Ton des Wirts klang warnend. „Du bringst dich selbst in Schwierigkeiten."

War Anatol vor wenigen Sekunden noch skeptisch gewesen, was den alten Säufer und seine Geschichte betraf, so bestätigte die Reaktion des Wirts ihm jetzt, dass er hier wirklich einer guten Story auf der Spur war.

„Was 'n jetzt mit dem Wodka?!", schimpfte Petrowitsch.

Der Wirt kam rüber, stellte Anatol die Tasse Tee hin und knallte Petrowitsch die Wodkaflasche auf den Tisch. Er sagte kein Wort mehr, doch sein warnender Blick sprach Bände. Petrowitsch tat diesen jedoch mit einer Handbewegung ab und griff mit zittrigen Händen nach der Flasche.

„Also?", fragte Anatol, nachdem der Alte den ersten

Schluck getan hatte.

Sein Gegenüber leckte sich die Lippen, seufzte wohlig und sah ihn interessiert aus wässrigen Augen an. „Sind nich von hier, stimmt's?"

Anatol nickte. „Ich komme aus Kiew. Anatol Abakumow."

„Mhm, ich bin Wiktor Petrowitsch Brjuchanow. Und ich kannte Semjokow und seine Bewohner, war früher ein paar Mal da gewesen. Aber jetzt können Sie da nich mehr hin."

„Wo liegt das Dorf?"

Petrowitsch beugte sich zu Anatol und sagte mit leiser Stimme: „Genau das ist es. Sie finden es auf keiner Karte mehr. Als hätte es nie existiert."

„Das ist mit vielen Dörfern passiert. Und viele wurden dem Erdboden gleichgemacht wegen der Strahlung."

„Mhm, ja, aber Sie können noch deren ehemalige Bewohner finden. Aus Semjokow finden Sie keinen mehr." Petrowitsch nahm einen kräftigen Schluck und wischte sich die Lippen ab. „Haben Sie eine Karte dabei, Anatol? Ich zeig es Ihnen."

Anatol fischte seine Straßenkarte aus der Innentasche seines Mantels und breitete sie aus. Er selbst hatte mit rotem Stift das Sperrgebiet um den Reaktor markiert, und die Finger des Alten deuteten auf einen Punkt über der Stadt Prypjat, nicht mehr als einen Kilometer vom Reaktor entfernt. Laut Karte gab es dort nichts, nur

Wald.

„Da isses. Oder war es. Die Häuser müssten noch da sein. Hat sich keiner getraut, die abzureißen. Aber Menschen finden Sie keine mehr."

„Wurden sie umgesiedelt?"

„Ne, ich sag doch, die sin' alle verschwunden. Alle. Hab keinen aus dem Dorf mehr wiedergesehen. Erst haben die Soldaten den Weg dorthin abgesperrt, dann hieß es, es gäbe kein Semjokow."

„Wiktor Petrowitsch!", mahnte der Wirt. Doch der Alte ignorierte ihn.

„Einmal war aber doch einer da. Hat es aber nich lange ausgehalten, denn es hat geregnet."

Anatol sah Petrowitsch fragend an. „Na geregnet, verstehen Sie?", fuhr der Alte fort. „Das Böse geht um in Semjokow, wenn es regnet. Ja, das Böse, das hat er gesagt. Seitdem will keiner mehr dahin." Petrowitsch schlug ein Kreuzzeichen und nahm noch einen großen Schluck aus der Flasche.

Anatol dachte wieder über das Gespräch mit Petrowitsch nach, als er seinen Lada über eine ungepflasterte, von Schlaglöchern übersäte Nebenstrecke steuerte. Er hatte nach Semjokow gegoogelt, doch keinerlei Ergebnisse erhalten. Als hätte das Dorf tatsächlich nie existiert. War das alles nur ein Hirngespinst eines Säufers? Er würde es herausfinden.

Wie lange würde es dauern, bis sie sein Verschwinden bemerkten? Er war am Ende eines Konvois von mehreren Journalisten, Filmteams und offiziellen Führern mitgefahren und hatte eine bewaldete Kurve genutzt, um anzuhalten und zu wenden.

Immer wieder orientierte er sich mit kurzen Blicken auf den Kompass, der am Armaturenbrett klebte, und auf die Straßenkarte, die er auf dem Beifahrersitz ausgebreitet hatte. Aus dem Fußraum darunter drang ab und an ein elektronisches Piepen und Knattern. Der Geigerzähler registrierte auch fünfundzwanzig Jahre nach dem Reaktorunfall eine ungesunde Strahlendosis. Für Anatol waren die Leute, die inzwischen in ihre Dörfer in der Sperrzone zurückgekehrt waren, reine Selbstmörder. Und obwohl ihm versichert worden war, dass die Strahlung für die Journalisten keine Gefahr darstellen würde, wäre ihm mit einem Schutzanzug wohler gewesen. Zumindest eine Atemschutzmaske hatte er eingepackt.

Er sah besorgt durch die Frontscheibe in den Himmel, wo sich dunkle Gewitterwolken zusammenbrauten, die allmählich den Tag zur Nacht werden ließen. Er schaltete das Licht ein und dachte an Petrowitschs Worte über den Regen und das Böse. Zwar gab er nichts auf solches Geschwätz, doch nun, allein in dieser ausgestorbenen, verstrahlten Gegend, kamen ihm die Wolken wie eine Drohung vor.

Anatol tippte mit den Fingern auf das Lenkrad. Hier musste es doch irgendwo sein … Er reckte den Kopf. Nur Gesträuch und Gestrüpp. Das Gestrüpp wuchs höher, bildete eine dunkle Wand. Nein, das war eine Hauswand!

Anatol stoppte den Wagen. Ja, unter den Pflanzen schimmerten die Überreste einer Hauswand durch. Er war am Ziel. Kein Ortsschild, aber es hätte ihn auch gewundert, eines zu finden.

Langsam fuhr er weiter, schaute sich genau um. Die Straße führte mitten hinein in die zerfallenen und überwucherten Überreste eines Dorfes. Verfaulende Holzbaracken mit eingestürzten Dächern und zerbrochenen Fensterscheiben, zerbröckelnde Bauten aus Stein und Beton, an denen seltsam fahlgrüne Pflanzen emporkrochen, und überall auf der Straße Schutt, zwischen dem dürres Grün seine Finger ausstreckte. Der düstere Himmel verlieh der Szenerie etwas Apokalyptisches. Anatol hielt den Wagen an, streifte die Atemschutzmaske über und stieg aus. Er ging um den Lada herum, öffnete die Beifahrertür und holte den Geigerzähler heraus. Das Gerät knatterte besorgniserregend. Als er es auf einen Schuttberg richtete, zeigte das Display 63 Mikrosievert an. Er hatte gelernt, dass die natürliche Strahlung bei maximal 0,2 Mikrosievert liege, etwa 30 Mikrosievert sei man ausgesetzt, wenn man sich den Brustkorb röntgen ließe. Jetzt zählte jede Minute.

Antol schaltete sein Smartphone ein. Kein Empfang, stellte er fest. Aber er wollte auch nicht telefonieren, sondern Fotos machen. Vorsichtig bewegte er sich zwischen dem Schutt umher und dokumentierte den Zerfall des vergessenen Dorfes. Allein die Tatsache, dass er inmitten eines Ortes stand, der auf keiner Karte und nirgendwo im Netz zu finden war, war schon eine kleine Sensation. Er musste nur einen Beweis finden, dass es tatsächlich Semjokow war. Wenn er zurück in der Redaktion war, würde er genauer recherchieren. Es mussten doch irgendwo Hinweise zu finden sein, was mit den Leuten hier passiert war. Unmöglich, dass ein … Anatol hielt inne. Was war das gewesen? Er drehte den Kopf nach rechts. Eine Bewegung, ein Schatten, der rasch zwischen den Ruinen verschwunden war. Zu groß für eine Katze oder einen Hund. Ein wildes Tier? Aber was für eines? Sein Herzschlag beschleunigte sich. Vielleicht ein Bär? Wenn er ihn anfallen würde … Anatol schluckte und sah sich vorsichtig nach allen Seiten um. Nichts. Gar nichts. Noch nicht einmal ein Laut, außer dem Pfeifen und Heulen des Windes. Als wären alle Tiere gestorben, als wäre er der letzte Mensch auf Erden. Er schüttelte den Gedanken ab und bewegte sich auf ein gemauertes Haus zu, das noch nicht so zerfallen wie die anderen war. Vielleicht fand er ja irgendwelche Hinweise, was das Schicksal der Dorfbewohner betraf.

Die Tür hing schräg in den Angeln, und er musste aufpassen, dass er sie nicht gänzlich abriss. Im Flur lagen Schutt und Unrat verstreut. Von den Wänden hingen spärliche Überreste einer Tapete, deren ursprüngliche Farbe nicht einmal mehr zu erahnen war. Jetzt war sie nur noch schmutzig braun. Er sah in den ersten

Raum. Das Wohnzimmer. An einer Seite hatte eine verschimmelte Couch ihren Platz, davor ein modriger Tisch, kaputte Schränke, ein blinder Fernsehapparat und überall Schimmel und Müll. Anatol ging in den nächsten Raum. Die Küche. Rostige Töpfe standen auf dem Herd. Etwas pelzig Grünliches wucherte darin. Schmutzige Teller, rostiges Besteck und umgestürzte Tassen auf dem Tisch. Ein Insekt flüchtete summend, als er eintrat. Etwas stimmte nicht an diesem Bild. Anatol sah sich alles genau an, machte Aufnahmen. Dann wusste er, was ihn störte an diesem Moment, vor fünfundzwanzig Jahren eingefroren in der Zeit: Es wirkte so, als hätten die einstigen Bewohner gerade essen wollen. Doch würde man dies alles so stehenlassen, wenn man das Dorf verließ? Es musste sehr plötzlich geschehen sein. Er trat neben einen umgestürzten Stuhl an den Tisch. Was war hier passiert?

Als Anatol das Haus verließ, fielen die ersten Regentropfen. Und plötzlich war ihm, als höre er Stimmen. Leise Stimmen, die etwas riefen. Er blickte sich um. Ja, da rief doch jemand! Und nicht nur einer. Es klang … verzweifelt. Mein Gott, war hier noch jemand, der Hilfe brauchte?! Anatol drehte sich um die eigene Achse.

„Wo sind Sie?", rief er, doch die Atemschutzmaske dämpfte seine Stimme.

War jemand im Haus, das er gerade verlassen hatte? Er ging wieder hinein, lauschte.

„Hallo?"

Die Stimmen klangen hier drin leiser. Er trat ins Wohnzimmer. Er hörte sie wieder, sie kamen von links. Aber da war nichts als das Fenster mit der zerbrochenen Scheibe. Anatol lauschte. Die Schreie kamen von der anderen Seite, von draußen! Er kniff die Augen zusammen und starrte ins Dunkel. Wo waren sie? Der Regen fiel immer dichter und erschwerte die Sicht. Dafür wurden die Schreie und Klagelaute zahlreicher und lauter.

Anatol ballte die linke Hand zur Faust. Verflucht, was ging hier vor?

„Hallo, wo sind Sie?"

Zwecklos. Es schien, als höre ihn keiner.

Er sah hinaus, versuchte die Richtung zu lokalisieren, aus der die Rufe kamen. Aber irgendwie schienen sie von überallher zu kommen. Der Regen prasselte gegen die Überreste der Scheibe. Anatol verfolgte nervös einen dicken Tropfen, der langgezogen bis zu einer scharfkantigen Spitze herabrann, sich wieder zu einem Tropfen formte und schließlich auf das Fensterbrett fiel. Und in dem Moment, in dem er zerplatzte, hörte Anatol deutlich den Schrei: „Hilfe!"

Anatol zuckte zusammen. Ungläubig verfolgte er einen anderen Tropfen auf seinem Weg die Scheibe herab. Auch dieser zerplatzte in einem Schrei.

„Unmöglich." Anatol schüttelte den Kopf und trat näher an das Fenster. Und wieder beobachtete er es: Die Regentropfen erzeugten das Klagen!

Was war das? Ein akustisch-physikalisches Phänomen? Mein Gott, jeder einzelne verdammte Tropfen dort draußen schien Schmerz und Leid in die Welt zu rufen.

Er nahm das Smartphone, schaltete auf Videoaufnahme. Das würde ihm doch keiner glauben. Er zoomte auf die Fensterscheibe, verfolgte einen Streifen Wasser, der sich am unteren, zerbrochenen Rand der Scheibe zu einem Tropfen formte, in dem … Vor Schreck ließ Anatol fast das Handy fallen. Drehte er jetzt langsam durch? War das die Strahlung?

Er hätte schwören können, dass er … nein, nein … Er sah noch einmal hin. Da war etwas in dem Tropfen. Als spiegele sich ein … Gesicht. Aber es konnte nicht seines sein, denn er trug die Atemschutzmaske. Er drehte sich um. Nein, da war niemand außer ihm. Aber was …? Er wandte sich wieder dem Fenster zu, doch ehe er es genauer erkennen konnte, fiel der Tropfen und zerplatzte in einem Schmerzenslaut. Und da: Es war auch in den anderen Tropfen! Ja, in jedem. Da! Er beugte sich vor. Kein Zweifel, ein Gesicht, ein junges, angstverzerrtes Gesicht, das ihn anstarrte. Hände, die sich ihm wie nach Hilfe suchend entgegenstreckten, und dann zerbarst alles in einem schrecklichen Laut, als der Tropfen auf dem Fensterbrett in tausend winzige Teilchen auseinanderplatzte.

Und dort, eine alte Frau …

Ich drehe durch, ich drehe durch, dachte er. Das war für Anatol die einzige mögliche Erklärung. Und doch …

er richtete sein Smartphone wieder auf die Tropfen. Er musste es aufnehmen, damit er sich später davon überzeugen könnte, dass alles nur Einbildung gewesen war. Wenn er doch nicht allein wäre, wenn er Alexandra mitgenommen hätte! Aber sie hatte ihren Job, und selbst wenn sie Zeit gehabt hätte, so hätte er sie nicht dem Risiko der Strahlung aussetzen wollen. Aber er würde sie nachher anrufen, wenn er denn irgendwann wieder Empfang hätte. Sicher machte sie sich Sorgen. Er hatte ihr zwar eine SMS geschickt, bevor er aufgebrochen war, doch er kannte sie, sie würde sich Sorgen machen, solange er nicht wieder heil zurück wäre. Aber gut, jetzt musste er allein hier durch.

Allein? Anatol stutzte. Da war doch wieder eine Bewegung gewesen. Draußen im Regen, beim gegenüberliegenden Haus. Und diesmal war er sich sicher, dass es kein Tier gewesen war.

Er drehte sich auf der Stelle um, verließ das Haus und stolperte über den Schutt auf das gegenüberliegende Gebäude zu. Um ihn herum war das Jüngste Gericht ausgebrochen und rief die Seelen der Verdammten. Jeder einzelne Tropfen entließ die Schreie und Klagen Verzweifelter, die sich zu einer ohrenbetäubenden Kakofonie vermischten.

Doch Anatol konzentrierte sich auf die Ruine und die Bewegung darin. Ja, dort, an der linken Seite! Etwas, jemand, sprang aus einer Fensteröffnung und versuchte davonzurennen. Anatol lief hinterher. Wegen der Maske kam er schnell außer Atem, doch er wagte nicht, sie abzunehmen.

Der andere kroch fast mehr, als dass er lief. War es doch ein Tier? Nein, jetzt sah er den Kopf, der sich nach ihm umwandte. Diese Augen, diese angsterfüllten Augen!

„Bleiben Sie stehen. Ich tue Ihnen nichts!" Doch sein gedämpftes Rufen ging unter in den Schreien um sie herum. Der andere kroch behände über die Schuttberge, verschwand in einer Baracke. Anatol lief zum Eingang, orientierte sich kurz. Von rechts drang das Geräusch von schnellen Schritten. Er lief dorthin, kam in einen Raum, dessen Rückwand fehlte. Anatol lief hinaus und stolperte über etwas. Der Länge nach fiel er hin, ein Schmerz durchzuckte sein Schienbein.

Verfluchte Scheiße! Geigerzähler und Handy flogen in hohem Bogen durch die Luft. Anatol rappelte sich eilig auf. Hoffentlich war das Handy intakt geblieben, nicht auszudenken, wenn er ohne die Aufnahmen zurückkehren müsste. Das war jetzt wichtiger als die geheimnisvolle Person. Suchend richtete Anatol den Blick zu Boden. Es musste irgendwo hier liegen zwischen den … Kreuzen?

Anatol blickte sich um. Um ihn herum lauter Holzkreuze. An die fünfzig Stück. Sie ragten schief und krumm aus dem Boden.

Er bückte sich. Sie waren alle beschriftet. Anastasia Laschkarjowa, 1986, Vladyslav Akimow, 1986, Jewgenija

Stepanowa 1986 …

Nicht alle trugen einen Namen, doch auf allen stand das Jahr der Katastrophe. Es schien kein Friedhof zu sein, dafür standen die Kreuze zu dicht und waren zu klein, eher wohl eine Gedächtnisstätte. Oder befand sich darunter ein Massengrab? Anatol schauderte. Wer hatte die Kreuze aufgestellt? Anatol hob den Kopf und sah sich um. Er war allein. Der Regen ließ nach, die Welt verstummte allmählich wieder.

Er fand sein Handy, und nachdem er einige Aufnahmen gemacht hatte, beschloss er zum Lada zurückzukehren. Er war lange genug hier gewesen.

Als er auf die Straße trat und zum Auto sah, fielen ihm sofort die offenen Türen auf. Und dann sah er die Gestalt. Sie bückte sich in den Kofferraum, durchwühlte seine Sachen.

Er lief los. Die Gestalt hielt inne, wandte den Kopf und schrie auf. Anatol sprang über Schutt. Die Gestalt wandte sich zur Flucht, stolperte kraftlos über die Straße auf das nächste Haus zu. Diesmal war Anatol schneller. Im Hauseingang packte er den Flüchtling an der Schulter und stieß ihn zu Boden.

Sofort krümmte sich die Gestalt wie ein Embryo, legte die Hände schützend um den Kopf und winselte. „Nein, nein, bitte nicht …"

Anatol kniete nieder und versuchte, die Hände vom Gesicht der Person zu nehmen, um sie zu erkennen. Die

Kleidung, die sie trug, war verschmutzt und zerschlissen. Die Haut war verdreckt und seltsam schorfig, und als es ihm gelang, einen Arm wegzuziehen, erkannte er, dass sein Gegenüber völlig kahl war. Selbst Augenbrauen waren keine vorhanden. Er sah in ein schmutziges, ausgezehrtes Gesicht, aus dem ihm angstvolle Augen entgegenblickten. Es war ein Mann unbestimmbaren Alters, und als dieser den Mund öffnete, sah Anatol in eine Wüste aus Zahnlücken und braunen Zahnstummeln.

„Nicht, bitte nicht …"

„Ruhig, ganz ruhig." Anatol streichelte dem Mann über die Schulter und rückte dann ein Stück zurück. Der Mann lag noch immer gekrümmt vor ihm, doch in die Angst seines Blicks mischte sich so etwas wie vorsichtige Neugier. Anatol atmete einmal tief durch, dann nahm er die Atemschutzmaske ab und lächelte den Mann an.

„Keine Angst, ich bin Anatol Abakumow. Sie brauchen Hilfe. Wer sind Sie?"

Der Mann stoppte sein Winseln und betrachtete Anatol stumm.

„Ich bin Reporter", sagte Anatol in ruhigem Ton. „Ich will herausfinden, was hier in Semjokow passiert ist. Können Sie es mir sagen?"

Der Mann nickte zögernd.

„Die Holzkreuze haben Sie gemacht, nicht wahr?"

Wieder nickte der Mann.

„Sind Sie der letzte Überlebende des Dorfes?"

Der Mann schüttelte den Kopf. „Ich …bin …Nikolai …" Seine Stimme klang wie eine Tür, die nach langen Jahren erstmals wieder geöffnet wurde und dringend geölt werden müsste.

„Hallo Nikolai. Wie kommen Sie hierher? Wo sind die Leute aus dem Dorf?"

Nikolai richtete sich vorsichtig auf, sah an Anatol vorbei auf die Straße und dann wieder zu Anatol. „Ich … zeige … sie Ihnen."

Anatol half dem Mann auf die Beine und stützte ihn. Die Flucht hatte ihn augenscheinlich die letzten Kraftreserven gekostet. Anatol lehnte ihn an die Hauswand.

„Einen Moment, bin gleich wieder da."

Er legte die Maske wieder an und ging zu seinem Wagen. Als er zurückkam, hatte er eine Dose Limonade und eine Packung Kekse in der Hand.

„Hier, bitte nehmen Sie."

Nikolai ließ sich nicht zweimal bitten. Wie ein ausgehungertes Tier machte er sich darüber her. Die Dose war schnell geleert, die Kekse aß er nur zur Hälfte und stopfte den Rest in seine Jacke. Er lächelte Anatol schief an, dann setzten sie ihren Weg fort. Nikolai führte ihn hinaus aus dem Dorf, in den nahen Wald hinein. Sie stolperten über Wurzeln und Unterholz, bis Nikolai am Rand einer Senke stehen blieb. Er deutete nach vorne.

Anatol sah gespannt in die Senke, wurde jedoch enttäuscht. Nichts als Farne und anderes Gewächs am Boden der Senke. Fragend sah er Nikolai an.

„Dort … unten." Es schien, als schauderte der Mann.

Anatols Stirn legte sich in Falten. „Wollen Sie mir etwa sagen, die Dorfbewohner sind dort unten … begraben?"

Nikolai nickte heftig. Er nahm Anatols Hand und führte ihn ein Stück nach links. Hier war die Senke nicht ganz so tief und der Pflanzenbewuchs spärlicher. Nikolai bückte sich, sah zu Anatol hinauf und bedeutete ihm zu graben. Anatol sah sich nach etwas um, was er als Werkzeug gebrauchen konnte, doch es gab nichts. Also kniete er sich nieder, senkte die Hände in die weiche Erde und fing an zu graben. Er hatte den Eindruck, als wäre die Erde vor einiger Zeit schon einmal umgegraben worden. Nikolai saß neben ihm, ohne Anstalten zu machen, ihm zu helfen. Doch immer, wenn Anatol ihn zweifelnd anblickte, nickte Nikolai heftig und forderte ihn auf, weiterzumachen. Es dauerte nicht lange, und er legte etwas Helles frei. Es war hart und rund. Anatol musste sich überwinden weiterzumachen. Er ahnte, was er dort zutage förderte; und tatsächlich war es ein menschlicher Schädel. Als er ihn zur Hälfte freigelegt hatte, bemerkte er das Loch in der Stirn. War das ein Einschussloch?

Er sah Nikolai an. „Es war nicht die Strahlung, die sie umgebracht hat."

Nikolai schüttelte den Kopf. „Nein." Er starrte mit offenem Mund auf den Schädel und Anatol forderte ihn mehrmals auf, zu erklären, was passiert war.

Nikolai sank zurück und strich sich über die Stirn. „Sie waren … die Ersten gewesen. Zu nahe am … Reaktor. Trümmerstücke … im Dorf. Die Kinder …" Er schloss die Augen. „Sie waren bereits tot in dem Moment, als der Reaktor explodierte. Sie … wollten es nur nicht wahrhaben. Die Regierung … sie dachte am Anfang noch, man könne das wahre Ausmaß … vertuschen. Irrsinn. Keiner sollte erfahren, wie schlimm es wirklich war. Die hier wussten es, sie drehten durch. Sie wussten, dass sie langsam draufgingen. Ihre Kinder hatten … mit den Trümmern gespielt … Sie wollten die Leute in der Stadt warnen. Sie hatten Panik. Stellen Sie sich vor, die Menschen in Prypjat hätten das wahre Ausmaß erfahren. Wer weiß, was die angestellt hätten. Alles wäre außer Kontrolle geraten. Das konnte die Regierung nicht riskieren. Denen hier", er deutete auf die Senke, „konnte niemand mehr helfen. Nur ihr Leiden verkürzen."

„Die Regierung hat sie umbringen lassen?" Anatol war fassungslos.

Nikolai nickte. „Sie wurden zusammengetrieben wie Vieh. Aus den Häusern gezerrt, die Kinder auf der Straße gepackt …" Wieder schloss Nikolai die Augen. „Alle in diese Senke … Sie haben gefleht, gebettelt, geweint … Und da war diese Alte. Sie war anders. Sie haben sie um Hilfe angerufen. Aber sie konnte sie nicht mehr retten. Dafür aber hat sie uns verdammt." Er schüttelte den Kopf und starrte ins Leere. „Sie hat einen Fluch ausgesprochen: Die Soldaten sollen keine Ruhe mehr finden, und der Himmel soll bittere Tränen weinen, die das Unrecht herausschreien, solange, bis alle Welt von ihrem Schicksal erfährt und sie gerächt sind."

Anatol schluckte. „Dann ist es wahr, was ich gesehen habe? Der Regen …?"

Nikolai nickte. „Es sind ihre Schreie. Oh, ich kann sie nicht mehr hören, der Regen macht mich wahnsinnig. Tick, tick." Er machte eine kreisende Handbewegung neben seiner Stirn. „Das ist ihre Rache."

Eine Erkenntnis dämmerte in Anatol. „Sie sind einer der Soldaten."

„Ja."

„Wieso sind Sie noch hier?"

„Ich bin zurückgekommen."

„Aber wieso?"

„Nachdem wir sie … als wir fertig waren, haben wir das Ortsschild vernichtet, alle Papiere verbrannt. Dann wollten wir die Häuser abreißen, aber … es ging irgendwie nicht …Wir wollten nur noch weg. Das Dorf sollte aus dem Gedächtnis der Leute verschwinden, als hätte es nie existiert. Es wurde aus den Registern, aus dem Netz gelöscht, von den Landkarten gestrichen. Es war ja kaum ein Dorf, so klein, dass es früher schon kaum auf einer Karte verzeichnet war. Wer wusste schon davon? Den Leuten aus der Nachbarschaft erzählten wir, wir hätten die Dorfbewohner umgesiedelt. Niemand zweifelte daran. Die Straße wurde gesperrt. Es durfte sowieso niemand in die Sperrzone. Es gab ganz andere Probleme. Also verschwand das Dorf. Es wurde vergessen.

Doch wir vergaßen nie. Alle, die damals dabei waren, wurden in ihren Träumen verfolgt. Immer wieder sah ich die flehenden Gesichter, die Angst in ihren Augen, die Bitterkeit über das Unrecht, die Enttäuschung, wie Gott so etwas zulassen konnte. Aber es war ja nicht Gott, es war der Mensch, der geglaubt hatte, Gott spielen zu können. Aber er ist keiner. Niemand beherrscht den Geist des Atoms, niemand. Wie jämmerlich … Sie kamen immer wieder, immer öfter. In meine Träume. Und dann sah ich sie auch tagsüber. Sie verlangten Rache. Genugtuung. Also kam ich schließlich wieder hierher. Ich gab ihnen ihre Namen zurück …"

„Sie meinen die Kreuze."

Nikolai nickte. „Es war nicht einfach. Ich musste an ihre Ausweise". Er starrte in die Senke.

„Und die anderen Soldaten?"

„Sie sind alle geplagt, alle zerstört: Selbstmord, Irrenanstalt, Penner, von unerklärlichen Krankheiten zerfressen. Ich war der einzige, der zurückkam.

Doch sie wollen mehr, als nur ihre Namen zurück." Nikolai packte Anatol am Arm und sah ihn mit starrem Blick an. „Es ist kein Zufall, dass Sie hier sind. Die Welt soll davon erfahren. Erst dann hört der Regen auf, erst dann finden sie und ich Ruhe."

Der Weg zu seinem Wagen kam Anatol endlos vor. Er ging ihn allein. Nikolai hatte sich geweigert, ihn zu begleiten. Sein Schicksal liege hier, in Semjokow, dem verschwundenen Dorf.

Anatol aber hatte eine andere Aufgabe. Er hatte etwas zu erzählen. Er sah auf sein Handy. Kein Empfang. Sobald er hier raus war, würde er erst Alexandra anrufen und dann seine Redaktion. Die ganze Welt sollte es erfahren.

Der Himmel lichtete sich wieder, und obwohl es Abend war, war die Umgebung heller als während des Gewitters. Er holperte mit dem Lada die Straße zurück, bis er zu einem Posten kam, der ihn anhielt. Ein Offizier verlangte seinen Ausweis.

„Anatol Abakumow? Man hat Sie schon gesucht."

Anatol nickte stumm.

„Bitte steigen Sie aus."

Anatol sah den Offizier forschend an. Ahnte er, wo er gewesen war? Sie durften ihm nicht das Smartphone wegnehmen. Zum Glück hatte er die SD-Karte ausgewechselt, aber wenn sie den Wagen auseinandernahmen, würden sie sie sicher finden. Doch was half es? Er konnte ja schlecht den Posten durchbrechen. Er durfte sich nur nichts anmerken lassen. Er hatte sich eben einfach verfahren und leider die Führung durch die Reaktorumgebung verpasst.

Als er ausstieg, forderte ihn der Offizier auf, sich umzudrehen und die Hände auf das Wagendach zu legen. Aber erst als Anatol den Lauf einer Waffe im Genick spürte, durchzuckte ihn die Erkenntnis, was die Polizisten wirklich vorhatten. Doch da war es bereits zu spät.

Der Himmel zog sich zu, als drei Tage später ein grauer Tavria durch die Sperrzone fuhr. Alexandra Abakumow hatte nur für einen Moment dem Bericht der Polizei geglaubt, ihr Mann hätte einen tödlichen Verkehrsunfall gehabt. Denn der war angeblich kurz vor Kiew geschehen. Dabei hatte er ihr an diesem Tag eine Nachricht auf ihre Mailbox gesprochen, aus der hervorging, dass er sich inmitten des Sperrgebiets nahe Prypjat aufhielt. Er hatte von einem vergessenen Dorf namens Semjokow, vom Reaktorunfall, Erschießung und Vertuschung berichtet. Ein riesiger Skandal. Eine große Story. Alles etwas durcheinander und aufgeregt. Sie wusste sofort, etwas war mit Anatol passiert, etwas, das ihn sehr durcheinandergebracht hatte, so sehr, dass er von schreiendem Regen berichtet hatte und Gesichtern in Regentropfen.

Noch immer verfluchte sie das Schicksal dafür, dass sie gerade in diesem Moment in einer Sitzung gesessen und ihr Handy ausgeschaltet hatte. Als sie es später bei Anatol versuchte, ging nur seine Mailbox an. Und dann klingelte die Polizei.

Anatol, was wolltest du mir sagen? Was hast du gesehen?, fragte sich Alexandra immer wieder.

Es gab nur einen Weg, dies herauszufinden: Anatols Weg nachzugehen.

Und tatsächlich fand sie einen alten Säufer, der ihr für eine Flasche Wodka etwas über Semjokow erzählen konnte und für eine weitere auch wusste, wie man dahin kam, ohne einen Polizeiposten passieren zu müssen.

Und nun rumpelte ihr Tavria über dieses Etwas, das man kaum Weg, geschweige denn Straße, nennen konnte und führte sie immer tiefer in das verstrahlte Niemandsland. Sie war gewarnt worden, dass sie sich nicht zu lange ohne Schutz hier aufhalten sollte. Dies, Anatols Tod, die furchtbare Wegstrecke und die schweren Gewitterwolken über ihr brachten ihre Nerven an den Rand der Belastungsgrenze. Ihr Herz klopfte einen wilden Takt, als sie die ersten Überreste menschlicher Behausungen entdeckte.

Sie steuerte den Wagen noch etwa hundert Meter weiter, dann stieg sie aus und sah sich um.

Das war mit Abstand die trostloseste Ecke der Welt! Am liebsten wäre sie sofort wieder eingestiegen und weggefahren, doch es gab einige Fragen zu klären. Eine Bewegung in einer der Ruinen erregte ihre Aufmerksamkeit. Lebte hier noch jemand?

Sie ging darauf zu, als die ersten Regentropfen fielen. Und für einen Moment, einen schrecklich bittersüßen Moment, glaubte sie Anatol zu hören, der ihren Namen rief.

Sie drehte sich um. „Anatol?"

Und dann ging plötzlich die Welt unter im dichten Regen und den Schreien verlorener Seelen.

Der Stellvertreter

„Zehntausend Euro für zwei Wochen Arbeit auf dem Hof?" Kai sah in das kantige Gesicht von Herrn Sämig.

„Sie haben doch schon auf einem Bauernhof gearbeitet, Herr Raabe?"

Kai nickte eifrig. Für so viel Geld hätte er sogar zugegeben, schon mal Astronaut gewesen zu sein. Es war weitaus mehr, als ihm je ein Gelegenheitsjob eingebracht hatte. Und eben das machte ihn misstrauisch.

„Also, dann wissen Sie, dass es keine leichte Arbeit ist, auch wenn die Ernte erst in den nächsten Wochen bevorsteht. Aber wir haben noch ein wenig Milchvieh. Die Kühe müssen täglich gefüttert, gemolken und der Stall ausgemistet werden."

Kai verschränkte die Arme.

„Es ist gar nicht so einfach, jemanden zu finden", fuhr Sämig fort. „Ich habe mehrmals annonciert. Der Urlaub ist für meine Familie sehr wichtig, wissen Sie? Wir haben seit vier Jahren keinen mehr gehabt. Mein Sohn Tobias ist sieben, er kennt ja kaum was anderes als unser Dorf. Und meine Frau will diesmal unbedingt nach Mallorca. Sie wissen ja, wenn Frauen sich was in den Kopf gesetzt haben …", Sämig atmete schwer, senkte den Blick und fuhr mit seiner kräftigen Hand über die Eichenholztischplatte. „Und dann wäre da noch eine Kleinigkeit …"

Aha, also doch, dachte Kai.

„Ich habe noch einen … Nebenberuf, für den ich der Form halber einen Vertreter benötige. Ich bin Bürgermeister."

„Wie, Bürgermeister?" Kai richtete sich auf.

„Keine Angst, in den nächsten zwei Wochen steht nichts an …"

„Moment, ich kann doch nicht so einfach Bürgermeister werden. Das geht doch gar nicht. Ich meine, ich bin ja gar nicht gewählt worden, ich komm nicht mal von hier …"

„Ach, machen Sie sich da mal keine Sorgen. Das hab ich mit dem Gemeinderat bereits geregelt."

Kai schüttelte den Kopf. „Wieso vertritt Sie nicht einer von denen?"

Der Bauer lehnte sich zurück und hob entschuldigend die Schultern. „Die fahren auch alle in Urlaub. Schulferien, Sie wissen."

„Aber ich …"

„Wie gesagt, alles geregelt. Reine Formsache. Wirklich. Sie müssen nichts tun …"

Kai rieb sich über sein stoppliges Kinn. Seine innere Stimme riet zur Vorsicht, andererseits waren zehntausend Euro geeignet, diese zu ignorieren.

„… außer am 15. die Prozession anzuführen", setzte

117

Sämig halblaut hinzu.

„Welche Prozession?"

„Ach", der Bauer winkte ab, „eine alte Tradition. Das Dorf pilgert am 15. zu einer Höhle im Steinbruch. Der Bürgermeister sagt einen Spruch davor auf, geht kurz rein und das wars dann auch schon."

Die innere Stimme wurde lauter. „Aber ich bin ein Fremder. Sollte das nicht jemand aus dem Dorf machen?"

„Die Tradition verlangt, dass es der jeweilige Bürgermeister sein muss. Sie wissen ja, wie hier auf dem Land auf Traditionen geachtet wird."

„Dann sollten Sie es besser selber machen."

Kai bemerkte, dass Sämigs Blick einen Moment lang flackerte. „Sicher hat auch jemand anderes Interesse, sich zehntausend Euro zu verdienen. Bar auf die Hand. Die ersten fünftausend gleich jetzt, die anderen in zwei Wochen. Die Arbeitsagentur braucht nichts davon zu wissen. Also, ich habe Ihnen alles erklärt. Wollen Sie den Job nun oder nicht?!"

Kais Instinkt riet ihm abzulehnen, doch die Verlockung war zu groß. Was war schon dabei? Er nickte. „Also gut."

Sämig lächelte. „Hand drauf?"

Kai schlug ein.

Noch am Nachmittag wurde er auf Beschluss des Gemeinderats zum stellvertretenden Bürgermeister auf zwei Wochen gewählt. Es herrschte eine seltsam angespannte Atmosphäre. Kai war sich sicher, dass hier gegen zig Verordnungen verstoßen wurde, doch niemand erhob Einwände. Irritiert registrierte er beim Verlassen des Rathauses, dass sich manche Ratsmitglieder von ihm verabschiedeten, als bekundeten sie ihm Beileid.

Am Abend lag Kai noch lange wach in dem Zimmer, das Sämig ihm als Unterkunft zugewiesen hatte. Was für ein seltsamer Tag. Heute Morgen noch ohne Job, und jetzt war er Bürgermeister! Zum wiederholten Mal zog er die Schublade der Eichenkommode auf. Der Schein der Tischlampe fiel auf ein Bündel aus überwiegend grünen und violetten Scheinen. Genau solch ein Bündel würde er in zwei Wochen noch einmal erhalten. Kai lächelte bei dem Gedanken daran.

„Sie sind schon weg?" Kai nahm einen der Koffer und half Sämig und dessen Familie beim Beladen ihres Kombis. Sämigs Junge starrte ihn mit unverhohlener Neugier an. Die Frau des Bürgermeisters dagegen mied seinen Blick und beschäftigte sich ausgiebig mit dem Inhalt ihrer Handtasche.

Der Bauer klopfte Kai auf die Schulter. „Werner vom Nachbarhof wird ab und zu nach dem Rechten schauen. Sie werden das schon machen. Soll Ihr Schaden nicht sein." Sämigs Lächeln wirkte unecht. „Also, wir müssen los. Nachher kommt noch der alte Düllmann, der wird

Ihnen wegen der Zeremonie helfen und geht mit Ihnen den Text durch, den ich Ihnen heute Morgen gegeben habe. Kennt sich am besten damit aus. Und keine Sorge – wenn was ist: Werners Handynummer habe ich Ihnen notiert, Zettel liegt auf dem Tisch. Und ich werde mich auch regelmäßig melden. Na, dann also tschüss."

Sämig stieg zu seiner Familie in den Kombi und brauste davon.

Jetzt war Kai der Herr des Hofes. Er blickte zum Traktor vor der Scheune, betrachtete den lang gezogenen Kuhstall und wandte sich schließlich dem gepflegten Wohnhaus zu. Alles seins. Zumindest für zwei Wochen. Die Arbeit im Kuhstall heute Morgen war halb so schlimm gewesen. Wenn das alles war …

Er ging zur Kuhwiese und betrachtete eine Weile die braun gescheckten Rinder. Ein Geräusch erklang hinter ihm auf dem Schotter. Kai drehte sich um und sah einen dürren Alten wacklig auf seinem Fahrrad näherkommen. Der Alte hielt kurz vor ihm an, stieg umständlich ab und musterte ihn aus eisgrauen Augen. „So", sagte er schließlich. „Sie werden die Zeremonie durchführen."

„Sie müssen Herr Düllmann sein", sagte Kai.

Der Mann nickte. „Haben Sie den Text schon gelernt?"

„Text? Ach Sie meinen den Spruch? Nein, gelernt habe ich ihn noch nicht, habe ihn heute Morgen erst bekommen …"

„Es ist wichtig, dass Sie ihn fehlerfrei aufsagen. Absolut wichtig!" Er zog ein Stück Papier aus seiner Jackentasche. „Hier habe ich ihn noch mal für Sie. Lesen Sie vor."

Kai nahm das Blatt entgegen. „Sagen Sie, was ist das für eine Art von Zeremonie?"

Die Augen des Alten verengten sich zu schmalen Schlitzen. „Was steht denn geschrieben?"

Kai seufzte und las vor: „Die Dreißig sind um. Hier stehe ich für sie. Erster von ihnen, Einziger für dich. Fürst der Welt, wir bitten dich, bring reiche Ernte, bewahre uns vor Pest und Krieg und anderer Plag, und verschone die Kinder. Fürst der Welt ..."

„Nein, nein!", unterbrach ihn der Alte. „Sie müssen es mit mehr Empfindung lesen. Es ist ... eine Bitte. Ein Erntesegen gewissermaßen. Das ganze Dorf wird mitkommen; Sie werden vor der Höhle stehen und müssen auch meinen, was Sie sagen. Dann funktioniert es auch. Hm, am besten gehen wir rein, ich muss mich setzen. Sie können mir gerne einen von Sämigs Klaren anbieten."

Noch lange, nachdem der alte Düllmann wieder gegangen war, schwirrte Kai der Kopf von unverständlichen Textzeilen und zu viel Klarem. Er döste in der Mittagssonne auf einer Bank vor dem Haus, als ein Schatten auf ihn fiel.

„Sind Sie der stellvertretende Bürgermeister?"

Kai schrak auf. Die Sonne stach in seine Augen, so dass er nur einen Schemen wahrnahm. Der Stimme nach war es eine junge Frau. Er hatte sie gar nicht kommen hören.

„Ja, der bin ich wohl." Er blinzelte, erhob sich und trat auf sie zu. Aus dem Schemen wurde eine hübsche junge Frau. Einen Kopf kleiner als er. Ein frecher, rostroter Pferdeschwanz fiel ihr bis auf die Schultern und berührte den Gurt ihrer hellbraunen Lederumhängetasche. Über der Stupsnase blickten ihn intelligente Augen neugierig an. Sie mochte Mitte bis Ende dreißig sein, doch die modische Jeans, Bluse und die Lederjacke ließen sie jünger wirken.

„Sie haben es nicht verdient", sagte sie.

Nette Begrüßung, dachte Kai. Dabei sieht sie so sympathisch aus. „Hören Sie, ich hab mir das nicht ausgesucht, ich …"

„Ich weiß", unterbrach sie ihn. „Deswegen bin ich gekommen, um Ihnen zu helfen. Mein Name ist Sabine Than."

„Kai Raabe." Er reichte ihr die Hand. Sie hatte einen angenehmen Händedruck. „Arbeiten Sie im Rathaus?"

Die junge Frau lachte auf. „Nein. Wie kommen Sie darauf?"

„Na, weil Sie sagten, Sie wollen mir helfen."

Sie schüttelte den Kopf. „Nein, nicht bei Ihrer Arbeit." Sie blickte sich kurz um, dann fuhr sie mit gesenkter Stimme fort: „Sie sind in Gefahr, Herr Raabe. Ich will Sie retten."

Eine Spinnerin. Na prima. Das ganze Dorf war irgendwie seltsam. Vielleicht hätte er doch auf seine innere Stimme hören sollen.

„Tja, das ist ja nett, aber ich wüsste nicht ..."

„Nein, sicher wissen Sie das nicht. Sonst hätten Sie Sämigs Angebot niemals angenommen. Wie viel hat er Ihnen für Ihr Leben geboten?"

„Moment, Frau Than, Sie übertreiben da etwas. Ich bin nur für zwei Wochen engagiert."

„Nennen Sie mich Sabine. Sie denken, ich spinne. Aber ich weiß, wovon ich spreche. Mein Vater ist einmal Bürgermeister gewesen. Vor dreißig Jahren. Damals hat er die Zeremonie abgehalten und ging in die Höhle. Seitdem habe ich ihn nicht wiedergesehen."

Kai war, als verdunkle sich die Umgebung. Ihre Worte klangen absurd, doch er spürte, dass er ihr zuhören sollte. „Setzen wir uns, Sabine." Sie nahmen auf der Bank Platz. Die junge Frau strich sich eine Strähne zurück und sah ihn ernst an.

„Kai, Sie ahnen nicht, auf was Sie sich da einlassen. Es ist ein uraltes Ritual, das alle dreißig Jahre abgehalten wird. Hier, ich habe Zeitungsausschnitte und anderes Material gesammelt ..." Sie zog einen Plastikhefter mit jeder Menge Papier aus der Tasche und hielt ihn Kai hin.

„Soweit ich es zurückverfolgen konnte, war es jedes

Mal das gleiche: Der Bürgermeister sagte den Ritualtext auf, ging in die Höhle und kehrte nie mehr zurück."

Kai überflog die Kopien alter Zeitungsmeldungen, die teilweise Fotos der Vermissten enthielten, und die Kopien und Abschriften älterer Chroniken. Alle Texte beschäftigten sich mit dem spurlosen Verschwinden der jeweiligen Bürgermeister. Zuoberst auf dem Stapel war eine Meldung von vor dreißig Jahren. Ein rothaariger Mann von etwa Anfang fünfzig blickte ihn von dem Foto heraus an, darunter die Zeile: „Bürgermeister Hubert Than" und daneben die Überschrift des Artikels: „Bürgermeister verschwindet spurlos".

„Ihr Vater", sagte Kai und überflog den Artikel. Überrascht sah er auf. „Darin steht kein Wort über die Zeremonie. Nur, dass er in der Nähe des Steinbruchs zuletzt gesehen wurde."

Sabine nickte. „Sicher, weil niemand die Behörden auf die richtige Spur bringen wollte. Dann wären sie nämlich alle dran gewesen."

„Ich verstehe nicht ganz."

„Es ist schon seltsam genug, dass alle dreißig Jahre der Bürgermeister dieses Dorfes verschwindet. Wenn nun bekannt würde, dass dies immer dann geschieht, wenn das komplette Dorf zum Steinbruch zieht und er, nachdem er einen heidnisch klingenden Text aufsagt, vor aller Augen in der Höhle verschwindet, was würden Sie dann denken?"

„Aber hier steht, dass die gesamte Umgebung abgesucht wurde. Auch die Höhle."

„Mein Vater ist an einem Ort, wo ihn kein Mensch finden kann."

Kai überlief es eiskalt. „Heißt das, die Dorfbewohner opfern ihren Bürgermeister in einer Art heidnischem Ritual und ... verscharren dann seine Leiche?"

„Schlimmer."

„Schlimmer? Was kann denn schlimmer sein?"

„Er opfert nicht nur sein Leben, sondern auch seine Seele. Sie kennen doch den Text des Rituals. Darin wird der Fürst der Welt angesprochen."

„Ja, wer soll das sein?"

„Nun, wer schon? Luzifer, der gefallene Engel."

„Der Teufel?" Kai lachte unsicher. „Sie glauben doch wohl nicht an solche Ammenmärchen?"

„Alles, was ich in den letzten dreißig Jahren herausgefunden habe, lässt keinen anderen Schluss zu."

Kai reichte ihr die Unterlagen zurück. „Es wird sicher eine logische Erklärung geben."

„Die Erklärung gibt es. Und Sie können sie mir liefern."

„Ich?"

„Bislang fehlt mir noch das Hauptbeweisstück. Es liegt im Rathaus, im Büro des Bürgermeisters. Sicher verschlossen. Ich komme da nicht ran. Aber Sie, Kai."

„Ich? Wie soll ausgerechnet ich ..."

Sabine sah ihm tief in die Augen. „Kai, haben Sie

vergessen, dass Sie der stellvertretende Bürgermeister sind?"

Er schüttelte den Kopf. „Ich kann doch trotzdem nicht einfach ..."

„Kai", sie beugte sich weiter vor, „Sie würden uns beiden einen großen Gefallen damit tun." Er versank in ihren wundervollen grünen Augen.

„Ich, äh ..."

„Und ich würde mich anschließend gerne bei Ihnen revanchieren." Ihre Hand berührte wie zufällig sein Knie und ihre Stimme sank zu einem Flüstern herab: „Ich wäre Ihnen wirklich tief dankbar. Sehr tief ..."

Kai wischte sich den Schweiß von der Stirn. Hier im Rathaus war es kühler als draußen, und doch war ihm zu warm. Sabine war nicht mit hineingekommen, es wäre zu auffällig gewesen. Schließlich kannte sie jeder im Dorf. Freundlich lächelte Kai die Dame vor ihm an und hoffte, dass sie seine Aufregung nicht spürte. Sie war ihm gestern von Sämig vorgestellt worden, doch er erinnerte sich nicht an ihren Namen.

„Ah, der neue Herr Bürgermeister." Die Frau erwiderte sein Lächeln. „Was kann ich für Sie tun?"

„Ja, wissen Sie, ich wollte fragen, ob ich mal mein Büro sehen könnte."

Stirnrunzeln über der Halbglasbrille. „Ihr Büro?"

„Ja, es ist ..." Kai lächelte verlegen. „Wo ich doch jetzt Bürgermeister bin ... diese Chance bekomme ich wahrscheinlich nie wieder, und da möchte ich die Gelegenheit nutzen … also, ich meine, mich mal wie ein richtiger Bürgermeister zu fühlen. Im Bürosessel sitzen und so …" Schweiß tropfte ihm von der Nasenspitze. Nur zweimal in seinem Leben war er sich noch idiotischer vorgekommen als jetzt: Damals, als er Eindruck auf Ingrid hatte machen wollen und an dem Tag, als sie ihn verlassen hatte.

Doch die Dame reagierte freundlich. „Sicher, Herr Sämig wird bestimmt nichts dagegen haben." Sie zog ein Schubfach unter ihrem Schreibtisch auf und holte einen Schlüssel heraus. „Ich begleite Sie gerne."

Gemeinsam stiegen sie in den ersten Stock hinauf, und sie öffnete ihm die Tür des Büros. Es war kleiner, als er sich vorgestellt hatte. Weiß gestrichene Wände, eine breite Fensterfront zur Straße, zwei Bilder mit heimischen Motiven an der Wand, eine Sitzgruppe und ein uralter Eichenholzschreibtisch, hinter dem ein schwarzer Drehstuhl mit hoher Lehne stand.

Kai sah sich aufmerksam um und überlegte, wie er seine Begleiterin loswerden könnte. Er musste alleine sein. Er setzte sich in den Bürostuhl und grinste sie unsicher an.

„Tja …"

Etwas prallte gegen eine der Fensterscheiben. Und noch etwas. Kai wandte sich irritiert um. Und schrak zusammen, als etwas Handgroßes auf ihn zuflog. Dumpf prallte es gegen das Fensterglas, das heftig erzitterte.

„Diese verdammten …!" Die Frau eilte ans Fenster und sah hinaus. „Diese Gören! Schmeißen mit Steinen und hauen dann ab …" Sie wandte sich Kai zu, als hinter ihr erneut das Fenster erzitterte. Es knackste verdächtig.

„Also, das ist doch …!" Sie schnappte nach Luft. „Kann ich Sie einen Moment alleine lassen?"

„Oh, sicher, natürlich."

Mit schnellen Schritten eilte sie aus dem Büro. Kai grinste. Er hatte so eine Ahnung, wer der Steinwerfer war.

Jetzt war er dran. Er musste es finden. Das Buch. Sabine hatte ihm gesagt, es müsse hier ein altes Buch geben, das seit Generationen von Bürgermeister zu Bürgermeister weitergereicht würde, und dessen Inhalt allein diesen bekannt sei. Sie war sicher, dass es das Geheimnis um das Ritual barg. Wo könnte es versteckt sein? Er ließ seinen Blick umherwandern. Die Schreibtischschubladen? Tatsächlich waren sie offen. Doch er fand nur Stempel, Kugelschreiber, eine Unterschriftenmappe und anderes Büromaterial. Kein Buch.

Es musste nicht groß sein, hatte Sabine gesagt. Vielleicht nur so groß wie ein Notizbüchlein. Bücher waren früher wertvoller und teurer als heute gewesen. Kai tastete tief in die Schubladen hinein. Nichts. Seine Hände fuhren ziellos über das polierte Eichenholz des Schreibtisches. Er war augenscheinlich der älteste Einrichtungsgegenstand des Büros. Vielleicht barg er eine Art Geheimfach … Die Finger seiner linken Hand blieben an einer Wölbung hängen, die unter seinem Druck nachgab. Er drückte fester und hörte ein leises „Klick". Von wo war es erklungen? Er bückte sich und hoffte, dass nicht ausgerechnet jetzt die Rathausangestellte zurückkommen würde.

Da, an der Unterseite der Schreibtischplatte war etwas nach unten geklappt und offenbarte einen kleinen Hohlraum. Er griff hinein. Da war etwas. Klein, harte Oberfläche …

Kai zog es heraus und betrachtete seinen Fund. Das war es. Ein kleines, in brüchiges dunkles Leder gebundenes Büchlein. Er steckte es rasch in die Innentasche seiner Jacke und verschloss das Geheimfach. Keine Sekunde zu früh, denn die Tür öffnete sich und die Angestellte trat ein.

„Entschuldigen Sie bitte …"

„Kein Problem. Haben Sie sie erwischt?"

„Nein, es war keiner mehr zu sehen. Aber ich habe der Polizei Bescheid gegeben." Sie ging zum Fenster, dessen Scheibe einen Sprung aufwies. „Und die Versicherung und den Glaser muss ich anrufen …"

„Tja, ich denke, ich habe Sie lange genug aufgehalten." Kai erhob sich und ging zur Tür. „Vielen Dank auch."

Die Ulme, unter der sie sich außerhalb des Dorfes niedergelassen hatten, spendete kühlenden Schatten. Mit gespannter Neugier hatte er das Büchlein aufgeblättert, wurde jedoch rasch ernüchtert. Es war mit einer verschnörkelten, winzigen Handschrift beschrieben, die er nicht entziffern konnte. Sabine hingegen hatte kaum Probleme damit. „Ich habe schon oft alte Texte gelesen. Meine Recherchen, weißt du?"

Es war Kai ganz recht, dass sie zum Du übergegangen waren. Er saß dicht bei ihr, atmete den zarten Duft ihrer rosigen Haut ein und lauschte ihrer Stimme.

„Hier, es geht zurück bis auf den Dreißigjährigen Krieg. Da steht: ´Zuvörderst kamen die Kaiserlichen über uns, führten das Vieh fort, raubten Guts und Geld. Woraufhin des Herrn Zorn das Land schlug mit Pest und mancherlei Plag. Viel Volk ging elendiglich zu Grunde, das Korn faulte auf den Feldern, ehe die Erntezeit gekommen, und viel Hungers war unter uns. Die große Not erbarmte die Schwedischen nicht, die als nächste kamen, sondern erboste sie, da nichts zu rauben geblieben. Derohalben sie den Pfarrer in seinem Abort kopfunter ersäuften und die Weibsleut schändeten, dass manch eine daran starb.

Es war Jakob, der Schultheiß, der als Erster Gott ob der mannigfaltig Plag fluchte. Er sagte sich los von Gott, dem Herrn, und rief, der Gottseibeiuns sei der wahre Fürst der Welt, er sei es, der der Menschen Geschick lenke. So ging er zur alten Höhle beim Steinbruch, davon gesagt wird, sie reiche bis in die Schlünde der Hölle, und rief alldort den Gottseibeiuns bei seinem Namen.

Und er kam zu dem Schultheiß Jakob, und sie schlossen einen Pakt, dass kein Leides dem Dorfe mehr widerfahren sollt und reiche Ernte sei, so der Schultheiß ihm sein Leben und seine Seele übermache. Und so war der Pakt gemacht.

Doch der Schultheiß Jakob wähnte sich klüger als der Fürst der Welt und trachtete, ihn zu betrügen. Er gab darum sein Amt dem Johannes, welcher ein Sohn des Schmiedes war, und seit Geburts taub und lahm und schwach im Geiste und darob unnütz. Darum gab der Schmied ihn gern gegen Geld, und brachte ihn zur vereinbarten Stund auf Mariä Himmelfahrt hin zur Höhle, allwo der Johannes seine Seele in die Hände des Gottseibeiuns befahl, wie ihm Jakob geheißen und alsdann in die Höhle stieg, wo er mit Haut und Haar verschlungen ward.

Des Nachts aber wurd er wieder ausgespien, weder taub noch lahm, sondern wütend und schrecklich, und übervoll vom Zorn des Fürsten der Welt, um zu strafen, wer ihn zu betrügen suchte.

So schändete der Johannes die Kathrin, des Jakobs einzige Tochter, und nahm ihre Seele. Hernach stahl er den Atem aus jedem Kindermund im Dorfe, darum mehr als zwanzig unschuldige Seelen in jener Nacht büßten für des Schultheiß Jakob sündige Tat. Und das Korn wurde faul und schwarz auf den Feldern. Und das

Vieh verendete elendig im Stall.

Und Johannes redete zu Jakob mit der Stimme des Gottseibeiuns, dass der Schultheiß des Dorfes von nun an immer nach dreißig Jahren dem Fürsten der Welt sein Leben und seine Seele geben solle, andernfalls dieser alle Kinder holen werde. Wolle das Dorf jedoch seinem Gebot gehorsam folgen, so werde er ihm gute Ernte, nutzbarlichen Reichtum und Frieden geben, auf dass sich die Menschen des Dorfes mehrten.

So aber wiederum dreißig Jahre verstrichen, müsse auf Mariä Himmelfahrt der Schultheiß und jeder Mann und jede Frau des Dorfes vor die Höhle kommen. Und der Schultheiß soll die Worte sprechen: Die Dreißig sind um. Hier stehe ich für sie. Erster von ihnen, Einziger für dich. Fürst der Welt, wir bitten dich, bring reiche Ernte, bewahre uns vor Pest und Krieg und anderer Plag, und verschone die Kinder. Fürst der Welt, in deine Hände befehle ich meinen Leib und meine Seele. Fürst der Welt, nimm mich für sie.

Und so kam das Unheil über unser Dorf und ist uns nun also bestimmt bis zum Jüngsten Tag.

Betet für die Gnade des Herrn.'"

Kai betrachtete das alte Buch. „Das kann unmöglich wahr sein", ächzte er. Ihm war, als wäre die Welt schlagartig mit Eis überzogen worden. In seinem Magen klumpten sich Angst und Übelkeit zusammen.

Sabine schnaufte. „Diese Idioten! Haben die denn

nichts gelernt?!" Sie warf das Buch ins Gras.

Kai sah sie überrascht an. „Was meinst du?"

„Du hast es doch gehört: Sie haben versucht, den Teufel auszutricksen und bitter dafür gebüßt. Und nun, fast vierhundert Jahre später, begehen sie den gleichen Fehler erneut: Sie schicken dich an Stelle des Bürgermeisters."

Kai schluckte. „Du … du meinst, es ist alles wahr? Ich … ich soll sterben?"

Sabine ballte die Fäuste. „Wenn es nach denen geht, sicher. Doch wir finden einen Weg, dich heil rauszubringen. Wir werden sie mit ihren eigenen Waffen schlagen."

„Wie denn? Es stand nichts darüber in dem Buch, wie man den Fluch aufhebt. Sonst hätten es die Dorfbewohner doch sicher längst getan."

Sabine schloss die Augen. „Hm. Es muss einen Weg geben."

Kai betrachtete ihre nachdenkliche Miene. „Ich haue am besten ab."

Sie schüttelte den Kopf. „Das wird den Fluch nicht brechen, und die Kinder werden büßen müssen."

„Aber … aber vielleicht ist das ist doch nur eine Legende."

„Dann brauchst du doch auch keine Furcht zu haben." Sie zwinkerte ihm zu und lächelte. „Ich habe eine Idee …"

Kais Kehle war so trocken wie Sand in der Wüste. Der alte Düllmann ging neben ihm und das ganze Dorf – bis auf den Gemeinderat und dessen Angehörigen – folgte ihnen an diesem heißen 15. August.

Bis jetzt hatte Kai zwischen Furcht und Unglauben geschwankt, doch als sie das Gelände des Steinbruchs betraten, betete er stumm für seine Seele. Düllmann zog ihn nach rechts, auf einen schmalen, von Unkraut überwucherten Höhleneingang zu.

„Wehe, Sie vermasseln es!", raunte er Kai ins Ohr.

Kai quälte sich ein Lächeln ab. „Keine Sorge." Er wandte sich um. Die Dorfbewohner stellten sich halbkreisförmig auf und blickten ihn erwartungsvoll an.

Kai nickte ihnen zu, räusperte sich und wandte sich dem Höhleneingang zu.

Mit der linken Hand fuhr er sich an die Brust und tastete nach dem Gegenstand, den er unter seinem T-Shirt trug. Ein umgedrehtes Kreuz.

„Im Namen dessen, der mich beschützt", murmelte er. Düllmann runzelte die Stirn. Kai hob die Stimme und begann: „Die Dreißig sind um. Hier stehe ich für sie." Flüsternd fügte er hinzu: „Und sie für mich." Kai bemerkte, wie der alte Düllmann eine Hand hinter sein Ohr legte, um ihn besser zu verstehen. Laut sprach er weiter: „Erster von ihnen, Einziger für dich", und flüsterte: „bin ich nicht." Laut fuhr er fort: „Fürst der Welt, wir bitten dich, bewahre uns vor Pest und Krieg und anderer Plag, und verschone die Kinder. Fürst der Welt, in deine Hände befehle ich meinen Leib und meine Seele." „Nicht", raunte er, und sagte für alle hörbar den letzten Satz: „Fürst der Welt, nimm mich für sie." Und im Flüsterton: „Nicht an. Nimm den Richtigen."

Kai wischte sich den Schweiß von der Stirn. Düllmanns Augen starrten ihn immer noch misstrauisch an, doch offensichtlich hatte er nicht verstanden, was Kai gemurmelt hatte. Die Dorfbewohner applaudierten. Kai nickte ihnen zu, winkte und schritt dann auf den Höhleneingang zu. Der Spalt im Fels war gerade hoch und breit genug, dass ein Mann hindurch passte. Das Licht drang kaum zwei Meter weit hinein. Was immer ihn dort erwarten mochte, es lag im Dunkel. Kai verzichtete darauf, sich noch einmal umzudrehen und ging mit pochendem Herzen in die Höhle. Halb war er darauf gefasst, von einer riesigen Klaue ergriffen und in die tiefsten Abgründe hinabgezerrt zu werden. Doch dies geschah nicht. Ein kalter Hauch aus dem tiefen Innern der Höhle umwehte ihn, aber das war alles, was ihn berührte.

Nach einigen zögerlichen Schritten in absoluter Dunkelheit ertastete er eine Felswand, blieb stehen und drehte sich um. Der Eingang war als heller Strich zu sehen und er hörte, wie seine Begleiter abzogen. Offenbar waren sie zufrieden.

Jetzt hieß es Warten.

Sabine hatte ihm empfohlen, nicht vor Anbruch der Nacht die Höhle zu verlassen. Er wollte sich dann mit ihr auf Sämigs Bauernhof treffen, seine Sachen nehmen und so rasch als möglich das Weite suchen. Sollten diese abergläubischen Dorfbewohner doch denken, dass ihn der Teufel geholt habe. Kai musste auflachen. Diese Idioten. Fast hätte er selbst daran geglaubt.

Als die Nacht dunkelblau vor dem Höhleneingang schimmerte, wagte sich Kai hinaus. Keine Menschenseele zu sehen. Die Luft war sommerlich lau, irgendwo zirpten Grillen, und die ersten Sterne und ein bleicher Mond blickten auf ihn herab. Das Licht reichte, um den Feldweg erkennen zu lassen, der in Richtung Dorf führte. Auf halber Strecke würde er ihn verlassen und über die Wiesen zum Bauernhof laufen.

Ein kühler Windhauch strich unter sein T-Shirt. Nach ein paar Schritten wurde es so finster, dass er seine eigenen Füße nicht mehr sehen konnte. Der Wind hatte aufgefrischt, und schwere Gewitterwolken erstickten das Licht von Mond und Sternen. Eine kräftige Brise pfiff ihm nun um die Ohren, und er spürte die ersten Regentropfen. Ein Donnern ertönte.

Wie hatte das Gewitter nur so schnell aufziehen können? Der Regen klatschte in immer dickeren Tropfen herab. Kai beschleunigte seine Schritte, doch schon nach wenigen Metern war er nass bis auf die Knochen. Das war kein normaler Regen, das war eine zweite Sintflut! Der Feldweg verwandelte sich binnen Kurzem in saugenden Schlamm, Donner grollte und Blitze durchzuckten mit geisterhaftem Flackern das Firmament. Kai blieb stehen, um sich den Regen aus den Augen zu wischen und erstarrte. Vor ihm jagte ein verästelter Speer aus Licht vom Himmel auf das Dorf hernieder und schlug funkensprühend in den höchsten Punkt ein: Das Dach des Kirchturms!

Kai schauderte, sah sich um: Irgendwo hier müsste er doch Richtung Bauernhof gelangen. Er durfte nicht die Orientierung verlieren. Entschlossen kletterte er über einen Drahtzaun und marschierte auf der matschigen Wiese weiter. Ein weiterer Blitz zuckte herab und fuhr krachend in einen großen Baum, der sofort Feuer fing.

Kai warf sich zu Boden und legte die Hände schützend über den Kopf.

Er wagte keinen Schritt mehr weiterzugehen, ehe sich das Unwetter nicht verzog. Doch es wollte nicht enden. Die Regenmassen eines ganzen Lebens ergossen sich über das Dorf und das Land, und immer wieder trommelte der Donner seinen infernalischen Takt, und Blitze zerteilten die Nacht mit ihrem geisterhaften Leuchten.

Kai verlor jegliches Zeitempfinden. Obwohl er sich die Ohren zuhielt, hatte er das Gefühl, taub zu werden. Das unablässige Trommeln des Regens auf seinen Körper machte ihn wahnsinnig. Und dann wurde aus dem Regen Hagel. Dicke Körner, die seinen Körper grün und blau schlugen. Er schrie auf, doch der Wind riss ihm den Schrei von den Lippen und zerfetzte ihn.

Irgendwann kehrte Ruhe ein.

Zuerst verschwanden Blitz und Donner, dann verwandelte sich der Regen in einen leichten Schauer, die Wolkendecke riss auf, und über die Felder kroch matt der Widerschein der aufsteigenden Morgensonne.

Kai stemmte sich erschöpft aus dem Schlamm empor und versuchte sich zu orientieren. Er sah den verkohlten, rauchenden Baumstumpf und wusste wieder, wohin er sich zu wenden hatte. Die aufsteigende Sonne enthüllte um ihn herum ein Schlachtfeld. Kai hielt inne und fasste sich an die Stirn: Jetzt erst kam ihm zu Bewusstsein, dass dies einst blühende Getreidefelder gewesen waren. Kein einziger Halm hatte die Nacht überstanden, nicht einer.

Eine Erkenntnis klopfte an eine Ecke seines Bewusstseins, doch er weigerte sich, sie hineinzulassen. Nein, das konnte unmöglich sein. Warum hatte er sich nicht direkt das ganze Geld eingesteckt? Dann bräuchte er jetzt nicht zum Hof zurück. Aber nein, er musste ja die Tasche mit Klamotten und dem restlichen Geld in der Scheune verstecken. Auf die Klamotten hätte er verzichten können, auch wenn seine jetzigen in einem Zustand waren, dass er sie nur noch wegwerfen konnte.

Auf seiner Brust fühlte er etwas und fasste danach. Richtig, das umgedrehte Kruzifix. Sabine wartete auf ihn. Doch mit ihr auch eine Erklärung für all das, die er nicht hören wollte.

Noch immer mit sich kämpfend, sah er den Hof vor sich. Ja, dort, die Scheune! Von Sabine war nichts zu sehen. Kai lief über die aufgewühlte und aufgeweichte Erde und erreichte das Scheunentor. Er stützte sich ab und versuchte zu Atem zu kommen. Erst jetzt fiel ihm auf, wie still es war. Zu still. Müssten nicht Geräusche aus dem Kuhstall zu hören sein?

Er schüttelte den Gedanken ab, zog das Scheunentor auf und stieg die alte Holzleiter zum Speicher hoch, wo unter einem Ballen Stroh seine Tasche lag. Ja, dort war sie. Auf Sabine konnte er jetzt nicht mehr warten. Schade, aber dann würde es eben keinen Abschied geben. Er ging zurück zur Leiter und wollte sie gerade hinabklettern, als er einen Wagen kommen hörte. Kai stutzte, stieg die Leiter hinab, schlich zum Tor und lugte hinaus.

Sämigs Kombi! Sein Herz setzte einen Schlag aus. Sämig. Mit dem hatte er gar nicht mehr gerechnet.

Ihm fielen die weiteren fünftausend Euro ein.

Nein, lass sie, riet ihm seine innere Stimme. Doch warum sollte er auf die Hälfte seines vereinbarten Lohns verzichten? Er hatte seinen Teil der Abmachung eingehalten. Das Dorf konnte bezeugen, dass er das Ritual aufgesagt hatte und in die Höhle gegangen war. Was also könnte ihm Sämig vorwerfen?

Lass es!

Er trat einen Schritt vor und im selben Moment entdeckte ihn Sämig, der aus seinem Auto ausgestiegen war.

„Raabe! Was haben Sie getan!"

Kai erschrak über das Glühen in Sämigs Augen. Er sah Frau Sämigs Blick anklagend auf sich gerichtet, doch ehe er die Lage begriff, war der Bürgermeister bereits bei ihm und packte ihn am Kragen seines T-Shirts.

„Sie verdammter Schweinehund! Was haben Sie getan?! Was haben Sie getan!" Sämig riss so stark am Stoff, dass er riss. Kai ließ seine Tasche fallen, doch selbst mit beiden Händen gelang es ihm nicht, Sämig abzuschütteln. Der Bürgermeister erstarrte plötzlich, als er auf Kais Brust blickte und sein Griff wurde schlagartig locker. Kai wich ein paar Schritte zurück, holte keuchend Luft und bemerkte, dass ihm das Kruzifix vor der Brust baumelte.

„Sie haben uns betrogen!", schrie Sämig ihn an. „Sie haben ihn umgebracht! Sie haben meinen kleinen Jungen umgebracht, ihn und alle anderen!"

Kai hob die Hand. „Herr Sämig, beruhigen Sie sich. Ich habe nichts getan! Ich bin im Steinbruch gewesen, fragen Sie Düllmann. Ich bin hineingegangen."

Sämig wies auf das umgedrehte Kreuz. „Sie tragen sein Zeichen. Das auf den Kopf gedrehte Kreuz, das Symbol Luzifers. Sie haben sich mit ihm verschworen und uns betrogen!"

„Nein, ich …"

„Oh, ich Idiot! Warum bin ich nicht selber gegangen?! Warum habe ich mich nicht geopfert?! Nun ist er tot. Tobias. Mein Tobias. Tot wie alle anderen Kinder.

Das Vieh ..." Sämigs Blick brach, ein Zittern durchfuhr ihn, und er sackte auf die Knie. „Wieso? Wieso?!"

Jetzt loderte die Flamme der Wut in Kai empor. „Sie wussten es!", herrschte er Sämig an. „Sie wussten, was geschehen würde. Sie kannten die Konsequenzen, doch Sie dachten, Sie könnten sich freikaufen und einen anderen opfern: Mich!"

„Was hätten Sie denn an meiner Stelle getan?", heulte Sämig. Seine Frau war neben ihn getreten und strich ihm über das Haar.

„Jedenfalls nicht in Kauf genommen, einen anderen Menschen an meiner statt zu opfern. Ich ... ich hätte einen anderen Weg gesucht. Sie hätten es doch wissen müssen, Sämig: Schon Ihrem Vorgänger war es nicht gelungen, den Teufel zu überlisten. Wieso dachten Sie, würde es ausgerechnet Ihnen gelingen?"

„Woher, woher wissen Sie das?"

„Aus Ihrem Buch. Sabine hat mir verraten, wo ich es finden kann. Sie hat mir berichtet, welches Spiel hier gespielt wird, und wie ich mich davor schützen kann. Sie war sich sicher, dass die Kinder überleben würden ..."

Sämigs Blick flackerte, und er rappelte sich wieder auf. „Welche Sabine?"

„Sabine Than, die Tochter des Bürgermeisters, der vor dreißig Jahren gehen musste."

Sämig legte den Kopf in den Nacken und stieß ein hysterisches Lachen aus. Seine Frau bekreuzigte sich.

„Er hat uns reingelegt. Er hat uns beide reingelegt. Begreifen Sie, Raabe?"

„Nein, ich …"

„Man kann ihn nicht überlisten. Er ist der Herr der Lüge, der Fürst der List. Und er spielt gerne seine Spielchen mit uns."

„Ich verstehe nicht, was Sie …"

„Sabine Than? Sind Sie sicher?"

„Ja, eine rothaarige Frau Ende dreißig …"

Wieder lachte Sämig, und wieder bekreuzigte sich seine Frau.

„Hubert Than hat sich vor dreißig Jahren geopfert, das stimmt. Und er hatte eine Tochter namens Sabine. Sie war damals etwa acht Jahre alt gewesen. Doch wissen Sie, warum er sich geopfert hat? Er hat sich freiwillig zur Bürgermeisterwahl gestellt, kurz vor Mariä Himmelfahrt, weil dies das Einzige war, das seinem Leben noch Sinn gab nachdem er seine Frau und seine Tochter bei einem Unfall verloren hatte. Verstehen Sie, Raabe, Sabine Than ist seit dreißig Jahren tot!"

Alle Kinder waren in dieser Nacht gestorben. Kai dachte daran, als er wieder vor dem Höhleneingang stand. Hätte er sich geopfert, würden sie noch leben. Sämig hatte versucht, vor seiner Verantwortung davonzulaufen und seine Schuld auf ihn zu übertragen. Sämig würde sehen müssen, wie er damit zurechtkam, doch Kai würde vor seiner Schuld nicht weglaufen.

„Hier stehe ich für sie."

Er starrte in die dunkle Tiefe der Höhle und die Dunkelheit blickte tief in ihn hinein.

Ein Lächeln

Abgrundtiefer Schrecken. Verzweiflung. Entsetzen. Trauer. Jedes Gesicht war anders, einzigartig.

Marc Teuber gab dem Impuls nach und streckte mühsam seine Hand nach der Statue vor ihm aus. Der dunkelgraue Stein fühlte sich porig an wie Beton. Und doch waren die Arbeiten keineswegs grob. Die dargestellten Menschen waren bis ins kleinste Detail perfekt abgebildet: Mit den Fingerkuppen berührte Marc den qualvoll aufgerissenen Mund und glaubte förmlich den Schrei zu hören, der daraus hervorquoll. Seine Finger glitten höher, zwischen Lippen und Nase, wo er jede einzelne Bartstoppel fühlte ebenso wie auf den Wangen. Nicht nur das, bei genauem Hinsehen konnte er sogar die der menschlichen Haut exakt nachgebildeten Poren entdecken.

„Unglaublich!" Sein Arm zitterte, und er trat einen Schritt zurück. Das graue Licht des Märznachmittages ließ vieles in diesem Atelier im Schatten, und doch, oder gerade deswegen war der Eindruck so überwältigend. Dazu passte auch die Kälte des Raumes, die Marc veranlasste, seine Hände in die Manteltaschen zu stecken.

Er ließ seinen Blick über die Statuen wandern. Manche stellten nackte oder halbnackte Menschen dar, oft dürre, ausgemergelte Männer in gekrümmter Haltung. Bei den Menschen, die mit Kleidung dargestellt waren, wirkte diese meist abgetragen oder um ein paar Nummern zu groß. Was die Realitätsnähe jedoch keineswegs beeinträchtigte, sondern alles eher noch authentischer wirken ließ.

Ein Schauer der Ehrfurcht durchfuhr ihn, als er seinen Blick über dieses Panoptikum menschlichen Elends schweifen ließ. Diese Perfektion! So etwas hatte er noch nie gesehen. Marc bereute es nicht, den Weg aus Köln in dieses abgelegene Haus im Sauerland auf sich genommen zu haben. Der Tipp seines Sammlerfreundes war goldrichtig gewesen. Dies war genau die Art von Kunst, die er haben wollte. Haben musste.

„Ich habe Sie und Ihre Werke noch nie auf einer Ausstellung gesehen, Frau Kámen", wandte er sich an die Künstlerin, die einige Schritte hinter ihm mit verschränkten Armen im Halbschatten wartete.

„Ich scheue die Öffentlichkeit", sagte Irene Kámen mit diesem Akzent in der Stimme, den Marc nicht ganz einordnen konnte. Südländisch irgendwie. Trotz des Dämmerlichts trug sie eine getönte Brille mit großen Gläsern, was es schwer machte, ihre Reaktionen zu deuten. Ihr Gesicht war beinahe so unbeweglich und grau wie die Gesichter ihrer Werke.

„Sie sind ein Riesentalent. Glauben Sie mir, ich weiß, wovon ich spreche. Ich bin kein einfacher Kunstsammler, müssen Sie wissen. In Sammlerkreisen habe ich ein beachtliches Renommee. Schon einigen Künstlern habe ich zum Durchbruch verholfen."

„Danke, aber mir genügt, was ich mit meiner Arbeit verdiene."

„Aber sehen Sie sich doch um." Marc deutete um sich. „Diese abgeschiedene Hütte am Ende der Welt, durch die der Wind pfeift, ist nicht der passende Ort für diese perfekten Kunstwerke. Sie gehören in ein großes Atelier und in Galerien, Museen. Was meinen Sie, was Sie damit verdienen könnten? Ich könnte Sie auf der ganzen Welt bekannt machen, in Madrid, New York …"

Marc war, als zucke Frau Kámen bei seinen Worten erschrocken zusammen, doch er war sich nicht sicher.

„Meine ‚Hütte' reicht mir vollkommen. Sie ist genau der richtige Ort für mich. Hier finde ich die nötige Ruhe und Inspiration."

Marc wünschte sich, die junge Künstlerin würde ihre Brille abnehmen. Ausgehend von dem schmalen, makellosen Gesicht mit den vollen Lippen vermutete er dahinter faszinierende Augen. Was für eine Verschwendung, dass diese Frau sich und ihre Schönheit hinter diesem Monstrum von Brille versteckte. Auch die unachtsame Art, wie sie ihr langes, dunkles Haar zusammengebunden hatte, und dazu ihr verschlissener Pullover trugen zu diesem Versteckspiel bei.

Er wandte sich wieder den Statuen zu. „Was ist das für ein Material? Es sieht beinahe aus wie Basalt."

„So ähnlich ... ich ... lasse es aus meiner Heimat kommen."

„Ihre Heimat?"

Sie nickte stumm. Marc hätte gerne gewusst, wo diese Heimat war. Er vermutete irgendwo in Südeuropa. Doch er bohrte nicht nach. Offensichtlich wollte sie nicht über sich sprechen.

„Und wie gehen Sie zu Werke? Ich meine, diese Figuren sehen nicht aus, als wären sie aus Stein gehauen, eher wie aus Beton gegossen."

„Ich habe eine spezielle Methode entwickelt."

Er wartete auf eine nähere Erklärung, doch die kam nicht. Schnell empfand er das Schweigen und die Stille als unangenehm und sagte: „Ich sehe keine freundlichen oder normalen Gesichter."

„Ich stelle dar, was ich sehe."

Ob die Traurigkeit und Angst, die ihre Werke ausdrückten, tief in ihr waren oder nur ein Ausdruck dieses trostlosen Ortes? Keine einzige Miene spiegelte eine positive Emotion wieder, nur Horror, Grauen, Trauer, bestenfalls unverständiges Staunen und angstvolle Überraschung.

„Hm, vielleicht sehen Sie ja eines Tages ein Lachen."

Marc hatte nicht wirklich mit einer Antwort gerechnet, umso überraschter war er, dass Irene Kámen einen Seufzer ausstieß: „Ja, das wäre schön. Nur einmal wenigstens ..."

Als Marc Teuber an diesem Nachmittag das baufällige Atelier inmitten des dunklen Tannenwaldes verließ, tat er es mit gemischten Gefühlen. Einerseits war er froh, diesen beklemmenden Ort verlassen zu können. Er war erfolgreich gewesen, zum Teil zumindest: Er hatte der jungen Künstlerin fünf menschliche Statuen und ein Dutzend Tier-Plastiken abkaufen können, die eine Spedition in den nächsten Tagen abholen und nach Köln bringen würde. Die Tiere waren ebenso perfekt bearbeitet wie die Menschen, kamen jedoch bei Weitem nicht an deren verstörend faszinierende Wirkung heran. Was Irene Kámen nicht ahnte, war, was er mit ihnen vorhatte. Hätte sie es geahnt, hätte sie ihm wohl keines ihrer Werke verkauft.

Er war sich nicht sicher, ob es richtig war, was er vorhatte. Doch wenn es funktionierte, wäre ihm Irene Kámens Dank gewiss. Dann würde sie seine Bitte nicht wieder abschlagen. Deutlich hatte er noch vor Augen, wie sie leicht, aber unmissverständlich den Kopf geschüttelt hatte, als er sie um ein Porträt seiner selbst gebeten hatte. Auf seine drängenden Nachfragen und Bitten hatte sie nur geantwortet, dass er sie nicht inspiriere.

Künstler! Doch er würde sie schon noch überzeugen, eine Statue nach seinem Vorbild anzufertigen. Ein Abbild seiner selbst, das ihn und alle anderen Menschen überleben würde. Und wenn es das Letzte wäre, was er tun würde.

„Ah, Irene, schön dass Sie gekommen sind. Kommen Sie rein."

Grußlos und mit energischen Schritten trat sie an ihm vorbei in die Galerie.

„Sie haben keine Erlaubnis von mir bekommen!", explodierte sie.

„Sie haben sie mir verkauft. Sie sind nun mein Eigentum, mit dem ich tun und lassen kann, was ich will."

„Nein, es war ein Fehler! Ich will die Statuen zurück!"

„Tut mir leid, aber wie Sie sehen, läuft die Ausstellung bereits."

„Das ist mir egal. Brechen Sie sie ab. Sofort!"

„Wollen Sie nicht erst einmal Ihre Jacke ablegen? Wir sollten uns in Ruhe darüber unterhalten." Marc bemerkte, dass bereits einige Besucher der Galerie interessiert in ihre Richtung schauten.

Irene Kámen riss sich die Brille von der Nase und funkelte Marc wütend an. Sein Blick heftete sich wie gebannt auf die Pupillen in ihren mandelförmigen Augen. Ein seltsamer Sog packte ihn, und erst als sie ihre Augen kurz schloss, gelang es Marc, seinen Blick abzuwenden. Er taumelte zurück, versuchte, sich mit der Hand an den Kopf zu fassen, konnte den Arm aber nur halb anheben.

Marc fluchte leise.

„Kommen Sie, gehen wir nach nebenan", murmelte

er und ging, ohne Irene Kámen anzublicken, auf eine Tür zu. Mit zitternder Hand öffnete er sie. Der Raum dahinter war dunkel. Marc wartete, bis Irene eingetreten war. Dann erst machte er Licht und schloss die Tür.

Der Raum war klein und fensterlos. Bis auf einen Stapel Kisten und Kartons an der Stirnseite war er leer.

„Hören Sie", sagte Irene Kámen, „ich gebe Ihnen Ihr Geld zurück. Die Tierplastiken können Sie meinetwegen behalten. Das Geld dafür gebe ich Ihnen auch zurück. Aber schließen Sie die Ausstellung!"

„Irene, bitte, diese Kunst muss der Öffentlichkeit zugänglich gemacht werden." Marc vermied es, in Irenes Augen zu blicken.

„Ich hätte sie Ihnen nie verkaufen dürfen."

„Was fürchten Sie, Irene?" Er sah sie an.

Die Wut wich aus ihrem Blick und machte etwas anderem Platz. Zögerlich antwortete sie: „Ich … will mein Leben nicht umkrempeln. Es ist gut so, wie es ist."

Marc schüttelte den Kopf. „Irene, sehen Sie sich Ihre Werke doch an. Sie sind perfekt, aber auch sehr traurig. Ich sehe darin eine tiefe Einsamkeit. Angst vor der Welt. Irene, nicht nur Ihre Werke, sondern Sie selbst gehören ins Leben."

„Was erlauben Sie sich?!"

„Bitte, ich will Sie nicht verletzen. Ich meine es doch nur gut mit Ihnen. Ich will Ihnen das Lachen schenken, auf das Sie so lange schon warten."

Für einen Moment war etwas in ihrem Blick, das ihn

zutiefst erschreckte, etwas Dunkles, Grauenhaftes, das sich auch in ihren Werken widerspiegelte. Doch dann wich es einer plötzlichen Traurigkeit. „Ich kann nicht."

„Lassen Sie es uns versuchen. Sagen Sie Ja, kommen Sie ins Leben zurück. Meinetwegen nur heute Abend. Mischen Sie sich unter die Gäste, sehen Sie, welche Reaktionen Ihr Schaffen hervorbringt. Genießen Sie die Bewunderung. Und wenn es Ihnen dann immer noch nicht gefällt, beende ich die Ausstellung. Ich verspreche es. Wenn Sie wollen, kommen Ihre Statuen schon morgen in mein Penthouse, wo sie niemand außer mir sehen wird. Diese und, wie ich immer noch hoffe, eine neue Statue von Ihnen …"

Sie wusste, was er meinte. „Oh nein, vergessen Sie´s! Ich fertige kein Abbild von Ihnen an."

„Das sagen Sie jetzt. Lassen Sie uns abwarten, ja?"

„Ein Nein können Sie wohl nicht akzeptieren?"

Marc lächelte. „Ich finde mein Angebot fair, ich könnte mich auch stur stellen."

„Nicht, wenn Sie die Statue haben wollen."

„Ja, da haben Sie recht. Aber was geschehen ist, ist geschehen. Sie haben mein Wort, nur heute Abend." Er hob seinen zitternden Arm und sah auf die Uhr. „Geht sowieso nur noch zwei Stunden. Die Presse war schon da. Nehmen Sie sich ein Glas Sekt und ein Häppchen … Irene?"

Aus Irenes schönem Gesicht war alle Farbe gewichen. „Die Presse? Wurden Fotos gemacht?"

„Ja, sicher. Ich glaube der Fotograf ist noch da …"

Verblüfft sah Marc zu, wie die Künstlerin aus dem Zimmer in die Galerie stürmte.

Die beiden Ausstellungsräume waren voller Menschen. Neugierige Blicke begleiteten Marc, als er Irene hinterherlief. Offensichtlich suchte sie den Fotografen.

Marc hatte ihn bereits entdeckt. Er hatte sich mit einem Glas Sekt vor einer blonden Schönheit in hochhackigen Schuhen aufgebaut, die grinsend in seine Kamera starrte. Wahrscheinlich versprach er ihr gerade, sie ganz groß rauszubringen, wenn sie nachher mitkommen und seine Fotosammlung begutachten würde. Es war immer das Gleiche bei solchen Veranstaltungen.

Marc warf einen Seitenblick zu Irene, die neben einer ihrer Statuen stand und sich immer noch suchend umsah.

Ein Mann in einem Nadelstreifenanzug blieb in diesem Moment neben ihr stehen und rief so laut, dass auch Marc es verstand: „Aber den kenne ich ja!"

Damit hatte er nicht nur seine, sondern auch die Aufmerksamkeit Irenes sowie der umstehenden Besucher geweckt. Ihr Kopf ruckte in seine Richtung. Sie hatte ihre Sonnenbrille wieder aufgesetzt, so dass Marc nicht erkennen konnte, was sich dahinter abspielte.

Der Mann im Anzug wandte sich nach seiner Begleiterin um, einer Frau mittleren Alters in einem eleganten Etuikleid. „Das ist unglaublich, Claudia. Das ist der Penner vom Chlodwigplatz, der jeden Morgen vor unserer Kanzlei im Eingang hockt. Wie realitätsgetreu."

Marc stellte sich neben Irene und den Mann. Er kannte ihn von anderen Anlässen. Dr. Matthies, Anwalt und ebenfalls Kunstsammler, wenn auch in weitaus bescheidenerem Umfang als Marc.

„Ah, Herr Teuber", rief Dr. Matthias aus, als er Marc sah. „Ich kenne das Model. Das ist er, wie er leibt und lebt. Na ja, bis auf den seltsamen Gesichtsausdruck, aber …"

„Ja, ich hörte es gerade."

„Sagen Sie, ich habe die Künstlerin noch gar nicht gesehen. Ist sie heute Abend nicht hier?"

„Doch, sie …" Marc glaubte Irenes durchdringenden Blick hinter den getönten Brillengläsern zu spüren. „…äh, ist nur etwas scheu."

„Ich würde mich gerne mit ihr unterhalten. Wissen Sie, wann sie diese Statue geschaffen hat?"

Marc zuckte die Achseln. „Warum interessiert Sie das?"

„Na, weil das der Penner ist, über den ich quasi seit drei Jahren jeden Morgen stolpere, wenn ich in unsere Kanzlei will. Anfangs ärgerte mich der Kerl ungemein, aber inzwischen … er gehört jetzt irgendwie dazu, wenn Sie verstehen, was ich meine. Hat von uns auch immer einen Kaffee bekommen. Nicht wahr, Claudia, ich habe dir doch auch von ihm erzählt. Und von seinem Verschwinden. Von einem Tag auf den anderen war er weg."

„Hat sich wohl eine neue Bleibe gesucht."

„Ja, das oder was anderes. Wissen Sie, er wusste ja, dass er von uns nichts zu befürchten hatte. Er war immer weg, bevor unsere ersten Klienten kamen. Deshalb haben ihn wir schließlich akzeptiert. Und nun ist er schon seit ein paar Wochen fort. So wie die anderen Obdachlosen."

„Was meinen Sie?"

„Na, haben Sie das nicht gelesen? Im letzten Jahr sind mindestens ein halbes Dutzend Penner spurlos verschwunden. Oder mehr, wem fällt das schon auf?"

„Tja, diesem hier ist ja nun gewissermaßen ein Denkmal gesetzt. Vielleicht hat ihm das neuen Mut gegeben, und er versucht sein Leben neu anzufangen."

„Interessante Theorie, nicht wahr, Claudia? Also, ich würde zu gern mit der Künstlerin reden. Wo ist sie denn?"

Ja, das fragte sich Marc auch. Der Platz, an dem sie eben noch gestanden hatte, war leer. Marc entschuldigte sich und machte sich auf die Suche nach Irene Kámen. Doch sie war nicht mehr da.

Die einzige Möglichkeit mit Irene Kámen in Kontakt zu treten war, ihr einen Brief zu senden oder persönlich vorbeizufahren. Sie verfügte weder über Telefon, Handy, E-Mailadresse oder andere moderne Kommunikationsmedien, was Marc ziemlich seltsam fand. Es half nichts, wenn er wissen wollte, was mit ihr los war, und warum sie gestern Abend abgehauen war, musste er sich in den Wagen setzen.

Doch an diesem Morgen hatte er einen wichtigen Arzttermin, den er wegen ihr nicht verschieben konnte und wollte. Dann rief ihn auch noch Dr. Matthies auf seinem Handy an und bat ihn um ein Treffen zur Mittagszeit. Er hätte interessante Neuigkeiten.

Um kurz nach halb eins betrat Marc das vereinbarte Restaurant in der Kölner Südstadt. Dr. Matthies erwartete ihn bereits. Er legte die Tageszeitung beiseite und bat ihn, Platz zu nehmen. „Habe mit der Bestellung noch gewartet, Herr Teuber. Den Lammrücken sollten Sie probieren."

„Danke, ich habe keinen Hunger."

„Sie verpassen etwas."

Marc bestellte beim Kellner nur ein Wasser. Dann sah er den Anwalt erwartungsvoll an. „Also, was kann ich für Sie tun?"

„Ich wollte mit Ihnen über diese Künstlerin reden, Frau Kámen. Schade, dass sie gestern Abend schon gegangen war."

„Ich fürchte, sie ist sehr introvertiert. Der ganze Rummel …"

„Ja, introvertiert. Die Frau hat noch nicht einmal Telefon oder E-Mail!"

„Wem sagen Sie das."

Dr. Matthies tippte mit dem Zeigefinger auf die zusammengefaltete Zeitung. „Äußerst positiver Bericht über Ihre Ausstellung. Die Frau wird noch berühmt."

„Ich denke, gerade das will sie nicht."

„Ach. Kennen Sie Frau Kámen schon länger?"

„Nein, im Grunde kenne ich sie gar nicht. Ein anderer Sammler gab mir erst vor ein paar Tagen ihre Adresse. Wieso fragen Sie?"

„Wissen Sie, ich habe mir gestern Abend noch so meine Gedanken gemacht. Diese Geschichte mit dem Penner. Wie kommt diese Frau ausgerechnet an ihn? Sie sagten doch, die wohnt gar nicht in Köln. Und dann die anderen Statuen: Könnten das nicht alles Obdachlose sein?"

„Worauf wollen Sie hinaus?"

„Na, irgendwie ist das doch merkwürdig: Eine Künstlerin, die sich in der Einöde von der Außenwelt abschottet, findet als Modell ausgerechnet einen Obdachlosen aus einer Millionenstadt. Und gerade der verschwindet spurlos."

„Welchen Zusammenhang sollte es da zu Frau Kámen geben?"

„Ja, welchen, das ist die Frage. Zunächst einmal wollte ich gerne wissen, wer diese Frau Kámen eigentlich ist. Also habe ich heute Morgen direkt jemanden angesetzt, um mehr über diese Künstlerin herauszufinden. Sie ist erst seit zwei Jahren an ihrem jetzigen Wohnort gemeldet. Davor: Nichts. Jedenfalls bis jetzt noch nichts, aber da bin ich noch dran. Ungewöhnlich ist jedoch, dass sie beim zuständigen Amt ihres angegebenen Geburtsortes nicht registriert ist. Was noch ungewöhnlicher ist: Es gibt nur wenige Hinweise auf ihre Existenz: Nur der Eintrag beim Einwohnermeldeamt und eine Steuernummer, sonst nichts: Keine Anmeldung bei der Künstlersozialkasse, kein Telefon, keine Kontoverbindung …"

„Woher wissen Sie das alles?"

Dr. Matthies setzte ein süffisantes Lächeln auf. „Herr Teuber, unsere Kanzlei verfügt über gute Kontakte …"

Marc nahm einen Schluck Wasser und dachte über das eben Gehörte nach. In der Tat war einiges seltsam an dieser Frau.

„Könnten Sie ein Treffen arrangieren?", fragte der Anwalt.

Das Wasserglas glitt aus Marcs Hand. Mit einem dumpfen Laut landete es auf der Tischdecke und ergoss seinen Inhalt darüber.

„Mist!" Marc griff unbeholfen mit zitternden Fingern nach einer Serviette.

„Alles in Ordnung?", fragte Dr. Matthies.

Marc nickte. „Tut mir leid, kleines Malheur. Ich … ehrlich gesagt weiß ich nicht einmal, ob Frau Kámen mich noch sehen möchte."

„Versuchen Sie es."

„Okay. Und wenn Sie etwas Neues herausfinden, geben Sie mir Bescheid."

„Wir bleiben in Kontakt."

Die Stille um das Haus war bedrückend. Kein Vogelgezwitscher, kein Knacken von Zweigen oder Ästen, wenn irgendwo ein Tier durchs Unterholz schlich. Es roch nach feuchter Erde, nach Moder, und es war kühl. Selbst die Strahlen der Nachmittagssonne drangen nur fahl durch die hohen Tannen.

Marc klopfte zum wiederholten Male an. Sie musste zu Hause sein. Ihr Wagen stand neben der Hütte.

„Hören Sie, es tut mir leid. Ehrlich. Die Ausstellung ist beendet, Sie haben mein Wort."

Er lauschte. Stille. Keine Schrittgeräusche oder anderes, was darauf hingedeutet hätte, dass tatsächlich jemand in der Hütte war. Vielleicht war sie doch im Wald unterwegs.

Enttäuscht wandte er sich schließlich ab.

„Ich will die Statuen zurück!"

Marcs Herz übersprang einen Schlag. Ihre zischende Stimme war direkt neben seinem Ohr erklungen. Als er sich umdrehte, sah er in ihre getönten Brillengläser.

Er keuchte, trat einen Schritt zurück. Hinter ihr stand die Tür der Hütte offen. Wieso hatte er nicht gehört, wie sie sie geöffnet hatte? „Mein Gott, Irene, haben Sie mich erschreckt!"

„Seien Sie froh, dass es nur das ist. Also, was ist mit den Statuen?"

Marcs Puls beruhigte sich allmählich. Mit zitternder Hand wies er auf die geöffnete Tür. „Wollen Sie mich nicht erst einmal hereinbitten?"

„Was wir zu besprechen haben, können wir auch hier draußen erledigen."

Marc nickte. „Gut. Sie können die Statuen zurückhaben. Aber Sie kennen meinen Preis."

Die junge Frau starrte ihn an. „Ich habe Nein gesagt."

„Dann gebe ich Ihnen Ihre Statuen nicht zurück."

„Doch, das werden Sie!"

Marc seufzte. „Überlegen Sie es sich. Mein Angebot steht." Er wandte sich zum Gehen.

„Sie wissen nicht, was Sie da verlangen! Es muss einen anderen Weg geben."

Marc drehte sich überrascht zu ihr um. „Irene, es würde mir viel bedeuten. Sehr viel."

„Nein. Es geht nicht."

„Ich werde bekommen, was ich will. Sie wissen, wo Sie mich finden."

Auf dem Weg nach Hause meldete sich sein Handy. Marc schaltete die Freisprechanlage an.

„Arno Matthies hier", hörte er.

„Ah, Dr. Matthies, guten Abend. Ich fürchte, das Treffen mit Frau Kámen findet nicht statt." Marcs Augen folgten dem grauen Band der Straße, das die Scheinwerfer aus der Dunkelheit rissen.

„Wir werden sehen. Nach dem, was ich weiß, wird Frau Kámen nichts anderes übrigbleiben, als mich zu empfangen. Doch vielleicht sollte ich besser direkt die Polizei zu ihr schicken."

„Die Polizei? Wieso?"

„Tja, stellen Sie sich vor: Als ich heute als Letzter unsere Kanzlei verlasse, sitzt da plötzlich ein Penner im Eingang."

„Dann ist doch alles in Ordnung."

„Im Gegenteil. Es ist ein anderer Obdachloser, der irgendwie von dem freien Platz erfahren hat. Na, jedenfalls frage ich den nach dem verschwundenen Tippelbruder, und da wird er ganz aufgeregt. Es wären jetzt schon über ein Dutzend von ihnen verschwunden, doch die Polizei unternähme nichts. Als wären die froh, dass sich das Problem von selbst erledigt habe. Und wissen Sie, was dann kam?"

„Sagen Sie schon!"

„Der Mann nahm die Zeitung, mit der er sich zugedeckt hatte und hielt mir den Bericht über Ihre Ausstellung unter die Nase. Ganz außer sich zeigte er auf das Foto, das eine der Statuen darstellt. Das sei einer von den Verschollenen. Verstehen Sie? Noch einer. Das kann doch kein Zufall mehr sein. Frau Kámen wird einiges zu erklären haben. Wird garantiert ein interessanter Fall, der unserer Kanzlei Publicity bringt. Wissen Sie, ob sich Frau Kámen einen Anwalt leisten kann?"

Marc dachte an dieses Telefonat mit Matthies, als er ein paar Tage später auf eine Meldung in der Zeitung stieß:

„Kölner Promianwalt verschollen! Köln – Seit einer Woche wird der bekannte Anwalt Dr. Arno Matthies (49) vermisst. Matthies' Kanzlei hat sich einen Namen durch die Verteidigung von Prominenten gemacht. Die Polizei schließt einen Zusammenhang mit einer aktuellen Mandantschaft nicht aus. Gerüchten zufolge könnte sein Verschwinden auch mit Problemen in seiner Ehe zu tun haben. Matthies´ Ehefrau Claudia (47) verweigert derzeit jede Stellungnahme …“

Marc seufzte. Der Anwalt war seit jenem Abend verschwunden, als sie miteinander telefoniert hatten. Die Polizei hatte ihn bereits verhört, doch sie schien noch nicht auf die Spur zu Irene Kámen gestoßen zu sein. Marc sah auf den Briefumschlag, der neben der Zeitung lag. Er hatte der Polizei bislang nichts von der Künstlerin erzählt, und wenn der Abend nach Plan verlief, dann würde er es auch nicht mehr tun.

Sein Arm zitterte und gehorchte kaum seinem Befehl, als er auf seine Armbanduhr sah. Marc presste die Lippen zusammen. Es war kurz nach zehn Uhr morgens. Er hatte also noch etwas Zeit.

Er sah sich um und lächelte. Außer den Oberlichtern hatte er alle anderen Fenster in diesem Raum sowie in der restlichen Penthousewohnung verdunkelt. Durch die schmalen Scheiben fiel das Licht der Morgensonne wie in langen Bahnen in das Atelier und schnitt ein gutes Dutzend Statuen aus dem Dämmer. Sie umstanden

den Tisch kreisförmig und blickten alle auf Marc. Und er blickte zurück. In sein eigenes Gesicht. Dutzendfach. In Marmor, Granit, Porphyr, Speckstein, Grauwacke, Sandstein und anderen Gesteinsarten. Auch in Stahl, Eisen und Bronze. Manche Gesichter und Körper wirkten grob, rau, zeigten nur wesentliche Merkmale, gerade genug, um etwas Ähnlichkeit zu ihm zu erkennen. Andere dagegen waren feiner, detailgetreuer, natürlicher. Ihr Ausdruck war nachdenklich, feierlich, melancholisch, heroisch. Jede Statue gefiel ihm auf ihre Art, doch es waren bloße Annäherungen. Keine einzige war so perfekt, wie er es sich wünschte. Wie sie es darstellen konnte. Irene Kámens Statue würde seine narzisstische Sammlung krönen.

Er spürte, wie sein Herzschlag beim Gedanken daran beschleunigte. Bald würde es soweit sein. Sie würde nicht anders können, als seinen Wunsch zu erfüllen. Dort, wo die Lücke in dem Kreis der Statuen war, sollte sie stehen.

Das Klingeln der Türglocke riss ihn aus seinen Träumereien.

Er stand auf, ging zur Tür. Arm und Hand wollten ihm nicht direkt gehorchen, doch dann betätigte er den Knopf der Gegensprechanlage. „Fahren Sie mit dem Fahrstuhl bis in den obersten Stock, Frau Kámen. Sie sind dann direkt bei mir."

Er wartete ihre Antwort nicht ab, sondern trat zurück und blickte auf die Fahrstuhltür, die sich direkt in das

Atelier öffnete. Keine Minute später glitt die Tür auf, und Irene Kámen trat mit unbewegter Miene und obligatorischer dunkler Brille heraus.

„Also?", fragte sie.

„Bitte, kommen Sie herein, Frau Kámen. Oder sollte ich sagen, Frau Sten alias Frau Lithos?"

Irene Kámens Miene zeigte keine Reaktion, doch sie stockte sichtlich, als sie den nächsten Schritt setzte.

„Wovon sprechen Sie?", fragte sie.

„Oh bitte, Frau Kámen, wir wissen beide, wovon ich spreche."

Marc ging bis zur Mitte des Raumes und blieb neben dem Tisch stehen. Irene Kámen folgte ihm und blickte sich dabei aufmerksam um.

„Beeindruckend ... selbstverliebt."

Marc lächelte. „Ich hatte schon immer einen Hang zum Narzissmus. Vielleicht verstehen Sie jetzt, warum ich unbedingt möchte, dass Sie mich verewigen."

Irene Kámen blieb auf der anderen Seite des Tisches stehen, blickte sich noch einmal um und sah dann Marc an: „Was wissen Sie über mich?"

„Genug, um zu wissen, dass Sie meinen Wunsch nicht ausschlagen werden."

„Die Statuen?"

„Sind mit der Spedition bereits unterwegs zu Ihrer Hütte."

„Dann könnte ich jetzt wieder gehen, und Sie bekommen nichts."

Marc nickte. „Möglich. Aber dann würde die Polizei in wenigen Minuten erfahren, was ich weiß. Wahrscheinlich ist sie Ihnen bereits auf der Spur, aber ich habe Ihnen noch etwas Zeit erkauft. Nach Dr. Matthies' Verschwinden hat sie auch mich befragt, doch ich habe Ihren Namen nicht erwähnt. Und ich bin sicher, dass sie auch noch nicht weiß, was Matthies über Sie herausgefunden hat. Armer Matthies, er war Ihnen leider zu nah gekommen ..."

Irene Kámen schnaufte. „Sie bluffen."

„So? Wollen Sie es herausfinden? Kommen Sie, ich biete Ihnen kostbare Zeit. Sie können Vorbereitungen treffen, Spuren beseitigen, eine neue Existenz woanders aufbauen, so, wie Sie es schon einige Male zuvor getan haben. Woher stammen Sie eigentlich ursprünglich? Aus Griechenland? Einer der Detektive, die für mich arbeiten, hat da einen interessanten Artikel gefunden über Obdachlose, die vor einigen Jahren spurlos aus Athen verschwanden und als Statuen in Ihrem Atelier wiedergefunden wurden. Der Artikel ist übrigens meiner bereits vorbereiteten Mail an die Polizei als Anhang beigefügt. Keine Angst, keiner der Detektive ahnt, worum es hierbei geht, und wo Sie momentan wohnen. Aber es steht alles dort drin."

Irene Kámen sah in die Richtung, in die Marcs ausgestreckter Zeigefinger wies. Ein Laptop stand zwischen den Statuen auf dem Boden. Zum ersten Mal bewegte sich etwas in ihrem Gesicht. Es wirkte, als ringe sie um einen Entschluss. „Und wer garantiert mir, dass diese Informationen nicht trotzdem an die Polizei weitergeleitet werden, wenn ich getan habe, was Sie verlangen?"

Marc lächelte. „Wir wissen beide, dass dies nicht der Fall sein wird."

„Sie spielen mit dem Feuer, Herr Teuber."

„Was meinen Sie, warum ich so erfolgreich bin? Ich bekomme immer, was ich will."

„Manchmal will man aber gar nicht, was man bekommt." Ihre Stimme hatte plötzlich einen zischenden Unterton.

„Ich schon. Sie haben doch gesehen, womit ich mich umgebe. Mir fehlt nur noch Ihr Werk. Es wird der Höhepunkt meiner Sammlung sein." Er ging zu der Lücke, die er hierfür vorgesehen hatte. „Genau hier soll es stehen. Also, Frau Kámen? Ich denke, Ihnen bleibt keine andere Wahl, wenn Sie nicht ins Gefängnis wollen."

Mit einer langsamen Handbewegung nahm sie ihre Brille ab und richtete den Blick ihrer dunklen Augen auf ihn. „Nein, es scheint, als bliebe keine andere Wahl. Sie zwingen mich dazu."

„Ja. Aber ich weiß, dass Sie schnell arbeiten, Sie werden ..."

Ihr kaltes Lachen unterbrach ihn. „Oh ja, ich arbeite schnell. So wie meine Vorfahren es mich gelehrt haben."

Aus dem Dunkel ihrer Pupillen glaubte Marc plötzlich etwas aufsteigen zu sehen. Ein Funken, der nicht vom Sonnenlicht herrühren konnte. Nein, es war etwas

… wie ein kaltes, blaugrünes Feuer. Fasziniert starrte er darauf, konnte den Blick nicht abwenden, auch dann nicht, als eine plötzliche Kälte sich um seinen gesamten Körper legte wie eine Schraubpresse, in ihn hineinkroch und jede Faser, jede Zelle von den Zehenspitzen bis zum Kopf erfrieren und schließlich … zu Stein erstarren ließ.

Irene Kámen seufzte erschöpft und senkte den Blick. Er hatte sie dazu getrieben. Der Narr. Niemand forderte sie ungestraft heraus. Sie blickte auf ihr zu Stein gewordenes Opfer und … nein, das konnte nicht wahr sein? Sie trat näher, setzte ihre Brille noch nicht auf, sah genauer hin. Aber … das war noch nie geschehen! Als ob er es gewusst hätte! Leicht irritiert erkannte sie, dass seine letzte Bewegung ein ausgestreckter Zeigefinger war, der auf etwas deutete. Sie sah sich um. Dort war der Tisch. Eine Zeitung. Ein Briefumschlag. Sie blinzelte. Auf dem Umschlag stand ihr Name.

Mit zitternden Fingern griff sie danach und riss ihn auf.

Liebe Irene,

machen Sie sich bitte keine Vorwürfe, ich trieb sie dazu, weil ich es wollte.

Ich wusste von Ihrem Geheimnis. Nicht sofort, aber die Mosaiksteinchen fügten sich immer mehr und mehr zu einem stimmigen Gesamtbild: Eine Künstlerin, die vor zwei Jahren scheinbar aus dem Nichts auftaucht und ihre lebensechten Statuen aus unbekanntem Material; die Modelle etwa zur selben Zeit spurlos verschwunden, alles Obdachlose, die kaum jemand vermisst, dasselbe zu früheren Zeiten in anderen Ländern unter anderem Namen, eine dunkle Brille und ein südländischer Akzent. Ich kenne die griechische Mythologie und weiß nun ganz sicher, dass manche Legenden einen wahren Kern haben.

Dr. Matthies hat zwar auch schon vieles herausgefunden, doch wer Sie wirklich sind, darauf wäre er nie gekommen. Wahrscheinlich dachte er, Sie übergießen Ihre Opfer mit Beton oder ähnlichem. Er wollte Sie ans Messer liefern. Doch das konnte ich nicht zulassen, denn dann hätte ich nie meine Statue bekommen. Also habe ich ihn beseitigt, bevor er die Polizei informieren konnte.

Ich konnte ihn überzeugen, sich zuerst mit mir bei Ihnen zu treffen, um Sie dazu zu bringen, ihn als Anwalt zu nehmen. Ich habe ihm auch garantiert, die Kosten zu übernehmen. Dieser publicitygeile Dummkopf tat es wirklich.

Tut mir leid, aber ich musste seine Leiche in der Nähe ihrer Hütte verscharren. Seinen Wagen habe ich in einem nahe gelegenen See versenkt.

Warum, fragen Sie sich, habe ich dies getan? Warum, wenn ich doch wusste, wer Sie sind und was Sie mir antun würden.

Ganz einfach: Ich wollte es so. Ich hatte ein erfolgreiches Leben, habe immer bekommen, was ich wollte. Doch dann bekam ich etwas, dass ich nicht hatte haben wollen: Eine unheilbare Krankheit. ALS. Sie beginnt mit Störungen der Motorik, Lähmungserscheinungen. Sicher haben Sie diese schon an mir registriert. Es wird von Tag zu Tag schlimmer. Ich habe bereits Probleme, etwas in der Hand zu halten, oder Ihnen diese Nachricht zu schreiben.

Doch das ist erst der Anfang. Nach Armen und Händen wären auch die Beine dran, ich könnte aus eigenem Willen weder gehen noch etwas anfassen. Schließlich würde es auch auf meine Atmung übergreifen, und am Ende würde ich elendiglich ersticken. Nein, das wollte ich nicht.

Ich musste erkennen, dass all mein Geld mir nicht würde helfen können. Sicher, ich könnte den Verlauf vielleicht verlangsamen, könnte mir Pfleger rund um die Uhr leisten, die mich füttern und mir den Hintern abwischen.

Doch das wäre nicht mehr ich, wie ich sein will, wie ich enden möchte. Wie ich in Erinnerung bleiben möchte. Wenn Sie sich umsehen, erkennen Sie vielleicht, wie verliebt ich in mich selbst bin. Da war nie wirklich Platz für jemand anderem in meinem Herzen.

So wie ich heute bin, will ich auf ewig erhalten bleiben, keinen Tag älter.

Und Sie helfen mir dabei. Durch Sie werde ich nie

mehr altern, werde ich unsterblich. Der Gedanke macht mich glücklich, gibt mir Kraft. Und ich will Ihnen zum Dank etwas zurückzugeben, was Ihnen kein Modell bislang geben konnte oder wollte; etwas, was Sie seit Langem suchen und vermissen.

In ewigem Dank Ihr

Marc Teuber

Irene ließ den Brief ungläubig sinken. Dann sah sie in das Gesicht der Statue, die noch vor Kurzem ein lebendiger Mensch gewesen war, und zum ersten Mal seit vielen Jahren erfüllte Wärme ihr Herz und Freude stieg in ihr empor. Aus seinen versteinerten Zügen sprach sein Geschenk an sie, das größte, das sie je bekommen hatte: Ein glückliches, befreites Lächeln.

Der Fluch der Hexe

„Merde! Was ist denn jetzt wieder los? Wieso geht das Licht aus? Ist denn der ganze verdammte Zug im Eimer?", fluchte der dicke Mann.

Obwohl die beiden anderen Insassen des Waggons im Nachbarabteil saßen, konnten sie ihn deutlich hören. Der Zug stand schon eine kleine Weile und ringsum war es still. Der fahle Schein des Mondes, den die schneebedeckte Landschaft in die Abteile reflektierte, war die einzige Lichtquelle. Er ließ die Zugpassagiere nur einige Umrisse und Schatten erkennen.

Die junge Frau, die schon eine ganze Weile an der offenen Abteiltür stand, rief plötzlich aus: „Da ist ein Licht! Jemand kommt!"

„Na sehen Sie, Mademoiselle, ich sagte ja, dass jemand kommen wird", sagte der junge Mann, der mit ihr das Abteil teilte.

„Wurde auch Zeit!" Die junge Frau sah den Umriss des Dicken auf dem Gang auftauchen. Eine schmale Lichtlanze bewegte sich von der anderen Gangseite auf sie zu. Ihr folgte ein Schatten, der ihnen zurief: „Messieurs Dames! Unsere Lok hat einen Defekt. Aber kein

Grund zur Sorge. Aus Paris ist bereits eine Ersatzlok unterwegs."

„Warum schalten Sie das Licht nicht wieder an?", verlangte der Dicke zu wissen.

„Tut mir leid, Monsieur, die Sicherung scheint auch defekt zu sein. Aber wir arbeiten daran. Damit Sie nicht im Dunkeln sitzen müssen, habe ich Ihnen eine Kerze mitgebracht."

„Eine Kerze." Das Schwergewicht schüttelte den Kopf.

Ein Feuerzeug schnappte und einen Augenblick später nahm eine kleine Flamme Besitz vom Kerzendocht. Der Schaffner reichte die Kerze der jungen Frau.

„Geben Sie mir bitte auch eine", sagte der Dicke.

„Tut mir leid, Monsieur, aber ich habe leider nur die eine."

Ungehaltenes Schnaufen erklang.

„Vielleicht könnten Sie ja alle in einem Abteil zusammenkommen, Monsieur. Mademoiselle und der junge Monsieur werden sicher nichts gegen Gesellschaft haben."

Der Dicke grunzte.

Die junge Frau nahm Platz und stellte die Kerze behutsam auf dem kleinen Seitentischchen ab.

„Na, das wird doch richtig romantisch", sagte der junge Mann, der ihr gegenübersaß.

„Außerdem erlauben wir uns, Ihnen zur Beruhigung Ihrer Nerven etwas Cognac zu spendieren", sagte der Schaffner.

„Aaah", stieß das Schwergewicht erfreut aus, als er die edle Flüssigkeit in einen Becher gluckern hörte. Er hatte neben der jungen Frau Platz genommen.

Der Schaffner verteilte an jeden einen Becher. Dann entschuldigte er sich.

„Schöne Bescherung", brummte der Dicke.

Der junge Mann lachte.

„Was gibt es da zu lachen?!"

„Ach, Monsieur, ich dachte nur, wie passend Ihre letzte Bemerkung war. Verstehen Sie?"

Es kam keine Antwort. Der junge Mann versuchte es noch mal: „Bescherung. Heut an Heiligabend!"

„Mir ist momentan nicht nach Scherzen zumute."

Zum Glück funktioniert immerhin die Heizung noch", versuchte der andere Optimismus zu versprühen. Er hob den Cognac-Becher. „Auf einen gemütlichen Abend!"

Der Dicke schnaufte. „Gemütlicher wärs zu Hause. Ausgerechnet heute muss so was passieren! Ich fahre das ganze Jahr über Bahn, aber so was ist mir noch nie passiert, außer im Krieg, aber der ist ja nun schon fünf Jahre vorbei!"

„Meine Familie wartet in Paris auf mich", meinte die junge Frau, „sie machen sich sicher Sorgen."

„Ach, das wird schon, Mademoiselle", sagte der Junge, „also ich find's richtig romantisch, so bei Kerzenschein und Cognac ..."

Etwas raschelte und knisterte. „Hier habe ich auch noch ein paar Kekse", fügte er hinzu und bot den anderen etwas an. Der Dicke griff zögernd zu. Als er sich der jungen Dame neben ihm zuwandte, bemerkte er einen Schatten, der vor ihrem Abteil stand.

„Ah, da kommt noch jemand. Kommen Sie Monsieur, setzen Sie sich zu uns, wir feiern gemeinsam Weihnachten!", lud er ihn ein.

Ein dunkelhaariger Mann in einem schwarzen Mantel tauchte im Schein der Kerze auf. Mit einem leichten Kopfnicken nahm er Platz. Der junge Mann fragte sich, ob er wohl friere, denn der Fremde hatte den Kragen seines Mantels hochgestellt. Die Kekse lehnte er mit einer knappen Geste ab.

„Also, was machen wir jetzt?", fragte der Junge in die Runde. „Kann ja wohl noch einige Zeit dauern bis es weitergeht."

„Wie wäre es, wenn jeder davon erzählt, woher er kommt und wohin er will?", fragte die Frau zaghaft.

„Ach wie langweilig!", winkte der junge Mann ab. „Das wäre doch die ideale Gelegenheit für eine spannende Geschichte! Kennt keiner eine tolle Geschichte?"

Der Dicke schüttelte nur grummelnd den Kopf.

„Sie wollen etwas Spannendes hören?", erklang eine

raue Stimme. Der junge Mann schaute neugierig den Fremden im Mantel an.

„Ja. Kennen Sie eine?"

Der Angesprochene nickte. „Eine wahre Geschichte. Unsere Bahnstrecke von Angers nach Paris taucht in ihr übrigens auch auf ..." Der Mann verstummte.

„Weiter!", forderte der junge Mann auf.

„Ich warne Sie jedoch, Messieurs et Mademoiselle, es ist nichts für schwache Gemüter."

„Prima, schießen Sie los!"

Der Mann schaute die junge Frau an, die scheu nickte, und dann den Dicken, der ergeben seufzte und nach einem weiteren Keks griff.

„Also gut, hören Sie genau zu!" Und er begann.

„Ich verfluche dich, Philippe Popinot! Sei verdammt! Du sollst mein Schicksal teilen und das neue Jahr nicht mehr in dieser Welt erleben!"

Ein Raunen ging durch den Gerichtssaal und viele Zuschauer zuckten unwillkürlich wie unter einem unsichtbaren Schlag zusammen, als gelte der Fluch der verurteilten Mörderin ihnen. Aufgeregte Stimmen sprachen von ihr als Hexe und wagten nicht, ihr in die vor Hass glühenden Augen zu sehen. Niemand wollte es riskieren, sich den Zorn von Lucie Moinet zuzuziehen. Selbst die Gerichtsdiener zögerten merklich lange, ehe sie das sich wildgebärdende Weib wieder fester packten und aus dem Gerichtssaal entfernten.

Der Mann, dem ihre Worte galten, verfolgte mit unbewegter Miene, wie sich Lucies weinrote Mähne durch die Menge zum Ausgang fortbewegte. Sie spuckte noch weitere wüste Beschimpfungen aus, doch er wandte sich rasch ab von der Mordhexe von Paris. So titulierte sie die Presse seit dem Mord an Mademoiselle de Roquinefort. Bei den Bewohnern ihres Viertels jedoch hatte sie den Ruf als Hexe schon lange weg. Dabei verstand sie sich einfach nur auf die Anwendung von Kräutern und anderen Naturheilmitteln.

Absurd, in ihr eine Hexe zu sehen, fand Philippe, lebten sie doch schließlich nicht mehr im Mittelalter, sondern in einem aufgeklärten Zeitalter, in dem die Technik täglich neue Triumphe feierte und den Menschen fantastische neue Möglichkeiten eröffnete. Möglichkeiten, die noch vor wenigen Jahren oder gar Jahrzehnten als Utopie gegolten hätten. Wer hätte damals zum Beispiel gedacht, dass sich sogenannte Automobile aus eigener Kraft an den Pferdekutschen vorbei auf den Straßen bewegen würden, oder dass die eigene Stimme vermittels des sogenannten Telephonapparates Hunderte von Kilometern zurücklegen könnte und am Ziel aus einer Ohrmuschel exakt die hineingesprochenen Worte ertönten!

Doch trotz all dieser erklärbaren Wunder der Technik und Wissenschaft glaubten die einfachen Leute noch an Hexen wie Lucie. Und scheinbar nicht nur die einfachen Leute, dachte Philippe, als er das bleiche Gesicht des Staatsanwaltes vor sich auftauchen sah.

„Eine wahre Furie, dieses Weib! Aber ihr Verhalten bestätigt mir nur, dass das Todesurteil das Beste für uns alle ist."

Philippe zuckte wortlos die Schultern. Er hatte jetzt nur das Bedürfnis, diesen Ort und die schrecklichen Erinnerungen hinter sich zu lassen. Am Gesichtsausdruck des Staatsanwaltes erkannte er, dass diesen noch etwas bedrückte.

„Wir hätten sie nicht verurteilen können, wenn wir nicht Ihre Zeugenaussage gehabt hätten, Monsieur Popinot."

„Ja, Monsieur Beauville, ich weiß."

„Lucie scheint daher Ihnen allein die Schuld an ihrer Verurteilung zu geben. Sie hat Sie verflucht ..."

„Monsieur Beauville, wir sind doch beide aufgeklärte Menschen und wissen, dass das lediglich das wütende Geschwätz einer irren Mörderin ohne jegliche Bedeutung ist!"

Beauville sah Philippe einen kurzen Moment mit einem seltsam hilflosen Ausdruck an. Dann erwiderte er mit schwacher Stimme: „Sie haben wohl recht, Monsieur Popinot. Verzeihen Sie ..." Er reichte ihm die Hand. „Ich wünsche Ihnen ein gesegnetes Weihnachtsfest!"

„Das wünsche ich Ihnen und Ihrer Familie auch, Monsieur Beauville."

Auf der breiten Treppe vor dem Gerichtsgebäude hielt Philippe einen Moment lang inne und sah sich um. Der Atem entwich seinem Mund sichtbar in schwachen Dampfwölkchen und mischte sich mit der eisgrauen Pariser Luft. Die Dächer der Häuser waren mit weißen Laken aus Schnee bedeckt, und auch in den Straßen hielten sich noch Reste davon. Philippe sah eine Droschke und hob den Arm, um sie heranzuwinken.

„Philippe!"

Er sah sich um. Wer rief seinen Namen? Es hatte sich wie die Stimme einer Frau angehört, doch hinter sich sah er nur zwei Advokaten, die geschäftig die Stufen hinunterstürmten. Er kniff die Augen zusammen und sah sich noch einmal prüfend um. Nein, er hatte sich scheinbar getäuscht.

Kopfschüttelnd winkte er nach der Droschke und ließ sich nach Hause fahren.

„Wünschen Monsieur noch etwas?"

„Nein, Clotilde, danke. Die Flasche Cognac reicht. Sie können zu Bett gehen."

Clotilde verabschiedete sich mit einem Knicks. „Eine gute Nacht wünsche ich Monsieur."

„Ihnen auch, Clotilde."

Er sah ihr nach, wie sie die Mahagonitür seines Arbeitszimmers schloss und lehnte sich in seinen Sessel zurück, mit einem Glas Weinbrand in der Hand. Sein Blick war auf das prasselnde Kaminfeuer gerichtet, doch vor sein geistiges Auge drängten sich andere Bilder. Bilder von Blut, Tod, Verzweiflung. Er sah das liebliche Gesicht von Amélie de Roquinefort und eine Träne rann seine Wange herab. „Amélie ...", flüsterte er. „Mein Herz, meine Liebe, mein Leben ..."

Es brauchte mehrere Gläser Weinbrand, um ihn in eine Verfassung zu bringen, in der sein Geist die grausame Wahrheit nicht mehr erfassen konnte und der gewaltige Schmerz in seiner Brust abebbte.

Irgendwann schließlich schlief er ein.

„Philippe, Philippe!" Er schreckte hoch. Sie rief ihn.

Ein dumpfes Pochen durchzog seinen Schädel, als er sich erheben wollte. Im schwachen Flackern des absterbenden Kaminfeuers sah er die leere Cognacflasche und erinnerte sich wieder, wo er war. Seufzend ließ er sich zurücksinken. Nur ein Traum. Er war allein. Niemand da, der ihn rief.

Ein Klopfen am Fenster ließ ihn zusammenfahren.

Mühsam quälte er sich aus seinem Sessel hoch. Das Fensterglas vibrierte klirrend unter leichten Schlägen. Und da war noch etwas, eine Art Kratzen.

Er sah zu den beiden Fenstern seines Arbeitszimmers. Hinter den viergeteilten Scheiben war es stockfinster. Philippe blinzelte angestrengt und ging langsam auf das Fenster zu. Er hatte Mühe, sich gerade auf den Beinen zu halten. Das Klopfen wiederholte sich. Und dann entdeckte er das bleiche Gesicht! Fast wäre er vor

Schreck gestürzt. Sein Herz ließ einen Schlag aus, und er wagte sich kaum zu rühren. Dort hinter einer der Scheiben starrte es ihn unverwandt an!

Was wollte es? Kam es, um ihn zu holen? Hinunter zu zerren in die tiefsten Abgründe der Hölle?

Jetzt öffnete es den Mund, wie um etwas zu sagen, und über Philippes Lippen drang ein unverständliches Gestotter. Er fasste sich an die benommene Stirn, und die Gestalt in der Scheibe tat es ihm nach.

Oh, du betrunkener Narr, schalt er sich selbst, erschrickst vor deinem eigenen Spiegelbild!

Er schüttelte belustigt den Kopf und wollte sich wieder dem bequemen Ledersessel zuwenden, als ihn ein erneutes Klopfen stoppte. Diesmal war es heftiger, und die Scheiben zitterten gefährlich unter dessen Wucht!

Philippe trat näher an die Fenster heran, und das Klopfen und Kratzen erklang wieder, noch wilder diesmal. Er glaubte, einen dunklen Schemen am oberen Rand des linken Fensters erkannt zu haben. Ja, da war er wieder und pochte wild gegen das Glas! Mit ihm kam das klägliche Heulen des Windes, der unentwegt ums Haus strich und nach Ritzen suchte, um hineinzufinden.

Wieder rauschte der Schemen heran: Bumm!

Philippe wich zurück. Was immer da auch Einlass forderte, es würde bald das Glas zerschmettern!

Das Heulen des Windes steigerte sich zu den gequälten Schreien verlorener Seelen, und noch einmal schoss etwas Dunkles auf das Fenster zu. Diesmal war die

179

Wucht zu stark! Das Glas zersplitterte in Aberdutzende von Teilen, die Philippe entgegenflogen. In seinem Zustand konnte er gar nicht schnell genug reagieren, um sich zu schützen. Er hob die Arme und sackte auf die Knie, doch da hatten schon einige Splitter blutige Striemen über Wange und Stirn gezogen. Allein durch Glück blieben seine Augen verschont.

Nun jagte der eiskalte Dezemberwind wie eine Furie in sein Arbeitszimmer und entfachte fauchend die Glut im Kamin. Der dunkle Schemen fand Einlass, und Philippe brauchte einen Moment, bis er erkannte was es war.

Durch das zerborstene Fenster ragten die windgepeitschten Zweige und Äste einer Pappel! Der Sturm hatte einen gewaltigen Ast des morschen Baums vor seinem Haus abgerissen.

Der Wind versuchte, die dicken Schweißperlen auf Philippes Stirn in Eistropfen zu verwandeln. Schwindelig strich er über sein Haupt, und als er seine feuchte Hand zurückzog und sie betrachtete, war sie voller Blut.

Er fiel genau in dem Moment in Ohnmacht, in dem Clotilde besorgt die Tür seines Arbeitszimmers aufstieß.

Philippe fühlte am nächsten Tag die Blicke der Angestellten in seiner Bank besorgt auf sich gerichtet. Ihnen konnten die Spuren, die das nächtliche Erlebnis in seinem Gesicht hinterlassen hatte, natürlich nicht verborgen bleiben, und sicher waren sie der Anlass verschiedener Gerüchte. Er schloss die Tür seines Büros und war für niemanden zu sprechen. Dieser neugierige Pöbel! Sicher hatten sie bereits die Pressemitteilungen über das Ende des Prozesses verschlungen. Besser, er wäre doch zu Hause geblieben, wie Clotilde es ihm empfohlen hatte. Heute war eh der letzte Arbeitstag vor Weihnachten, und es würde nichts Wichtiges für ihn zu tun geben.

Aber er wusste auch, dass es allemal besser war, als einsam daheim zu sitzen und quälenden Gedanken und Erinnerungen nachzuhängen. Ihm graute in gewisser Weise schon vor morgen Abend. Er hatte Clotilde – trotz deren großer Besorgnis um ihn – aufgefordert sich freizunehmen, damit sie an den Weihnachtstagen ihre Familie besuchen konnte. Er selbst hatte eine Einladung seines Bruders Jaques und dessen Familie aus Nantes erhalten, allerdings erst für den ersten Weihnachtstag. Am Heiligen Abend waren sie zu Gast bei der Familie seiner Frau.

Wie nur sollte er den morgigen Abend allein überstehen? Ohne Amélie? Mit den Erinnerungen an das, was geschehen war? Sie würden ihn wieder terrorisieren.

Er war so tief in diese Gedanken versunken, dass er gar nicht bemerkte, wie sein Sekretär Jospin das Büro betrat.

„Monsieur le directeur? Ist alles in Ordnung?"

Erschrocken sah Philippe auf. „Jospin!"

„Monsieur sieht so blass aus. Sie zittern ja ... Soll ich

einen Arzt rufen?"

Philippe winkte ab. „Es geht schon. Ich brauche nur etwas Ruhe. Ich werde heute wohl doch früher gehen." Er blickte Jospin misstrauisch an. „Weshalb sind Sie gekommen?"

„Monsieur, Sie haben Besuch. Monsieur Desplain möchte Sie sehen."

Desplain! Ausgerechnet Lionel Desplain! Das war nun wirklich der einzige Mensch auf der Welt, den er auf keinen Fall sehen wollte.

„Ich sagte doch, dass ich heute für niemanden zu sprechen bin! Das gilt ..."

„... aber hoffentlich nicht für mich." Desplain stand in der Tür und schaute ihn unverfroren mit einer traurig-ernsten Miene an, die Philippe gar nicht an ihm kannte. Keine Spur seines Markenzeichens, jenes sonnigen Lächelns, mit dem er der Liebling der Pariser Frauenwelt geworden war. Auf gewisse Weise befriedigte es Philippe, dass Desplain das Lächeln vergangen war. „Ah, mein lieber Popinot, ich grüße Sie!" Desplain trat zum Schreibtisch und streckte Philippe die Hand entgegen.

Der ignorierte diese Geste und nutzte seine rechte Hand dazu, Jospin aus dem Büro zu winken. Desplain war davon jedoch nicht irritiert und nahm ohne besondere Aufforderung im Sessel vor Philippes Schreibtisch Platz.

Philippe wollte zu einer entsprechenden Bemerkung ansetzten, aber Desplain stoppte ihn mit einer Geste.

„Ich weiß, Monsieur, wir sind nicht gerade das, was man die besten Freunde nennt ...“

Philippe bestätigte diese Aussage mit einem dumpfen Schnauben.

„Wie könnten wir auch, waren wir doch Rivalen um das Herz unserer geliebten Amélie. Es ist für mich einfach unfassbar, was geschehen ist, wohl ebenso wie es das für Sie sein muss. Ja, in gewisser Weise hat es Sie tatsächlich härter getroffen. Wären Sie doch nur eine Viertelstunde eher zu Amélie gekommen, Sie hätten diese Irre stoppen und die Tat verhindern können ...“

„Was wollen Sie?!“, unterbrach ihn Philippe unwirsch. „Macht es Ihnen Spaß, in frischen Wunden rumzustochern?!“

Desplain hob beschwichtigend die Hände. „Verzeihen Sie, das war nicht meine Absicht. Es ist nur ... so schwer, damit klar zu kommen. Ich denke, unseren Schmerz und Verlust können nur wir beide richtig verstehen. Den Menschen plötzlich und ohne Vorwarnung zu verlieren, den man über alles liebt, ist grausam und unmenschlich. Sie hätte die Frau eines von uns beiden werden sollen, doch nun müssen wir beide ohne sie leben. Sie auf diese Weise zu verlieren ist schlimmer als alles, was ich mir je hätte vorstellen können ...“

Philippes Mund zitterte leicht, als er antwortete. „Der Schmerz ist unerträglich! Wenn ich die Uhr doch nur zurückdrehen könnte. Wenn ich ungeschehen machen könnte, was geschah!“

183

Lionel Desplain beugte sich zu ihm vor. „Das liegt leider nicht in unserer Macht, Popinot. Leider ... Wir müssen lernen, mit dem Schmerz klarzukommen. Und das ausgerechnet in einer Zeit, in der das Fest der Liebe gefeiert wird. Nun, Popinot, deswegen bin ich zu Ihnen gekommen. Ich dachte mir, es hilft uns beiden vielleicht, wenn wir dieses Fest zusammen feiern könnten. In Gedenken an die liebe Amélie. Ich habe lediglich meine Mutter als Gast, und ich weiß, dass Sie keine Verwandten in Paris haben. Ich lade Sie ein, zu uns zu kommen. Bleiben Sie nicht alleine zu Hause. Sie brauchen Freunde!"

Erstaunt sah Philippe den dunkelhaarigen Mann vor sich an. Freunde. Ausgerechnet sein Rivale bot ihm Freundschaft an?

Er schüttelte den Kopf. „Nein, Desplain, ich kann das nicht annehmen."

„Nennen Sie mich Lionel! Und Sie können. Warum denn nicht?!"

Philippe hatte Mühe seine Gefühle unter Kontrolle zu halten. Er merkte, dass ihm die Augen feucht zu werden drohten und sah nach unten. „Ich ... ich bin bereits eingeladen. Von meinem Bruder in Nantes. Es ... ich danke Ihnen sehr, Lionel, für dieses großherzige Angebot ..."

Desplain erhob sich aus dem Sessel. „Jederzeit. Sie sind mir jederzeit willkommen, Philippe." Er reichte ihm die Hand zum Abschied und diesmal ergriff Philippe sie.

Diesen Abend wollte er nicht wieder nur in Gesellschaft eines Glases Cognac verbringen, und so bestellte er eine Droschke, die ihn von der Bank zu seinem Club bringen würde. Zumindest heute Abend würden dort noch einige Bekannte anzutreffen sein.

Als er ins graue Zwielicht auf die Straße vor dem Bankgebäude hinaustrat, empfing ihn ein Schneeschauer. Er schlug den Kragen seines Mantels hoch und ging auf die Kutsche zu. Da sprach ihn jemand an.

Philippe drehte sich um, doch es war niemand zu sehen.

Die Nerven, ich muss auf meine Nerven achten, dachte er.

„Philippe Popinot!"

Die Worte ließen ihn zusammenzucken. Das war diesmal wirklich deutlich gewesen! Er fuhr herum. Durch die Schneeflocken hindurch glaubte er einen Schatten zu erkennen. Oder spielten der wirbelnde Schnee und das Dämmerlicht seinen Augen einen Streich?

Aber er hatte auch diese Stimme gehört! Die Stimme einer Frau.

„Monsieur? Möchten Sie nicht einsteigen?"

Philippe blickte hoch und sah das fragende Gesicht des Kutschers auf sich gerichtet. „Doch, ja, einen Moment nur noch. Haben Sie nicht auch gerade eine Frau gehört?"

Der Kutscher verzog sein bärtiges Gesicht. „Ne, Monsieur, hab keine Frau gehört."

„Aber sie rief doch ziemlich laut. Und ich glaube, sie stand gerade noch dort." Er wies mit der ausgestreckten Hand in die Richtung.

„Tut mir leid", erwiderte der Mann mit einem Achselzucken. „Hab sie nich' gehört und nich' gesehen. Hier oben auf dem Kutschbock weht einem der Wind ganz schön um die Ohren. Da bekomm ich nich´ immer alles mit."

Philippe sah sich noch einmal um. „Na schön", meinte er schließlich und stieg ein. „Zum Club Soleil."

Im Club Soleil trafen sich die wichtigen Industriellen, Bankiers und andere Geschäftsmänner von Paris. Auch an diesem 23. Dezember diskutierten dort einige von ihnen in gemütlicher Atmosphäre die neuesten politischen und gesellschaftlichen Ereignisse. Als Philippe eintrat, verstummten die Gespräche jedoch merklich, und er bereute sofort seinen Entschluss, hierhergekommen zu sein. Natürlich waren er und Lucie Moinet in den letzten Wochen das Stadtgespräch gewesen.

Er begrüßte einige Bekannte mit gezwungener Fröhlichkeit und zündete sich betont gelassen eine Zigarre an.

„Popinot, welche Freude Sie wiederzusehen!" André Derville, ein bekannter Großindustrieller, kam auf ihn zu. „Wie ich sehe, sind Sie dem Fluch der Hexe noch nicht zum Opfer gefallen." Solche Bemerkungen waren typisch für Derville. Er nannte es Humor. Philippe versuchte ein Grinsen, als er erwiderte: „Derville, ich hätte nicht gedacht, dass Sie etwas auf solchen Klatsch geben."

„Hm, ist doch eine interessante Geschichte. Ob man nun dran glaubt oder nicht, es hat etwas Dramatisches. Und stellen Sie sich bloß mal vor, Sie würden bald einen Unfall erleiden. Bumms!" Er schlug seine Handflächen zusammen. „Schon glaubt alle Welt an den Fluch."

„Ich bin bemüht, sie das nicht glauben zu lassen."

„Jedenfalls hat dieses Weib allen Grund, Sie zu verfluchen. Hätten Sie nicht zufällig gesehen, wie sie das Haus der armen Mademoiselle de Roquinefort verließ und diesen blutigen Kerzenleuchter verstecken wollte, würde ihr die Begegnung mit der Guillotine garantiert erspart bleiben."

„Und? Soll ich mich deswegen jetzt fürchten oder ein schlechtes Gewissen haben?!"

Derville machte eine ausschweifende Handbewegung. „Aber keineswegs, Monsieur Popinot. Keineswegs. Es heißt nur in der Stadt, sie verfüge tatsächlich über gewisse Kräfte. Na ja, man weiß nie. Aber es müssen ja keine übernatürlichen Kräfte bemüht werden, um einen Fluch zu erfüllen. Haben Sie nie daran gedacht, dass die Moinet Freunde hat, die versuchen werden, sie zu rächen?"

„Nein, Monsieur Derville, aber danke für den Hinweis. Vielleicht sollte ich die Gendarmerie bitten, ein Auge auf diese Leute zu haben."

„Schaden dürfte dies gewiss nicht! Haben gewisse Subjekte denn schon versucht, Ihnen Schaden zuzufügen?"

Philippe schüttelte den Kopf, dachte dabei aber an diese unsichtbare Frau, die seinen Namen gerufen hatte. Ob das doch keine Einbildung gewesen war?

Derville stieß ein abgehacktes Lachen aus. „Na, schön jedenfalls zu sehen, dass Sie sich nicht hängen lassen! Das Leben geht weiter, mein lieber Popinot. Und sicher finden Sie bald auch eine neue Herzdame."

Philippe hielt es in dem Club nicht länger als eine Viertelstunde aus. Lieber eine Nacht allein mit einer Flasche Cognac verbringen als noch eine Minute länger mit diesem ungehobelten Derville.

Als er vor seinem Haus ankam, hatte der Schneeschauer bereits aufgehört. Er schritt auf die vom Gaslicht erleuchtete Eingangstüre zu, als ein kühler Hauch seinen Nacken streifte und eine weibliche Stimme seinen Namen flüsterte.

Gedankenschnell wirbelte er diesmal herum, doch wieder war niemand zu sehen. Zorn wallte in ihm auf.

Sicher trieb jemand ein übles Spiel mit ihm und versuchte, ihn in den Wahnsinn zu treiben.

„Ich weiß, was Sie wollen!", rief er in die Nacht hinaus. „Aber das wird Ihnen nicht gelingen! Nicht bei mir!"

Einigermaßen befriedigt drehte er sich um und hoffte, dass die Unbekannte nicht sah, wie sehr seine Hände zitterten, als er die Türe aufschloss.

Drinnen erwartete ihn bereits Clotilde. Er gab ihr Mantel und Hut und fragte, ob das Arbeitszimmer wieder hergerichtet sei.

„Der Glaser wird erst nach Weihnachten kommen, Monsieur."

„Nach Weihnachten? Geht's dem Mann zu gut?! Lassen Sie nach einem anderen Glaser schicken!"

„Das habe ich bereits, doch keiner kommt vorher."

„Diese Handwerker! Unverschämt! Wo soll ich dann meine Abende verbringen?"

„Ich habe das Schlafzimmer von Monsieur angeheizt und Ihnen zu trinken und zu essen hingestellt."

„Danke Ihnen, Clotilde. Wenn ich Sie nicht hätte ..."

Er nahm sich ein Buch zur Hand, doch es verschaffte ihm nicht die erwünschte Ablenkung. Allein in seinem Schlafzimmer, umgeben von der Stille der Nacht, schlichen sich wieder grauenvolle Bilder vor sein inneres Auge und der Griff zur Cognacflasche erfolgte immer häufiger.

Schuld und Trauer drohten ihn innerlich zu zerreißen. Nein, er durfte diesen Gedanken nicht nachgeben, musste sie verdrängen. Seine Hände umfassten die Schläfen, als könne er damit die blutigen Bilder aus seinem Kopf entfernen.

Ein Fauchen dröhnte in seinen Ohren, und es dauerte einen Moment bis er bemerkte, dass dies nicht in seinem Kopf, sondern außerhalb seine Ursache hatte. Sein Kinn ruckte hoch, und sofort sah er, was los war: Das Kaminfeuer loderte hell auf, als fache jemand es an. Die Flammen in der Mitte schossen über einen Meter lang ins Zimmer hinein und verharrten dort wider alle Gesetze der Natur. Ja, sie formten sich sogar zu einer Gestalt! Einer menschlichen Gestalt: Eine Frau mit wallenden Haaren, die ihn aus flammenden Augen anfunkelte.

Philippe fiel der Cognacschwenker aus der Hand.

Starr vor Angst beobachtete er, wie die Feuergestalt nun ihren rechten Arm ausstreckte und mit dem Zeigefinger auf ihn wies. Ihr Mund öffnete sich und spie ihm wabernd heiße Worte entgegen: „Sei verflucht, Popinot! Du wirst büßen für deine Tat! Du wirst sterben, Philippe Popinot!"

„Neeeiiinnn!" Begleitet von diesem wilden Aufschrei schleuderte er der Gestalt die Flasche mit Weinbrand entgegen. Sie flog durch die Flammen und zerbarst in einer heftigen Explosion am Kamin. Das Feuer loderte gefährlich auf und versengte ihn fast. Doch innerhalb weniger Sekunden sackte es wieder in sich zusammen und die Flammenfrau war verschwunden.

„Philippe! Welche Überraschung!"

„Guten Abend, Lionel. Ich hoffe, ich komme nicht ungelegen und Ihre Einladung gilt noch."

„Aber ja, aber ja." Mit einer ausladenden Armbewegung lud Desplain seinen Gast in sein Haus. „Ich freue mich, dass Sie gekommen sind. Warten Sie, Gilbert nimmt Ihren Mantel. – So, folgen Sie mir bitte ins Speisezimmer."

Philippe bewunderte den üppig ausstaffierten Flur und bekam neidische Augen, als Lionel die Flügeltür zum Speisezimmer aufstieß. ´Zimmer´, Philippe lachte innerlich auf. Saal traf es eher. Der Raum war riesig, doch Philippes Blicke konzentrierten sich schließlich auf einen mit roten Kugeln und Bändern geschmückten Weihnachtsbaum und den Tisch in der Mitte, an dem eine grauhaarige Dame in einem bauschigen Rock und eng taillierter weißer Seidenbluse saß.

„Guten Abend, Madame. Ich wünsche frohe Weihnachten."

„Maman, darf ich vorstellen, dies ist Monsieur Philippe Popinot. Monsieur Popinot, meine Frau Mutter."

„Sehr erfreut."

„Ganz meinerseits."

„Setzen Sie sich doch, Philippe. Was darf ich Ihnen zu trinken anbieten?"

„Ein Gläschen Cognac wäre schön."

Desplain gab seinem Bediensteten einen Wink.

„Nicht, dass Sie mich missverstehen", wandte sich Lionel an ihn, „aber sagten Sie nicht, Sie seien bei Ihrem Bruder?"

Philippe nickte. „Ja, aber ich werde erst morgen ab reisen können. Nun, meiner Bediensteten habe ich schon für den heutigen Abend freigegeben, und so hoffte ich ..."

„Aber mein lieber Philippe, Sie brauchen sich doch nicht für Ihr Kommen zu entschuldigen!"

Philippe war froh, dass sie glaubten zu verstehen, weshalb er hier war. In Wahrheit bereitete ihm nicht allein die Einsamkeit zu Hause solche Sorgen, sondern das, was er dort sehen oder was ihm zustoßen könnte. Hatte die Episode von gestern Nacht mit der Flammenfrau schon seine Nerven strapaziert, so hatte die von heute Mittag sie fast zum Zerreißen gebracht.

Der Diener brachte den Cognac.

„Auf Ihr Wohl!"

Madame Desplain sah ihn mit einem seltsamen Ausdruck an. „Lassen Sie mich Ihnen mein Beileid zu diesem Verlust aussprechen, Monsieur! Ich empfinde mit Ihnen, wie ich mit meinem Sohn empfinde."

„Zu gütig, Madame." Philippe konnte ihr nicht in die Augen sehen.

Lionel merkte, dass sie dieses heikle Thema meiden sollten und sprach zunächst übers Wetter und über andere unverfängliche Themen. Für eine gewisse Zeit gelang es ihnen tatsächlich, das Geschehene zu verdrängen, und Philippe fühlte sich so wohl wie seit langem nicht mehr.

Bis zu dem Moment, als etwas Pelziges an seinem Bein entlang strich. Lionel bemerkte sein plötzliches Erschrecken. „Keine Angst, das ist nur Colonel Briaque, unser Kater." Er lächelte Philippe an, der seinen Mund zu einem gekünstelten Grinsen verzog. Mit einem Mal war die Erinnerung an heute Mittag wieder da und mit ihr die Angst.

„Monsieur Popinot, es hat den Anschein, als mögen Sie Katzen nicht", sprach ihn Lionels Mutter an.

„Oh, doch, an sich schon ... ich ... hatte nur heute Mittag ein sehr unangenehmes Erlebnis mit einer solchen."

„Wie das?"

Philippe zögerte einen Moment, ob er wirklich berichten sollte, was er erlebt hatte. Er fürchtete, eventuell zu viel preiszugeben. Doch schließlich musste er mit jemandem darüber reden. Vielleicht würde ihm das sogar irgendwie helfen können.

„Es wird sich für Sie wahrscheinlich verrückt anhören, und in der Tat zweifle ich bereits selber an meinem Gesundheitszustand", leitete Philippe seine Schilderung ein. „Seit Tagen schon leide ich scheinbar an Halluzinationen. Bis gestern Abend hatte ich noch die Vermutung, jemand erlaube sich einen schlechten Scherz mit mir. Aber was ich gesehen habe, lässt sich damit nicht mehr erklären. So bleibt als logische Konsequenz nur die Erklärung, dass sich mein Geisteszustand verschlechtert hat ..."

„Erzählen Sie, was Ihnen widerfahren ist, Monsieur Popinot", forderte ihn Lionels Mutter mit sanfter Stimme auf, „und wir werden sehen, ob es nicht noch eine andere Ursache geben kann."

Philippe begann zögerlich von den Stimmen zu berichten, die ihn riefen, von Dervilles Verdacht, und schließlich, da er merkte, dass ihm die Desplains interessiert und aufmerksam zuhörten, auch von der Flammenfrau und dem Erlebnis mit der Katze.

„... Clotilde hatte sich gerade erst verabschiedet und ich war allein im Haus. Ich wollte mich auf den Weg in die Küche machen, um zu sehen, was sie mir für den Abend vorbereitet hatte, als ich Geräusche aus dem Arbeitszimmer vernahm. Sie wissen, das Fenster ist noch nicht repariert und nur notdürftig mit einem Vorhang bedeckt, so dass sich leicht jemand einschleichen könnte. Also öffnete ich vorsichtig die Tür und spähte hinein. Die Winterkälte war ins Zimmer eingedrungen, doch außer ihr scheinbar niemand. Ich wollte jedoch nichts riskieren und eilte auf direktem Wege zum Kamin, um mich mit einem Feuerhaken zu bewaffnen. Kaum hatte ich ihn in der Hand, hörte ich wieder dieses unheimliche Kratzen. Sein Ursprung war definitiv in diesem Zimmer, aber da war niemand! Ich schlich durch den Raum, horchte, spähte in alle Winkel, und ... hörte wieder diese unsichtbare Frau meinen Namen rufen. ‚Wer ist da?‘, rief ich. Als Antwort erklang nur dieses Kratzen, und plötzlich sprang mich dieser schwarze Teufel an! Ich bekam gerade noch die Arme hoch. Krallen schlugen in mein Jackett und meine Hände ... sehen Sie, hier sind noch die Spuren ... Eine wilde Katze fauchte mich an, und vor Überraschung verlor ich das Gleichgewicht, stürzte mit ihr zu Boden. Das Vieh hockte sich mitten auf meine Brust und starrte mich aus diesen gelben Augen an. Regelrecht feindselig. Ich wollte es mit dem Feuerhaken fortjagen, doch in dem Moment sprach es mich an! Ich schwöre bei Gott, diese Katze sprach zu mir! Es klang nicht wie eine echte menschliche Stimme, eher wie eine Mischung aus Mensch und Tier, und doch erkannte ich sie als weiblich.

Sie sprach meinen Namen aus, verfluchte mich ...“ Philippe stockte und ließ aus, was die Katze über Lucie Moinet gesagt hatte. „Ich solle in der Hölle schmoren ... ja, das hat sie wahrhaftig gesagt! Ich hielt es nicht länger aus und schlug mit dem Haken nach ihr. Sie fauchte und wirbelte herum. Ich richtete mich sofort auf und wollte ihr nachsetzen ... aber sie war verschwunden! Verstehen Sie, was ich meine? Nicht einfach weglaufen, sondern verschwunden, wie vom Erdboden verschluckt. Ich habe das ganze Zimmer auf den Kopf gestellt ... Danach hatte ich keine ruhige Minute mehr in dem Haus und getraue mich kaum, wieder heimzukehren.“

„Mein armer Monsieur Popinot." Madame Desplain legte ihm ihre Hand beruhigend auf seine. „Sie haben viel Schlimmes durchgemacht. Seien Sie für diese Nacht unser Gast. Lionel hat sicher noch ein Zimmer für Sie frei."

„Ja, sicher. Gilbert wird es für Sie herrichten, Philippe."

Er wollte zuerst aus Höflichkeit ablehnen, aber die Desplains beharrten darauf, und er gab nur zu gerne nach.

„Sie haben recht", wandte sich Madame Desplain dann an ihn, „hinter Ihren Erlebnissen steckt kein Mensch."

„Also denken Sie, dass ich verrückt geworden bin?"

„Nein. Es gibt noch eine weitere Erklärung. Eine ziemlich offensichtliche, wie ich finde."

„So?" Philippe horchte gespannt auf.

„Sie wurden behext, Monsieur! Die Mächte der Finsternis wollen den Fluch der Lucie Moinet vollstrecken!"

„Madame ..."

„Maman, ich bitte Sie!", fuhr Lionel dazwischen. „Philippe, verzeihen Sie meiner alten Mutter, aber sie hat ein Faible für die Welt der Geister und Dämonen. Scheinbar hat sie schon zu oft an spiritistischen Sitzungen teilgenommen."

„Lionel, wie redest du mit der Frau, die dich geboren hat?!" Lionel wandte verlegen seinen Blick ab. „Ich weiß, du verschließt die Augen vor der Welt des Übersinnlichen und denkst, die Naturwissenschaften böten die Erklärung für alles. Aber du irrst! Sie beide irren, wenn Sie denken, Sie könnten die Mächte der Finsternis einfach dadurch loswerden, indem Sie sie ignorieren. Die Logik oder Naturwissenschaft wird Ihnen keine Lösung des Problems verschaffen. Es gibt nur einen Weg, wie Sie wieder in Frieden werden leben können: Gehen Sie zu Lucie Moinet, bitten Sie sie um Vergebung und Erlösung von dem Fluch. Nur sie kann ihn wieder von Ihnen nehmen!"

„Madame Desplain, ich bezweifle nicht, dass Ihre Worte aufrichtig gesprochen wurden, dennoch kann ich daran nicht glauben. Ich habe anderes gelernt und erfahren. Es gibt keine Magie, allenfalls geschickte Täuschungen und Akrobatik. Nein, für mich bleibt nur die Erklärung, dass mein Geist verwirrt ist ..."

„Was kein Wunder wäre nach dem, was geschehen ist", unterstützte ihn Lionel. „Der grausame Tod von Amélie, die Strapazen des Prozesses und dann diese üblen Beschimpfungen der Moinet ... Wahrscheinlich brauchen Sie nur etwas Abstand von all dem, mein lieber Philippe. Sie müssen sich für eine Weile ausruhen, die Seele kurieren ..."

Philippe nickte. ´Die Seele kurieren´ traf es genau, und er dachte daran, sich einem Priester anzuvertrauen. „Ja, das scheint mir auch so. Gleich morgen werde ich sowieso zu meinem Bruder Jaques aufbrechen. Eigentlich wollte ich nur zwei, drei Tage bei ihm verbringen, doch vielleicht bleibe ich etwas länger."

„Das sollten Sie, Philippe! Unbedingt! Dann ersparen Sie sich auch, die Hinrichtung der Moinet mitzubekommen. Die ganze Stadt wird wahrscheinlich von nichts anderem reden. Das würde Sie nur unnötig aufregen. Kommen Sie erst nach der Hinrichtung am 28. wieder, am besten erst im neuen Jahr. "

Madame Desplain stieß einen erschrockenen Laut aus. „Am 28.? Das sind keine vier Tage mehr! Monsieur Popinot, Ihnen bleibt nicht mehr viel Zeit, um Ihren Seelenfrieden wiederzuerlangen!"

Philippe versuchte einen Scherz. „Die Hexe gab mir bis Jahresende Zeit, Madame. Kein Grund zur Eile."

„Spotten Sie nicht darüber, Monsieur Popinot! Auch wenn sich der Fluch nicht direkt erfüllen wird, so ist es für Sie doch zu spät, wenn Lucie Moinet tot ist!"

„Madame, es wird bestimmt wieder alles gut werden. Doch sicher nicht, wenn ich in Paris bleibe und erst recht nicht, indem ich dieses Weib besuche und um Aufhebung des Fluches bitte."

„Dann sind Sie verloren", hauchte die alte Dame und sank betrübt zusammen.

Philippe prostete ihr aufmunternd zu und widersetzte sich einer leisen inneren Stimme, die ihm riet, auf Madame Desplains Worte zu hören.

Scheinbar hatte schon der Aufenthalt in einer anderen Umgebung seinen strapazierten Nerven geholfen, denn in dieser Nacht blieb Philippe von Halluzinationen verschont und fand endlich erholsamen Schlaf.

Er verabschiedete sich gut gelaunt am nächsten Morgen und ließ sich zuerst nach Hause und dann zum Bahnhof bringen, um dort den Zug nach Nantes zu besteigen. Er freute sich darauf, seinen Bruder und dessen Familie nach langer Zeit wiederzusehen und hatte einen Koffer voller Geschenke dabei.

In Angers wurde seine Reise unvorhergesehen gestoppt, denn die Strecke nach Nantes war zugeschneit und unpassierbar. Er fand eine Schlittenkutsche, die noch zwei andere Reisende in die gleiche Richtung beförderte und lud sein Gepäck um. Es war zu diesem Zeitpunkt, dass er die weibliche Stimme wieder hörte.

„Philippe Popinot!"

Diesmal jedoch blickte er sich nicht um. Philippe tat einen tiefen Atemzug und sagte sich, dass seine Nerven aufgrund des Ärgers mit der Eisenbahn angegriffen seien. Er durfte sich eben einfach nicht so sehr aufregen.

Seinen Mitreisenden – einem dürren, älteren Herrn und einer vollschlanken Dame mittleren Alters – war sein Zustand wohl aufgefallen, denn sie sahen ihn merkwürdig an, sagten aber nichts.

Er grüßte lächelnd, nahm die dicke Wolldecke vom Sitzplatz und hüllte sich darin ein. Kaum hatte er das getan, trieb der Kutscher seine schwarzen Rösser auch schon mit lauten Rufen an, und sie verließen in raschem Galopp die Stadt.

Vor den Stadttoren Angers forcierte der bärtige Kutscher das Tempo sogar noch, und Philippe wehte ein eisiger Wind um die Ohren. Zitternd schlug er seinen Kragen hoch und hüllte sich tiefer in die Decke. Seinen beiden Mitreisenden schien die schneidende Kälte scheinbar nicht so viel auszumachen, denn sie rührten sich kaum. Es waren seltsame Menschen, fand Philippe. Er hatte versucht, ein Gespräch mit ihnen anzufangen, bekam jedoch stets nur einsilbige Antworten und verlor schließlich selbst die Lust an einer Konversation. Bald hing er seinen Gedanken nach, dachte an seine Verwandten, und betrachtete die weiße Winterlandschaft ringsum.

So vergingen einige Stunden. Der Abend dämmerte herauf, und der Kutscher hatte die Gaslampen am Kutschbock angezündet. Philippe rief ihn an: „Wie lange noch bis Nantes?"

Der Mann war entweder taub oder wollte nicht hören. Er machte jedenfalls keine Anstalten, seinen breiten Rücken umzuwenden und Philippe zu antworten.

„Was ist mit dem Mann?!", wandte sich Philippe verärgert an seine Reisegenossen. Der dürre Alte hob schweigend die Achseln. Die dicke Dame schüttelte unwissend mit dem Kopf.

„Wissen Sie, wie weit es ..." Philippe unterbrach seinen Satz, denn mit einem Mal zog ein langgezogenes, unheimliches Jaulen durch die beginnende Nacht.

„Was war das?!"

„Ein Wolf, Monsieur", erklärte der Alte mit einem süffisanten Lächeln.

Ein Wolf! Furcht schoss durch Philippes Herz. Ein Wolf. Davon hatte er bislang immer nur in Zeitungs- oder Reiseberichten gelesen. Und was er über diese Tiere gehört hatte, gefiel ihm gar nicht.

Er wollte erneut eine Frage an den Alten stellen, als das Jaulen wieder erklang. Und diesmal wurde es beantwortet! Mindestens drei oder vier andere Tiere stimmten in diese klagenden Laute mit ein.

Philippe lief dabei ein Schauer nach dem anderen über den Rücken, und ängstlich blickte er sich um. Links huschten die dunklen Umrisse eines Waldes an ihnen vorbei, rechts erhoben sich auf einer weiten Ebene vereinzelt kleine Hügel. Und dort, auf einem der Hügel, sah er es! Das Tier stand dort, den Kopf in den Nacken gelegt, und heulte in die Nacht hinaus.

„Oh mein Gott, steh uns bei!", flüsterte Philippe. Er sprach den Alten wieder an. „Können sie uns etwas anhaben?"

Der lächelte wieder so seltsam und erwiderte: „Nein, die nicht, Monsieur Popinot."

„Wie meinen Sie ... Moment, woher kennen Sie meinen Namen? Ich hatte ihn nicht genannt."

Die Dicke kicherte. Oder war es mehr ein Fauchen?

„Es gibt für Sie kein Entkommen, Popinot!", erwiderte der Alte.

Philippe sah ihn nur verständnislos an. Die Gesichter seiner Reisegefährten wurden bereits von den Schatten der Nacht umhüllt, doch er meinte ihre Augen gelb leuchtend auf sich gerichtet zu sehen.

„Mon dieu, was ist hier los?!" Er versteifte sich in seinem Sitz und betrachtete ungläubig, wie die Umrisse seiner Mitreisenden sich im spärlichen Licht der Gaslampen scheinbar verformten. Sie verloren ihre menschliche Gestalt, wurden Tieren ähnlich.

„Sie müssen büßen!", zischte die Kreatur, die einmal die Frau gewesen war.

„Das kann nicht sein! Meine Nerven drehen durch. Oh Gott, hilf mir!"

„Ja, mach deinen Frieden mit deinem Gott, denn bald stehst du vor ihm!", knurrte die dürre Gestalt.

Etwas traf Philippes Wange. Ein glühender Schmerz durchfuhr ihn, etwas Warmes, Feuchtes lief über seine Haut. Philippe schrie auf. „Hilfe! Hilfe! Aufhören!"

Die Frau fauchte ihn an. „Du hast es so gewollt, Popinot! Wer das Leben anderer opfert, muss auch bereit sein, seines zu geben!"

„Ich will nicht sterben, nein!"

„Das will Lucie auch nicht! Doch du hast sie ins Gefängnis gebracht, und bald kommt sie auf die Guillotine. Das ist deine Schuld!"

„Nein, bitte, ich ... es tut mir leid ..."

Doch die dämonischen Kreaturen zeigten kein Mitleid. Während der Kutscher seine Pferde in wilder Fahrt durch die nächtliche Landschaft peitschte, als wolle er geradewegs zur Hölle fahren, und die Wölfe ihnen wie verdammte Seelen folgten, peinigten sie Philippe Popinot mit ihren Klauen und Krallen.

Er versuchte nicht mehr, die Situation zu verstehen. Er begriff nur so viel, dass es um sein Leben ging, und wehrte sich mit aller Kraft. Es gelang ihm, die Wolldecke über die beiden zu werfen. Das würde sie nicht lange aufhalten, doch Philippe nutzte die Chance. Ohne lange darüber nachzudenken, stand er auf, kletterte hinten über die Kutsche und ließ sich auf den gefrorenen Schnee fallen.

Sie fauchten und brüllten, aber die Kutsche jagte in höllischem Tempo fort von ihm und wurde von der Schwärze der Nacht aufgesogen.

Eine geschundene, blutüberströmte Gestalt erreichte am Mittag des nächsten Tages das Haus von Jaques Popinot und brach dort besinnungslos zusammen. Der entsetzte Jaques tat alles was notwendig war, um das Leben seines Bruders zu retten.

Erst am folgenden Tag schlug Philippe wieder die Augen auf – nur für einen kurzen Moment – und faselte kaum Verständliches. Sein Bruder bekam nur die Worte 'Schuld' und 'Verzeihung' mit.

Am nächsten Morgen war Philippe wieder bei vollem Bewusstsein und auch kräftig genug, um schon aufzustehen. Sein Bruder wollte endlich wissen, was vorgefallen war, doch bevor Philippe begann, fragte er:

„Was für einen Tag haben wir heute?"

„Heute? Den 28. Dezember, mein lieber Bruder. Das war das schlimmste Weihnachtsfest meines Lebens."

„Den 28?", rief Philippe entsetzt aus. Er blickte auf die Uhr. Halb sieben! Die Hinrichtung war für elf Uhr angesetzt. Er konnte es noch schaffen. „Wann geht der nächste Zug nach Paris?"

„Was? Zug? Du kannst noch nicht ..."

„Ich kann und ich muss! Es geht um mein Leben!", unterbrach Philippe seinen Bruder.

„Aber ..."

„Ich erkläre dir alles später!" Wenn ich dann noch lebe, dachte er. Von Jaques ließ er sich so schnell es ging zum Bahnhof bringen. Zum Glück war die Strecke inzwischen wieder frei, und er erreichte Paris gegen zehn Uhr. Seine Nerven lagen blank und Schweiß drang ihm aus allen Poren, als er vor dem Gefängnis aus der Droschke stürmte und wild gegen die Tür hämmerte.

„Ich muss zu Lucie Moinet!"

Der Pförtner schaute ihn prüfend durch eine kleine Luke in der Tür an. „Die wird heute hingerichtet."

„Nein, das darf nicht geschehen! Sie ist ..."

„Tut mir leid, aber es ist jetzt zu spät. Der Priester ist

schon bei ihr. Sie hätten etwas früher kommen müssen."

„Sie verstehen nicht. Lucie Moinet ist ..."

Der Pförtner bekam seine Worte nicht mehr mit, denn er hatte kurzerhand die Luke geschlossen.

Philippe rang nach Atem. Sie durfte nicht sterben! Nicht durch seine Schuld! Nur sie allein könnte ihm helfen! Wenn sie starb, war auch er verloren!

Wild schossen die Gedanken durch sein fiebriges Hirn. Was könnte er bloß tun? Was nur? Niemand im Gefängnis würde auf ihn hören. Er war kein Richter oder Staatsanwalt. Moment, das wars! Beauville! Der Staatsanwalt musste ihm helfen.

Eine Viertelstunde später klopfte er an dessen Tür.

„Popinot! Um Himmels willen, was ist mit Ihnen? Wie sehen Sie denn bloß aus?!" Im Hausmantel stand Beauville in der Tür und starrte den Besucher befremdet an.

„Wir müssen ins Gefängnis!", keuchte Philippe. „Sie müssen die Hinrichtung stoppen!"

„Bitte?!"

„Schnell, Monsieur Beauville, der Priester ist schon bei ihr. Wir haben keine Zeit!"

„Was um alles in der Welt ist denn los?!"

„Steigen Sie in die Kutsche, und ich erkläre es Ihnen unterwegs!" Er zerrte Beauville förmlich aus dem Haus und trieb den Kutscher zur Eile an.

„Lucie Moinet ist unschuldig!", brachte er jammernd hervor.

„Unschuldig? Wie können Sie das sagen? Sie haben doch selbst gesehen, wie sie mit der blutigen Tatwaffe aus dem Haus von Mademoiselle de Roquinefort entfloh."

Philippe schüttelte den Kopf. „Nein, Monsieur, das habe ich nicht. Es war eine Lüge."

„Warum?"

„Weil ... weil ich Amélie ermordet habe!" Er heulte bei diesen Worten auf. „Ja, ich gestehe! Mit diesen Händen! Oh verdammt ... ich begreife immer noch nicht, wie es geschehen konnte. Amélie gestand mir an jenem Tag, dass sie sich entschlossen habe, sich mit Desplain zu verloben, und da verlor ich für einen Moment die Kontrolle über mich. Als ich wieder klar denken konnte, lag sie da ..."

Er schluchzte, und Beauville sah ihn in einer Mischung aus Unglauben und Ekel an.

„Ihr Kleid war voller Blut, und in meiner Hand war dieser Kerzenleuchter ... ich ... ich stürmte einfach aus dem Haus, warf den Leuchter in einen Busch ... Dann, an der nächsten Häuserecke blieb ich stehen, denn ich sah Lucie Moinet kommen. Sie wollte zu Amélie. Und in dem Moment beschloss ich, die Schuld auf sie zu schieben. Oh Gott, was habe ich getan?! Sie hatte recht, mich zu verfluchen, denn sie ist wirklich unschuldig! Verstehen Sie, Beauville?"

Der Staatsanwalt nickte betroffen. Dann durchzuckte

ihn ein Schreck und er holte seine Taschenuhr hervor. „Kurz vor elf! Es wird jeden Moment so weit sein!"

Die Droschke erreichte das Gefängnis. Beauville eilte zum Eingang und forderte Einlass. Der Pförtner erkannte ihn und ließ sie passieren. Gehetzt eilten sie durch den langen Korridor, an unzähligen Zellen vorbei.

„Sie wird schon im Hof sein!", keuchte der Staatsanwalt und schlug die Richtung dahin ein. Philippe blieb an ihm dran und betete, sie mögen nicht zu spät kommen.

Der Lichtschein, der durch die offenstehende Tür vor ihnen drang, sagte ihnen, dass sie gleich da wären. Als Philippe in den Hof hinausstürmte, blendete ihn im ersten Moment das gleißende Tageslicht, das vom Schnee reflektiert wurde. Blind stolperte er weiter. Sein Mund öffnete sich, um nach Einhalt zu rufen. Doch seine Stimme wurde von einem fürchterlichen, metallischen Ratschen abgeschnitten.

„Das wars!", hörte er jemanden sagen, und Philippe begriff entsetzt, was das bedeutete: Seine Seele war verloren ...

Nach diesem Ende schwiegen die Zuhörer einen langen Augenblick und der junge Mann fasste sich unbewusst an den Hals.

Der Erzähler blickte in die Runde. Das Flämmchen

der Kerze riss die bleichen Gesichter der drei Fremden aus dem Dunkel, und er sah in jedem eine Mischung aus Betroffenheit und Furcht. „Die Geschichte ist jedoch noch nicht zu Ende", ergänzte er mit seiner rauen Stimme. „Es heißt, die Seele Philippe Popinots sei verdammt, zu Weihnachten solchen Menschen zu erscheinen, deren Triebe sie ebenfalls zu einem Mord verleiten könnten, um sie zu warnen! Damit kann er vielleicht einen Teil seiner Schuld wiedergutmachen."

Keiner seiner Zuhörer antwortete darauf. Der Fremde im Mantel stand auf, und für einen Moment war es dem jungen Mann, als könne er zwischen dem Spalt des Kragens eine dunkle Narbe am Hals des Erzählers erkennen.

„Wohin wollen Sie?", fragte der Dicke.

„Ich habe noch zu tun", hörten sie die Antwort. Dann flammte unvermittelt das Licht der Abteilbeleuchtung auf. Die plötzliche Helligkeit stach fast schmerzend in ihre Augen, und sie mussten sie kurz schließen.

Als der junge Mann sie wieder öffnete, wollte er dem Fremden im Mantel noch eine Frage stellen. Doch zu seinem großen Erstaunen war dieser schon verschwunden. Der Junge sprang auf und sah in den Gang. Er war leer.

„Wo ist er hin? So schnell kann doch kein Mensch verschwinden!"

Der Dicke und die junge Frau konnten nur hilflos die

Achseln zucken. Wortlos sahen sie sich an, und sie wussten, dass ihnen dieser Heiligabend noch sehr lange im Gedächtnis bleiben würde.

Das Grablicht

Er öffnete die Augen und sah Dunst und Dunkelheit. Etwas Kantiges drückte in sein Kreuz und klamme Kälte war in seine Glieder gekrochen. Er setzte sich gerade hin. Im Dunst glommen unzählige, von einem Strahlenkranz umgebene rötliche Lichter. Knapp über dem Boden führten sie einen Kampf gegen die erstickende Düsternis.

In dem Moment erst begriff Joachim, dass er am Grab eingeschlafen sein musste, und dass es der Grabstein war, dem er die Rückenschmerzen verdankte. Dichter Nebel war an diesem Abend aufgezogen und hüllte den Friedhof komplett ein.

Er ächzte, als er sich auf Kirstens Grabstein abstützte, um auf die Beine zu kommen. In Kopfhöhe war der Nebel nicht mehr ganz so dicht, und Joachim sah sich um. Keine Menschenseele zu sehen, nur die Umrisse der Grabsteine und die vielen Grablichter, die heute an Allerseelen angezündet worden waren.

Er kniete sich vor Kirstens Grablicht, um die Uhrzeit auf seiner Armbanduhr zu erkennen. Kurz vor halb neun. Der Friedhof war längst geschlossen.

„Ich weiß, was du sagen willst, Kirsten", sagte er in

Richtung des Grabes. „Typisch Chaos-Achim, schlafen kannst du auch zu Hause. Aber zu Hause antwortest du mir nicht mehr so oft. Ich dachte, wenn ich dich hier besuche …" Er räusperte sich, um den aufsteigenden Kloß in seiner Kehle loszuwerden.

„Ich schaff das nicht, Kirsten." Joachim sank wieder zu Boden. Er zwang seinen Blick auf den Grabstein, auf Kirstens eingemeißelten Namen und das Sterbedatum darunter. Das sollte schon fast ein Jahr her sein?

„Du hast gesagt, ich soll dich gehen lassen, Liebling. Aber ich will nicht allein sein. Ich spür dich noch, am Frühstückstisch, auf der Couch, im Bett. Als wärst du nur gerade kurz nach nebenan gegangen. Manchmal höre ich dich da. Wie deine Hände über deine Klamotten streichen, weil du mal wieder nicht weißt, was du anziehen sollst. Aber dann weiß ich plötzlich nicht mehr, wie du aussiehst, wie deine Stimme klingt! Ich rufe dich, laufe nach nebenan, aber du bist nicht da." Er presste seine Handflächen auf die Inschrift des Grabsteins und flüsterte: „Ich weiß nicht einmal mehr, wie sich deine Umarmung angefühlt hat."

Seine Stirn sank gegen den kalten Stein. „Kirsten, geh nicht, bitte." Er starrte auf das Grablicht. Er spürte, solange es brannte, gab es Hoffnung. Solange es brannte, würde Kirsten bei ihm bleiben.

„An Allerseelen steigen die Seelen der Verstorbenen für eine Nacht aus dem Fegefeuer und kehren noch einmal zurück. Ich weiß Kirsten, du warst nicht gläubig, aber das ist Gott egal, weißt du? Er nimmt auch die Atheisten in sein Reich auf, ob sie wollen oder nicht." Er versuchte zu kichern, doch es blieb ihm in der Kehle stecken. „Kehrst du zurück, Kirsten?" Er sah auf, blickte sich um.

Aus Richtung der Tannen wehte der langgezogene Ruf eines Waldkauzes an sein Ohr. Ansonsten war es vollkommen still.

Genauso wie das Licht, das sich einige Reihen weiter rechts durch den Nebel bewegte. Joachim sah genauer hin. Dort trug jemand ein Grablicht vor sich her. Nur, dass er keinerlei Umriss oder Schemen einer Person erkennen konnte.

Er stand auf. Nebelfetzen versuchten das Licht zu ersticken, doch es kämpfte sich wieder frei. Der rötliche Schimmer bewegte sich zur südwestlichen Ecke des Friedhofs, dorthin, wo sich die Urnengräber befanden.

Joachim blickte zurück auf Kirstens Grab. Ihr Licht flackerte. „Kirsten?", flüsterte er.

Sie blieb stumm.

Er nickte und folgte dem Licht.

Es war, als würde der Lichtträger auf ihn warten, denn das rötliche Glimmen verharrte einige Zeit bewegungslos in der Luft. Joachim tapste durch Dunkelheit und Nebel darauf zu. Noch immer konnte er den Träger nicht erkennen.

„Hallo?", rief Joachim.

Wer immer das Licht trug, schien ihn entweder nicht gehört zu haben oder nicht hören zu wollen. „Herr Schmitz, sind Sie das?" Der Friedhofswärter war sehr wortkarg, aber da er Joachim inzwischen aufgrund seiner regelmäßigen Besuche kannte, wechselte er schon mal das eine oder andere Wort mit ihm. Warum sollte er ihn jetzt also ignorieren?

Doch so sehr Joachim seine Augen auch anstrengte, er konnte keine Person erkennen. Das Licht leuchtete immer noch in Brusthöhe, als schwebe es völlig allein dort. Ein Frösteln durchlief ihn.

Als Joachim nur noch einige Meter entfernt war, senkte sich das Licht und enthüllte ein Holzkreuz. Ehe er aber Genaueres erkennen konnte, erlosch es.

Joachim blieb stehen. „Hallo?"

Außer einem Flügelschlag und dem fernen Rauschen eines fahrenden Autos drang kein Geräusch an sein Ohr.

„Warum antworten Sie denn nicht?"

Joachim holte sein Handy aus der Jackentasche, schaltete die Lampe ein und ging die letzten Schritte bis zu der Stelle, wo das Licht vorhin erloschen war. Er stand vor einem Urnengrab, auf dessen Holzkreuz er den Namen „Isabelle Stütten" las. Darunter Geburts- und Todesdatum. Sie war vor etwa drei Wochen verstorben. Mit knapp 38. Zehn Jahre jünger als Kirsten.

Nackte Erde bedeckte die handtuchgroße Grabstelle. Wer immer das Grablicht bis zu dieser Stelle getragen hatte, er hatte es wieder mitgenommen. Noch einmal sah er sich um. Nirgends ein Mensch zu sehen.

Es gab nicht viele Gräber in dieser Reihe, doch dies war das einzige, auf dem kein Licht brannte. Als Joachim seine Handyleuchte ausschaltete, hatte er den Eindruck, ein dunkles Loch hätte sich aufgetan und das Grab vor ihm verschluckt. Ringsum verkündete das Flackern von Lichtern, dass Menschen an ihre Verstorbenen dachten.

Nur nicht an Isabelle Stütten. Sie war in einem Loch in der Welt verschwunden, als habe sie nie existiert.

Der Gedanke beunruhigte ihn, und er dachte an das Licht auf Kirstens Grab. Hektisch schaltete er die Handyleuchte wieder ein. Da war Isabelle Stütten wieder. Oder das, was von ihr geblieben war.

Nein, es musste mehr geben, als das, was unter diesem Fleckchen Erde begraben lag.

Wie bei Kirsten.

Wieso ließ man Isabelle Stütten im Dunkel verschwinden?

„Tut mir leid, Isabelle“, murmelte er.

Er ging langsam zurück. In einer Reihe mit herkömmlichen Gräbern kam er an einem großen Familiengrab vorbei, auf dem zwei Kerzen brannten. Wenig später stand er wieder vor Isabelle Stüttens Grab, auf das er stumm ein Licht abstellte.

Ein warmer Hauch strich über sein Gesicht, und er trat von der Kerze zurück.

Am Nachmittag des folgenden Tages stand er vor dem Häuschen des Friedhofswärters.

„Können Sie mir etwas über Isabelle Stütten sagen?" Joachim hatte die ganze Nacht über den merkwürdigen Vorfall und Isabelle nachgedacht. Vielleicht wäre der Unbekannte zurückgekehrt und hätte ihr doch noch ein Licht entzündet. Was ging ihn schließlich eine fremde Frau an? Aber wenn sie im Dunkeln verschwand, könnte dies nicht auch mit Kirsten geschehen?

Seine Träume waren noch düsterer gewesen als sonst. Kirsten und Isabelle waren darin zu einer Person verschmolzen, die sich in eine schwarze Möwe verwandelte und verblasste. Schweißgebadet war er aufgewacht und konnte sich für einen schrecklichen Moment nicht mehr an Kirstens Gesicht erinnern.

„Stütten? Dat Urnenjrab?" Herr Schmitz runzelte die Stirn. „Jo, dat wor letzten Monat. Worum frogen Se misch dat?"

Joachim berichtete ihm von seinem gestrigen Erlebnis. Der Friedhofswärter bekam große Augen und bekreuzigte sich.

„Seltsam, nicht?", sagte Joachim. „Ich denke mir, dass das jemand ganz in Schwarz gekleidet war, der Frau Stüttens Grab besuchen wollte."

„Esu? Un dat Jeseech war och schwatz?"

Joachim hob die Schultern. „Dunkle Haut, oder Hut und Schal, weil es so kühl war."

215

Herr Schmitz sagte nichts, sondern blickte Joachim nur weiterhin so an, als hätte der ihm gerade erzählt, er habe einen rosa Elefanten auf dem Friedhof gesehen.

„Ich versteh nur nicht", sagte Joachim, „warum er dann die Kerze ausgepustet hat und verschwunden ist."

Der Friedhofswärter schüttelte den Kopf. „Die hat noch nie Besök jehabt."

Joachim sah Herrn Schmitz fragend an.

„Et wohren auch nur drei Fraulück zur Beisetzung jekumme."

„Verwandte?"

Der Friedhofswärter hob die Schultern. „Wat weiß isch. Et een han ich schon öfters hier jesehen. Dat is vom Pflegedienst, jlöv isch."

„Was für ein Pflegedienst?"

Herr Schmitz kratzte sich am Kopf. „Dat hat op dem Jesteck drovjestande, dat ich fottjeschmisse han. " Er hob den Zeigefinger: „Hätzenssaach!"

Vom Pflegedienst „Herzenssache" erfuhr Joachim, dass sich hauptsächlich eine Mitarbeiterin namens Monika um Isabelle Stütten gekümmert hatte. Am Abend rief sie ihn an.

„Wieso fragen Sie nach Isabelle?", wollte sie wissen.

Die Frage hatte er erwartet und sich eine Antwort parat gelegt: „Sie war eine Freundin meiner verstorbenen Frau. Aber das habe ich erst vor Kurzem erfahren. Ich hätte gerne gewusst, wer sie war."

„Sind Sie sicher, dass wir von der gleichen Isabelle Stütten reden?"

„Ja. Wieso?"

„Tja, soweit ich weiß, hatte Isabelle gar keine Freunde."

„Na ja, sie hatten keinen regelmäßigen Kontakt", improvisierte Joachim. „Also zuletzt gar nicht mehr wegen Kirstens Erkrankung ..."

„Ach, das tut mir leid. Auch Krebs?"

Joachim fühlte den Boden unter seinen Füßen schwanken. Vor seinem geistigen Auge stiegen unvermittelt die Bilder auf, die ihn Nacht für Nacht heimsuchten. Die abgemagerten Arme, der Geruch von Urin und Hautcreme, die weit aufgerissenen Augen, und seine Zweifel, ob sie um Hilfe oder um Erlösung flehten ...

„Herr Grabowski?"

„Ja."

„Dann haben sich die beiden sicher im Chat kennengelernt."

„Äh, genau."

„Hm, sie hat nie darüber gesprochen, mit wem und über was sie sich da unterhält. Muss ein Chat für Krebskranke und deren Angehörige gewesen sein. Seltsam, wo sie doch in allem Privatem so verschlossen war. Auch über ihre Krankheit wollte sie nicht reden. Oh, sie konnte richtig falsch werden, wenn ich's versucht hab. "

„Sie wissen also nichts über Freunde? Einen Freund?"

„Also, einmal hab ich ihren Ring beim Waschen abgenommen und die Gravur gelesen: Für immer, Holger. Bis dahin hab ich nicht mal gewusst, dass es überhaupt einen Mann in ihrem Leben gegeben hatte. Ich hab sie nach ihm gefragt. Dass sie mir die Augen nicht ausgekratzt hat, war alles.

Aber die Tränen konnte sie nicht unterdrücken. Das hat sie, glaub ich, noch mehr geärgert. Den Ring hat sie jedenfalls bis zuletzt behalten."

„Und ihre Eltern?"

„Keine Ahnung, wirklich. Bei der Beerdigung waren sie jedenfalls nicht. Und auch keine Freunde. Isabelle mochte Menschen nicht. Sie hasste es, auf fremde Hilfe angewiesen zu sein. Uns musste sie notgedrungen akzeptieren. Aber alles, was sie allein machen konnte, hat sie auch allein gemacht. Ich habe nie Besuch bei ihr gesehen."

„Gibt es denn irgendjemand, der mir mehr erzählen könnte?"

„Wenn, dann die olle Schabritzke. Ihre Vermieterin. Ein Waschweib vor dem Herrn. Wohnt im gleichen Haus." Sie gab Joachim die Adresse.

„Wissen Sie", meinte die Pflegerin, „ich fand immer, das Schlimmste ist, völlig allein zu sein. Aber was Isabelle in sich trug, war noch schlimmer."

„Was meinen Sie?"

„Diese Verbitterung. Dieser Hass. Sie muss sehr schwer enttäuscht worden sein. Und sie konnte nicht verzeihen. Das macht auch krank."

Am nächsten Tag fuhr Joachim nach Feierabend zur Vermieterin. Unterwegs meldete sich sein Handy. Daniel. Er hatte seinen Freund auf den Chat angesetzt. Joachim selbst hatte rein gar nichts im Internet gefunden. Daniel arbeitete bei einer Firma für Sicherheitssoftware und erzählte jedem, der es hören wollte, und noch lieber denen, die es nicht hören wollten, dass jeder von uns unzählige digitale Fußabdrücke im Netz hinterlasse, so vorsichtig man auch meinte, sich darin zu bewegen; und er tönte damit, dass es ein Leichtes für ihn sei, diesen Fußabdrücken zu folgen und darüber so gut wie alles über ihre Verursacher herauszufinden.

„Und?", fragte Joachim.

„Die wollte untrackbar bleiben", hörte er Daniels Bass-Stimme.

„Was?"

„Für dich: Sie wollte nicht gefunden werden."

„Du hast nichts gefunden?!"

Volltönendes Lachen drang aus dem Handy. „Du checkst es wohl nie, Noob, was?"

„Mensch, Danny, mach's nicht so spannend und red Klartext."

„Jesus, du musst schon genau zuhören, Achim! Fakt Eins: Sie *wollte* nicht gefunden werden. Keine Connection zu sozialen Netzwerken. Aus dem Telefonbuch vor etwa zweieinhalb Jahren deleted. Gleichzeitig neue Adresse. Fakt Zwei: Trotzdem noch im Netz unterwegs wegen Bankgeschäften, Onlinekäufen und natürlich dem Chat. Check?"

„Klingt, als ob sie sich verstecken wollte."

„Elementar, Watson."

„Hm, vielleicht vor Holger?"

„Possible. Ich check das noch, okay?"

„Du weißt also noch nicht, wer Holger ist?"

„He, step by step, Bro, okay?

„Ja, okay. Und was ist das nun für ein Chat?"

„Er nennt sich ‚Kämpfer gegen Cancer'."

Joachims Kehle wurde eng. „Kämpfer gegen Krebs."

„Exakt."

Er erinnerte sich, dass Kirsten auch schon mal in diesem Chat unterwegs gewesen war. „Und?"

„Na, die Lady war schon heftig drauf. Ihr Username war übrigens Golden Eagle."

„Goldener Adler?"

„Nearly. Goldadler. So nannte man auch bei uns bis etwa 1900 die ausgewachsenen Steinadler. Wegen der Färbung des Gefieders. Check? Im Englischen heißen die immer noch so."

„Hat das 'ne Bedeutung?"

„Sure, alles hat 'ne Bedeutung, Bro. Ich weiß nur noch nicht welche. Pass auf, ich link dir ein paar Chats, dann kannst du selbst lesen, was sie gepostet hat."

„Ja, dank dir."

„Du, Achim?"

Joachim wusste, was seinem Freund auf der Seele lag. „Daniel, mir geht's gut. Wirklich. Schick mir bitte die Links."

Isabelles Username hatte etwas in Joachim aufgewühlt. Sie hatte den Namen eines Vogels gewählt, genau wie Kirsten, die sich in Chats „Schwarze Möwe" genannt hatte. Kirsten hatte den Namen aufgrund ihrer Begeisterung für die Kaiserin Elisabeth von Österreich gewählt, besser bekannt als die legendäre Sissi. Diese hatte sich einst selbst als Schwarze Möwe gesehen. Die rastlose, von Todessehnsucht erfüllte Kaiserin war oft auf der See oder dem Meer unterwegs gewesen und hatte seit dem Tod ihres Sohnes nur noch Schwarz getragen.

Er fragte sich, ob es Zufall sein konnte, dass Isabelle als Golden Eagle im gleichen Chat unterwegs gewesen war.

Eine halbe Stunde später stand er vor einem Sechsparteien-Haus. Der Name Schabritzke befand sich neben einer der unteren Türklingeln. Ihm öffnete eine Frau in den Siebzigern. Als sie hörte, warum er gekommen war, bat sie ihn in ihr Wohnzimmer.

„Gehören Sie zur Familie?" Die Augen hinter der goldgefassten Brille scannten ihn von oben bis unten.

„Nein", er schüttelte den Kopf. „Isabelle war eine Freundin meiner Frau." Die Geschichte hatte schon einmal funktioniert und auch Frau Schabritzke schluckte sie. Sie bot ihm einen Kaffee an.

„Tja, zur Beerdigung sind außer mir nur die Monika vom Pflegedienst und eine Verwandte gekommen. Aus Buxtehude. Die hatte sich hier vorher noch nie blicken lassen. Eine Cousine oder so. Hat sich nicht groß gekümmert, wissen Sie. Ich sag nur: Urnengrab. Kein Reuessen. Die war direkt danach weg. Die wird Ihnen nichts erzählen können."

„Was können Sie mir denn erzählen?"

„Frau Stütten habe ich anfangs ja nur gehört oder gesehen, wenn sie wollte, dass irgendwas in der Wohnung repariert werden sollte. Gute Nachbarschaft geht anders, oder? Leben Sie eigentlich allein?"

„Ja."

„Na, dann wissen Sie, wie wichtig gute Nachbarn sind. Aber ich will nichts Schlechtes über eine Verstorbene sagen. Zuletzt habe ich ihr die Lebensmittel besorgt oder die Post hochgebracht, also, bevor sie in das Hospiz gegangen ist. Himmel, die arme Frau. Sie war so hübsch gewesen, ich habe Fotos gesehen. Der Krebs hatte sie völlig ausgezehrt ..." Die Vermieterin schüttelte den Kopf.

Joachim hörte unvermittelt Kirstens schwere Atemzüge, wenn die Schmerzmittel nachließen ...

„Ist Ihnen nicht gut? Möchten Sie noch einen Kaffee?"

Joachim zwang ein Lächeln auf seine Lippen. „Es ist

nichts. Frau Stütten hat also nie Besuch bekommen?"

„Nein, außer dem Pflegedienst natürlich. Und einmal von diesem Mann. Ich dachte erst, er tut ihr was an, so wie sie das Haus zusammengeschrien hat. Aber sie war nur wütend auf ihn. Nicht, dass Sie denken, ich hätte gelauscht. Die hat ihn vor der offenen Tür stehen gelassen, das ganze Haus hat sie gehört."

„Wer war das denn gewesen?"

„Ihr Verflossener. Das hörte man jedenfalls raus. Na, ihn habe ich ja kaum verstanden, aber sie …" Sie schüttelte den Kopf. „Also, die Schimpfworte, die sie benutzt hat, die kann ich unmöglich wiedergeben. Dabei war das ein so gut aussehender junger Mann, wissen Sie. Groß und breitschultrig. Ein hübsches Gesicht hatte der Kerl. Also, ich habe ihn ja nur zufällig weggehen sehen. Die waren bestimmt mal ein sehr hübsches Paar gewesen, die beiden."

„Hieß er Holger?"

Frau Schabritzke hob die Schultern. „Sie hat ihn alles Mögliche genannt, aber nicht bei seinem Namen. Er muss was Schlimmes angestellt haben. Aber wenn sie mit ihm auch so kratzbürstig umgegangen ist …" Sie nahm einen Schluck Kaffee. „In der Nacht habe ich sie weinen gehört. Ich dachte, die Arme, und habe sie tags drauf auf den jungen Mann angesprochen. Da fuhr sie mich an, dass ich meine Nase nicht in ihre Angelegenheiten stecken solle. Olle Tratschtante hat sie mich genannt. Stellen Sie sich mal vor! Ich habe doch nur höflich gefragt. Außerdem hätte ich für meine Hilfe schon mehr Dankbarkeit und Freundlichkeit erwarten dürfen."

„Sie haben also nichts mehr von dem Mann gehört?"

„Gesehen habe ich ihn hier nicht mehr. Aber ich denke, die Briefe, die dann kamen, waren von ihm. Ach, ich habe leider ein schlechtes Namensgedächtnis. Aber ich weiß noch, dass die Briefe aus Iserlohn kamen. Der letzte kam noch vor einer Woche. Frau Schmidt, die Nachmieterin, hat mir erzählt, sie hätte ihn direkt in den Müll geschmissen. Ich habe leider nicht mehr nachsehen können, da die Tonnen schon geleert worden waren."

Joachim war wie elektrisiert. „Er schreibt immer noch?"

Da die Nachmieterin nicht darauf geachtet hatte, wer die Briefe schrieb, vereinbarte Joachim, dass Frau Schabritzke ihn informieren sollte, sobald wieder ein Brief käme.

Er schickte Daniel eine Nachricht mit seinen neuesten Rechercheergebnissen und bat ihn anzurufen, sobald er etwas herausfände.

Auf dem Nachhauseweg fuhr Joachim am Friedhof vorbei. Er zündete für Kirsten und Isabelle ein neues Grablicht an und wollte seiner Frau von seinem Tag berichten. Doch er spürte ihre Anwesenheit nicht. Ob sie zu Hause auf ihn wartete?

„Kirsten?", rief er durch den Flur, als er in die Wohnung trat. Er lauschte in die Stille. Holz knarrte, als wenn jemand über Dielen schritt.

Joachim lächelte und hing seine Jacke auf. Dann ging er in die Küche. Sie roch kalt und muffig, nicht wie früher, wenn Kirsten ihn mit einem leckeren Abendessen erwartet hatte, das hin und wieder mit einem überaus verführerischen Nachtisch geendet hatte …

Die fehlende Wärme ließ Joachim frösteln. Er nahm sich ein Bier aus dem Kühlschrank und ging ins Wohnzimmer, wo er es sich mit der Bierflasche und seinem Laptop bequem machte.

Über das Surren der Festplatte lauschte er auf Kirsten. „Liebling? Willst du auch was trinken?"

Er wusste, dass sie es nicht mochte, wenn er direkt aus der Flasche trank. Das fand sie prollig. Aber Joachim war jetzt zu bequem, um nochmal aufzustehen und sich ein Glas zu holen. Vielleicht gleich, wenn Kirsten reinkommen würde.

Erst mal musste er wissen, was Isabelle Stütten im Chat geschrieben hatte. Er rief die Links auf, die er von Daniel bekommen hatte.

Meist ging es um Tipps und Erfahrungsberichte zu Medikamenten, Kliniken und Behandlungsmethoden. Sobald es aber um Beziehungen und Gefühle ging, kam Isabelles Verbitterung durch.

Bei einem Post blieb Joachim hängen. Sein Puls beschleunigte, seine Kehle wurde trocken, als er den Usernamen einer anderen Teilnehmerin las: Schwarze Mö-we!

Sie hatte die Frage gestellt: „Wie viel kann ich meinem Partner zumuten? Er ist lieb und sorgt sich sehr, aber ich fürchte, dass meine Todesangst ihn fertig macht."

Antwort von Golden Eagle: „Sterben muss jeder allein. Da kann dir niemand helfen. Also lass deine Familie oder Freunde in Frieden. Es macht's für sie und für dich sonst nur noch schlimmer."

Der User Günny meinte daraufhin: „Schreib nicht so einen Scheiß! Schlimm ist, wenn man nicht miteinander spricht. Ich sag meiner Frau alles. Und sie mir."

Schwarze Möwe: „Wirklich alles?"

Golden Eagle: „Ihr werdet schon sehen. Wenn's drauf ankommt, lassen dich alle allein. Wir sind alle Egoisten und Arschlöcher. Also hilf dir selbst, sonst hilft dir niemand."

Joachim kämpfte nach der Lektüre mit Tränen und Wut. Er wollte Isabelle an der Schulter packen und ihr ins Gesicht schreien, dass sie nicht solchen Mist schreiben sollte!

Kirsten und er hatten sich ihre Ängste erzählt und waren füreinander da gewesen. Bis zuletzt. Natürlich war es nicht leicht gewesen. Aber sie hatten sich gehabt und einander Trost und Wärme gespendet; und auch wenn Kirsten geglaubt hatte, sie sei es, der geholfen werden musste, so hatten ihre Umarmungen in Wahrheit doch vor allem ihm Mut und Kraft gegeben.

Warum hatte Isabelle das nicht gekonnt? Warum hatte sie sich mit Holger so verkracht?

Joachim sah auf das Foto, das auf dem Board neben dem Fernseher stand. Kirstens Lächeln darauf verschwamm hinter einem Tränenschleier. Die Wohnung war auf einmal furchtbar leer.

Das Läuten des Telefons riss ihn irgendwann zurück ins Hier und Jetzt.

„Mensch, Bro, was ist los? Du klingst voll depri. Soll ich vorbeikommen?", fragte Daniel direkt.

„Ne, lass mal, Danny. Wird schon."

„Hm. Sure?"

„Ja, wirklich. Also, was ist mit unserem Holger aus Iserlohn?"

„Frag mal die Plaudertante Facebook."

„Ich dachte, Isabelle wär nicht bei sozialen Netzen angemeldet gewesen?"

„Right. Aber Mr Freck, ihr Ex, hat sich da nach der Trennung ausgeheult."

„Ach? Du hast ihn gefunden? Holger?"

„Korrekt. Holger Freck aus Iserlohn."

„Und das ist unser Holger?"

„No doubt. Bis vor etwa zwei Jahren teilte er sich mit Isabelle noch die gleiche Adresse. Dann zogen beide getrennt um. Er direkt nach Iserlohn. Hat da 'nen neuen

Job als Industriemechaniker."

„Ist er wegen des Jobs nach Iserlohn?"

„No, hat eher den Abflug gemacht von seiner Ex. Hat anfangs in seinen Posts gejammert, dass ihn keiner versteht, und dass er in psychologischer Betreuung ist. Und, Achtung Watson, dass er seinen kleinen Steinadler vermisst."

„Golden Eagle!"

„Check. Hat ihm 'nen üblen Shitstorm eingebracht von seinen früheren Bekannten und Freunden. Er wär ein Schwein, eine krebskranke Frau im Stich zu lassen and so on."

„Richtig, das ist ein Schwein!"

„Jesus, Achim! Deine Firewall lässt zu viel durch. Was kümmert dich das überhaupt?"

„Ich weiß nicht. Ich hab dir doch von dem Licht erzählt. Es … ist irgend so ein Zeichen oder so … Ich mein, ein Mensch darf nicht einfach so verschwinden, nur weil er tot ist …"

„Achim, sprechen wir wirklich von Isabelle?"

„Ja, ich … es ist wichtig für mich."

„Bro, ich mach mir Sorgen um dich. Es ist über ein Jahr her. Check? Du musst sie endlich gehen lassen."

„Mensch, nerv nicht, okay? Was ist jetzt mit Holger?"

Daniel seufzte. „Der hat nach dem Shitstorm erst mal monatelang nichts mehr gepostet. Dann vor ein paar Monaten wieder. Hat neue Freunde gefunden."

„Nichts mehr über Isabelle?"

„Nope."

Nach dem Gespräch mit Daniel versuchte er Holger Freck telefonisch zu erreichen. Doch es ging niemand ran. Also bat er ihn über Facebook, sich zu melden.

„Hättest du mir verziehen, wenn ich erst abgehauen und dann wiedergekommen wäre?", fragte Joachim in die Stille seiner Wohnung hinein. Vergeblich lauschte er auf eine Antwort.

Da war nichts. Gar nichts. Er starrte auf Kirstens Foto. „Liebling …" Seine Stimme versagte. Er versank in seinen Erinnerungen und fand sie dort wieder …

Joachim schlief schlecht in dieser Nacht. Er umarmte das Kissen, das neben ihm im Bett lag. Manchmal bekam er kaum noch Luft.

Ab vier Uhr morgens tigerte er in seiner Wohnung auf und ab.

Kirsten blieb stumm, und so blieb er mit seinen Gedanken allein.

Um sechs las er Holger Frecks Antwort: Wann können wir uns treffen?

Um sechs Uhr zehn meldete er sich auf der Arbeit krank. Zwei Minuten später saß er im Auto Richtung Iserlohn.

Holger Freck war ein gut aussehender Mann Anfang dreißig; groß und mit breitem Kreuz. In seinem Sessel zusammengesunken wirkte er in diesem Moment jedoch klein und alt. Er hatte gehofft, Joachim würde ihm eine andere Nachricht überbringen.

„Ich hab bei ihr geklingelt", brachte er schließlich hervor. „Ich war irgendwie total erschrocken, als ich sie gesehen hab." Er deutete auf eine Fotografie an der Wand. Joachim sah eine bildhübsche junge Frau mit lockigem Haar neben Holger Freck. Sie lächelte verhalten und wirkte scheu. „Aus ihrem Gesicht blickte der Tod", fuhr Holger Freck fort. „Erst hat sie mich nur so angeguckt, dann hat sie geschrien, ich soll machen, dass ich wegkomm. Und dass sie mich nie wieder sehen will im Leben." Er sah Joachim an. „Ich kann das ja verstehen. Aber wer versteht mich? Eh, meine Eltern haben sich für mich bei Isa entschuldigt. Meine Eltern!"

„Warum sind Sie abgehauen?"

„Eh, Mann, ich war noch keine dreißig, und plötzlich war mein Leben zu Ende. Verstehen Sie? Plötzlich gab's nicht mehr uns und unsere Zukunft. Es ging nur noch um Isa und die Krankheit. Isa, du musst kämpfen, Isa, du musst jetzt jeden Tag genießen, Isa, leb deine Träume aus … Ich hatte auch Träume, aber danach hat keiner gefragt. Auch Isa nicht. Die sah nur noch den Tod.

Und ich auch. Ich war damit überfordert! Das ging nicht. Eh, es war wie Knast. Plötzlich kannst du nicht mehr tun und lassen, was du willst. Plötzlich bricht deine Lebensplanung zusammen. Du bist nur noch für sie da, nicht mehr für dich. Ich war angekettet! Eh, ich bin immer noch in psychologischer Behandlung deswegen. Die haben sich alle von mir abgewendet, mich beschimpft. Sogar meine Eltern."

„Mir wurde erzählt, Isabelle hätte nie Besuch gehabt. Warum haben sich ihre Freunde denn nicht um sie gekümmert?"

„Da sehen Sie mal, was für gute Freunde wir hatten! Na ja, viele waren's eh nie. Isa war nicht gerade kontaktfreudig. Und sie ist ja extra weggezogen, hat sich versteckt. Als ich gegangen bin, hat sie von Menschen die Nase voll gehabt."

„Da war niemand mehr? Vermisst sie denn keiner?"

„Ich, Mann, ich! Aber sonst ... ihre Mutter garantiert nicht. Mit der hat sie schon seit Jahren keinen Kontakt mehr gehabt. Boah, die Frau ist kalt wie ein Fisch, also im Innern, mein ich. Ich glaub, Isas Vater hatte sie schon lieb gehabt, aber der ist früh gestorben. Wissen Sie, wie ihre Mutter Isa genannt hat? ,Mein dummer Unfall '.

Sie hat Isa sogar erzählt, wie sie versucht hatte, sie abzutreiben. Die Nachbarin hatte ihr irgend so ein Gesöff besorgt. Aber das hätte ja leider nicht geklappt.

Verstehen Sie, dass sie keine Liebe zu ihrer Mutter gespürt hat?

Scheiße, so Leuten müsste man verbieten, Kinder zu bekommen. Wegen der hat Isa nie gelernt, sich selbst zu lieben. Das war das Problem. Deswegen hat sie auch kein Kind gewollt.

‚Ich hab Angst‘, hat sie gesagt, ‚dass ich ihm keine Liebe geben kann‘. Dabei hatte sie echt ein gutes Herz. Isa war nur so verletzlich. Von Anfang an hat sie sich allein durchbeißen müssen. Ich war ihre erste wirkliche Liebe. Als ich ging, hat ihr das den Rest gegeben.“

Joachim suchte nach der Wut, die er auf diesen Mann gehabt hatte. Aber er fand nur Enttäuschung. „Sie haben sie nicht geliebt.“

„Doch, das hab ich! Eh Mann, Sie verstehen das auch nicht! Sie mussten ja auch nicht mit ihr zusammenleben.“

„Meine Frau hatte auch Krebs, und ich war bis zum Schluss bei ihr.“

Holger Freck starrte Joachim wortlos an. Dann nickte er. „Okay. Und hat Ihre Frau Sie auch krass beschimpft, obwohl sie eigentlich den scheiß Krebs meinte?“

„Ja. Das muss man aushalten.“

„Ach so, das muss man aushalten? Und dass man sein Leben aufgibt, seine Freunde, seine Freizeit auch, hm? Dass man Krankenpfleger wird? Und dass man Angst hat, man kommt nach Hause und sie ist nicht mehr da? Kommt nie mehr wieder? Dass man zurückgelassen wird, allein?“

Joachim musste tief Luft holen. Seine Stimme zitterte. „Aber seine Frau alleine lassen geht, oder was?“

„Eh, ich hab’s nicht ausgehalten. Ich wollte leben, nicht mit ihr sterben!“ Er stand aus dem Sessel auf.

„Aber ich hab immer an sie gedacht ... Und sie ... sie hat immer noch meinen Ring getragen. Das heißt doch was, oder?"

Joachim nickte bedächtig.

„Die Therapie hat mir geholfen. Hat mir Mut gegeben. Ich wollt 's noch mal versuchen. Aber sie wollte nicht mehr. Ich hab dann noch mehrmals geschrieben, aber sie hat nie geantwortet." Er sah auf die Fotografie an der Wand. „Glauben Sie an Wiedergeburt? Isa glaubte daran. Sie wollte als Steinadler zurückkommen. Hoch über allen schweben, ohne Grenzen, unabhängig, stark und respektiert. Das war ihr größter Wunsch.

Sie mochte die Berge. Da hatten wir immer unsere schönsten Urlaube." Er senkte den Blick. „So hätt's nicht enden sollen, Mann. Jetzt ist's zu spät!"

„Vielleicht. Vielleicht wartet sie aber doch noch auf Sie." Und Joachim erzählte ihm von dem Licht.

Noch am selben Tag standen zwei Männer vor Isabelle Stüttens Grab.

Holger Freck starrte auf das Grablicht und murmelte: „Danke."

Joachim nickte stumm und zog sich für eine Weile zurück. Er besuchte Kirsten und erzählte ihr von seinem Tag.

Sie riet ihm, Holger Freck nicht allein zu lassen.

Als er sich dem großen Mann näherte, hockte dieser auf Knien vor Isabelles Grab.

„Haben Sie mit ihr gesprochen?", fragte Joachim.

Der Mann wandte ihm sein feuchtes Gesicht zu und nickte. „Sie hat's so gewollt. Sie wollte alleine gehen. Aber, eh, sie wollte nicht vergessen werden. Und das werd ich nicht."

Er erhob sich und legte Joachim eine Hand auf die Schulter. „Und noch was: Die Toten nicht zu vergessen, heißt nicht, sich an sie zu klammern. Nicht sie sind's, die sich nach Frieden sehnen."

Damit wandte er sich ab und ging zum Ausgang.

Joachim blickte in Richtung von Kirstens Grab.

Lange stand er alleine in der Stille und Kälte, dann ging auch er.

Das Fenster

Das konnte nicht gut gehen!

Mike McDouglas vergaß die Klassenarbeiten, die vor ihm auf dem Schreibtisch zur Korrektur lagen, und starrte durch das Erkerfenster auf die Brücke, die den kleinen Fluss Tummel an der Wiese unterhalb seines Hauses überspannte.

Tony, der Sohn des Metzgers und einer seiner Schüler in der Grundschule, war auf die gemauerte Brüstung der Brücke geklettert, die dem Jungen fast bis zum Kopf reichte. Und nun vollführte der kleine Rotschopf auf der Mauerkrone einen Drahtseilakt. Mike hätte ihm am liebsten zugerufen, er solle sofort da runterkommen, aber das viergeteilte Erkerfenster im Obergeschoss seines Hauses ließ sich nicht öffnen. Und so beobachtete er nur angespannt durch das linke untere Glas, wie Tony dort herumhüpfte. Sein Freund Kevin, der mit auf die Brücke gekommen war, wirkte genauso gebannt.

Plötzlich ruderte Tony wild mit den Armen. Er verlor das Gleichgewicht! Kevin sprang vor, aber seine Hände griffen ins Leere.

Mike sprang von seinem Stuhl auf und stürzte die ächzend protestierende Holztreppe hinunter. Mit zwei langen Sätzen erreichte er die Haustür, riss sie auf und rannte rechts um das Gebäude herum. Dann sprintete er über den Rasen, der sanft zum Fluss hin abfiel.

Oh Gott, betete er verzweifelt. Bitte lass Tony leben. Bitte lass ihn leben!

Mikes Lungen brannten von dem ungewohnten Spurt, als er das Ufer erreichte. Er sah die leere Brücke. Wo war Kevin? Er war seinem Freund doch hoffentlich nicht nachgesprungen?

Sein Blick jagte über das blaugraue, gurgelnd fließende Band des Tummels, der Tonys Körper verschlungen hatte. Die Strömung würde ihn zum Staudamm spülen.

Verdammt, er konnte den Jungen nicht sehen!

„Tony!" Er wiederholte seinen Ruf. Doch es kam keine Antwort.

„Kevin! Kevin Martin!" Auch von ihm keine Spur ...

Gott, bitte, sie sind noch so jung! Tränen traten Mike in die Augen, als er nun am Fluss entlang in Richtung der Strömung lief. Die Verzweiflung nahm ihm fast die Luft zum Atmen und nach einigen hundert Metern brach er zusammen.

Es war sinnlos, er war zu spät gekommen.

Dann kam ihm ein Gedanke. Er hob den Kopf und sah zum Haus zurück. Vielleicht gab es noch Hoffnung.

Drei Minuten später hing er keuchend über seinem Telefon im Arbeitszimmer. Die Antwort kam schon nach dem ersten Läuten. „Polizeistation Pitlochry. Guten Tag."

Mike brachte im ersten Moment nicht die Luft zum Sprechen auf, und entließ nur unverständliches Stöhnen und Keuchen in den Hörer.

„Hallo? Wer ist dort bitte? Ich kann Sie nicht verstehen", erwiderte die Männerstimme am anderen Ende.

„M... Mike McDouglas ... hier", brachte er schließlich hervor. „Es ... es ist was Furchtbares passiert! Kommen Sie, schnell ..."

Es dauerte keine fünf Minuten, bis die ersten Polizisten hinter Mikes Haus ausschwärmten. Ein zweiter Streifenwagen fuhr vor, und ein großer, massiger Mann mit kurzgeschorenem Haar stieg aus. Mike erkannte sofort seinen alten Schulkamerad und Freund Sergeant Steve Praxton, den Chef der hiesigen Polizei.

„Ich habe einen Suchhubschrauber und mehr Männer angefordert", rief der Sergeant im Heraneilen. Praxton, der bemerkte, wie mitgenommen Mike war, klopfte seinem Freund aufmunternd auf die Schulter. Dann gingen sie zum Fluss hinunter.

„Du hast getan, was du konntest, Mike", versuchte der Sergeant ihn aufzubauen. „Ich habe alle verfügbaren Männer zusammen-getrommelt. Wie lang ist es jetzt her, dass Tony in den Fluss gefallen ist?"

Mike hob die Schultern. „Fünfzehn Minuten ... ich

weiß nicht genau."

„Wir haben noch eine Chance. Stell dir vor, wenn du die Jungen nicht gesehen hättest ..."

„Meinst du, sie leben noch?"

„Ich meine, wir sollten die Hoffnung nicht aufgeben."

„Ich versteh nicht, dass Kevin auch verschwunden ist ..."

„Vielleicht ist er nach Hause gelaufen, um Hilfe zu holen. Wir lassen das gerade überprüfen."

Sie erreichten die Brücke.

„Aber wieso ist er nicht zu mir gekommen? Ich wohne doch am nächsten, und er kennt mich."

Praxton wollte etwas erwidern, wurde aber in diesem Moment von einem seiner Männer unterbrochen.

„Sir!" Der Polizist eilte ihnen entgegen und wedelte dabei aufgeregt mit seinem Smartphone. „Sir, ich habe gerade mit Mrs Martin gesprochen ..." Er blieb nach Atem ringend vor den beiden Männern stehen.

„Und?", drängte Praxton.

„Der Junge, Kevin, ist zu Hause ..."

„Gott sei Dank!", stieß der Polizeichef erleichtert aus.

„Und, Sir, er war den ganzen Nachmittag zu Hause, zusammen mit seinem Freund Tony Campell."

„Was?!"

„Ja, Tony ist auch bei Mrs Martin. Sie hat es mir gerade eben bestätigt." Er wies auf sein Smartphone.

Mike verstand die Welt nicht mehr. „Aber ... ich hab doch gesehen ...“

„... wie ein Junge ins Wasser fiel“, ergänzte Steve Praxton. „Es waren nicht Tony und Kevin, die du gesehen hast. Nur Jungs, die ihnen ähnlich sahen ...“

„Aber wenn ich´s dir doch sage“, beharrte Mike. „Ich kenn die beiden. Das waren sie, Hundertprozent!“

„Hast du nicht gehört, was Constable McTierny gerade gesagt hat?“

„Ja, und das versteh ich eben nicht. Ich hab sie so deutlich gesehen, wie ich dich jetzt hier stehen sehe!“

„Von wo genau hast du sie gesehen?“

Bevor sie zu Mikes Haus zurückgingen, besprach sich der Sergeant kurz mit dem Constable, der an der Brücke stehen blieb. In Mikes Arbeitszimmer setzte sich Praxton auf den Stuhl am Schreibtisch und sah hinaus.

„Hast du so gesessen?“, fragte er nach.

Mike nickte bejahend.

„Hm.“ Praxton brummelte etwas und bat dann seinen Freund die Plätze zu tauschen. „Wen siehst du dort an der Brücke?“

Mike schaute auf die schlanke Gestalt in der schwarzen Uniform. „Den Constable.“

„Bist du dir sicher, dass er es ist? Ich meine, kannst du sein Gesicht genau erkennen?“

„Ja doch, wieso fragst du?“

Praxton seufzte und deutete mit dem Zeigefinger auf den Mann an der Brücke. „Weil das nicht Constable

McTierny ist! Ich habe ihn gebeten, einen der anderen Männer an der Brücke zu postieren. Der Constable selbst steht dort hinten."

Zorn über diesen üblen Trick wallte in Mike auf. „Steve, das ist nicht fair. Polizisten in Uniform sehen sich auf die Entfernung alle ähnlich. Aber kleine Jungen ..."

„Auch!", unterbrach Praxton. „Ich versteh gar nicht, warum du so darauf beharrst, ausgerechnet Tony und Kevin gesehen zu haben. Es waren halt zwei Jungs. Wichtig ist doch nur, dass du sie gesehen hast." Praxton sah den verwirrten Ausdruck in Mikes Gesicht und verließ kopfschüttelnd das Zimmer.

„Es waren Tony und Kevin", murmelte Mike, doch das hörte sein Freund nicht mehr.

Praxton war in den nächsten Tagen nicht mehr gut auf Mike zu sprechen, denn das Resultat der groß angelegten Suche war: Nichts! Keine Jungen im Fluss, keine Spur, die irgendwie darauf hindeutete, dass je welche hineingefallen wären, keine Vermissten in der Umgebung. Anderthalb Tage intensiver Suche umsonst. Anderthalb personal- und kostenintensive Tage. Der Sergeant fühlte sich von Mike an der Nase herumgeführt, vor allem weil der immer noch behauptete, es wären der kleine Campell und der kleine Martin gewesen.

Die Geschichte machte in einem Städtchen wie Pitlochry schnell die Runde, und Mike McDouglas musste einigen Spott ertragen. Ihn hatte die Sache ziemlich verwirrt. Zwar wusste er, was er gesehen hatte, aber er wusste inzwischen auch, dass er dies gar nicht hatte sehen können. War ich übermüdet gewesen?, fragte er sich. Hatte ich einen Tagtraum?

In einem Sessel vor seinem geliebten Erkerfenster dachte er über diese Fragen nach. Gesellschaft leistete ihm dabei ein Glas mit zwölf Jahre altem Blair Athol. Er merkte bereits, dass der Whisky seinen Geist freier und seine Glieder schwerer werden ließ. Na ja, noch ein halbes Gläschen würde nicht schaden.

Mike nippte genüsslich am Scotch und sein Blick glitt am Fenster hoch. Es war fast mannshoch und lief bogenförmig zusammen. Die Scheiben wurden von einem weißgestrichenen Holzkreuz derart geviertelt, dass den oberen Scheiben nur knapp ein Drittel so viel Platz blieb wie den unteren. Obwohl sie sauber waren, boten sie nicht immer einen klaren Blick. Denn besonders an den Rahmen war das alte Glas dicker als in der Mitte, weshalb es an diesen Stellen der Landschaft auf der anderen Seite eine Wellenform verpasste.

Hier vor dem Fenster konnte Mike entspannen und abschalten. Der Blick auf die Wiese, die Bäume, die sich schon herbstlich zu verfärben begannen, den Fluss und die sanften Hügel dahinter, war für ihn das Sinnbild für Ruhe. Mike versuchte sich manchmal vorzustellen, wie dieser Ort vor einigen hundert oder tausend Jahren ausgesehen haben mochte, und wie er wohl in Zukunft aussehen würde. Der Fluss und die Hügel schienen ewig zu existieren. Könnte je etwas sie weichen lassen? Ein leichter Schauder überlief ihn bei diesem Gedanken.

Die Steinbrücke war noch nicht so lange da. Sicher, etwa ein-, zweihundert Jahre überspannte sie bereits das dunkle, kalte Wasser, doch im Vergleich zu diesem war sie noch ein Kind. Und sicher hatte sie keine so große Lebensspanne.

Mikes Augenlider wurden allmählich bleiern und folgten der Schwerkraft. Die Müdigkeit kroch in seine Glieder, und er konnte sich gerade noch aufraffen, das Scotchglas auf dem Schreibtisch abzustellen.

Nur kurz die Augen schließen, ja, das würde guttun. Nur kurz ...

Etwas weckte ihn.

Es dauerte einige Momente, ehe ihm bewusst wurde, wo er war, und dass er geschlafen hatte. Er rieb sich die Müdigkeit aus den Augen und blickte durch das Fenster auf eine stockdunkle Landschaft, über die dicke Sturmwolken jagten.

Du meine Güte, es ist ja schon Nacht, stellte er erschrocken fest.

Ein Blitz blendete ihn plötzlich, und wenig später ließ ein Donnerschlag die Scheiben erbeben.

Dieses Unwetter haben sie im Radio gar nicht vorausgesagt, wunderte er sich.

Wieder jagte ein Blitz im Zickzack vom Himmel. Für den Bruchteil einer Sekunde zerriss er das dunkle Tuch der Nacht und präsentierte Mike eine sturmgepeitschte Landschaft. Der Wind jagte um sein Haus und nutzte die kleinsten Ritzen, um sich pfeifend Einlass zu verschaffen. Das alte Glas des Erkerfensters bot ihm nur zitternd Widerstand.

Mein Gott, was für ein Sauwetter! Das hat's ja seit Jahren nicht mehr gegeben!

Gebannt verfolgte Mike das faszinierende Naturschauspiel und hoffte, dass der Sturm keine großen Schäden anrichten würde.

Vom Himmel zuckte wieder ein Blitz wie ein gezackter Speer herab und schlug in eine Erle bei der Steinbrücke ein. Sofort fing deren Holz Feuer, und wenig später loderte orange und hellrot eine hohe Flamme den dicken Wolken entgegen.

Regen setzte ein, doch die Flammen trotzten ihm und schlugen immer wieder hoch empor.

Mike verfolgte wie gebannt den Tod dieses Baumes. Er sah zu, wie das lebendige Holz anfing zu verkohlen, wie die letzten braunen Herbstblätter vom Feuer qualmend verzehrt wurden, während ringsum der Regen niederging.

Lange saß er in diesen Anblick versunken da, bis das Läuten des Telefons ihn ins Hier und Jetzt zurückkatapultierte.

Es war Anne Argyll, eine Kollegin, die sich bei ihm meldete. Nun, bis jetzt war sie jedenfalls nur eine Kollegin, aber Mike hoffte, dass sich ihre Bekanntschaft noch wesentlich vertiefen würde.

„Anne! Was gibt's? Kannst du wegen des Sturms auch nicht schlafen?"

„Sturm? Ich versteh nicht ganz."

„Na, so einen gewaltigen Sturm haben wir hier ja noch nie erlebt! Stell dir vor, gerade ist die alte Erle an der Brücke vom Blitz in Brand gesteckt worden!"

„Mike, was erzählst du mir denn? Ich versteh kein Wort. Hast du getrunken?"

„Getrunken?" Wieso reagierte Anne so? Konnte es sein, dass sie vom Unwetter noch gar nichts mitbekommen hatte? Aber sie wohnte doch nur knapp eine Meile entfernt. Sie musste es doch auch hören, dieses Donnern und Krachen, das Prasseln des ... Regens?

Mike unterdrückte seine nächsten Worte und lauschte verwirrt nach draußen. Es war ruhig. Nichts mehr zu hören vom Gewitter. War es schon vorbeigezogen? So schnell?

„Mike, hallo? Bist du noch dran?"

„Ja, ich ... ich bin da."

„Was ist denn?! Alles in Ordnung bei dir?"

„Ich ... Anne, hast du denn gar nichts vom Gewitter mitgekriegt?"

„Nein. Bei mir ist es sonnig und fast windstill."

„Sonnig? Es ist doch mitten in der Nacht!"

„Mike, nimmst du mich auf den Arm? Du hast doch getrunken!"

„Nein ... ich schwör dir ..." Aber er hatte es doch gerade noch gesehen. Mehrere Minuten lang gesehen. Von seinem Fenster aus, durch das nun das goldene Licht der späten Nachmittagssonne fiel.

„Mr McDouglas?" Durch die Tür des Lehrerzimmers schaute Mrs McGuire herein, die Sekretärin. „Telefon für Sie. Es ist Sergeant Praxton."

„Ja, danke, ich komme." Mike stand auf und folgte Mrs McGuire in ihr Zimmer. Was wollte Steve von ihm? Hatte sich seine zweite Halluzination etwa auch schon bis zu ihm herumgesprochen? Deswegen würde er ihn doch wohl kaum in der Schule anrufen. Und warum konnte das nicht bis heute Abend warten?

Mike fühlte sich unbehaglich. Der Spott wegen der Polizeiaktion war schon peinlich genug gewesen, aber seitdem er vorgestern den Sturm zu sehen geglaubt hatte, fühlte er sich von seinen Kollegen und Bekannten seltsam beobachtet. Zwar sagten sie ihm gegenüber nichts, aber er hatte das sichere Gefühl, dass hinter seinem Rücken über seinen Geisteszustand getuschelt wurde.

Das Schlimme daran war, dass sie dazu allen Grund hatten. Er kannte sich selber nicht mehr. Was war nur los? Wieso erlebte er solch deutliche, solch plastische Halluzinationen?! Es musste einen Grund dafür geben. Stress, Übermüdung vielleicht. Es machte ihm Angst und er fühlte sich hilflos. Für heute Nachmittag hatte er sich deshalb einen Termin bei seinem Hausarzt geben lassen, um dessen Meinung zu hören. Sollte er einen Psychologen aufsuchen?

Mike stand nun vor Mrs McGuires Schreibtisch und hob den Telefonhörer auf. Er beobachtete, wie die Sekretärin sich auffällig geschäftig einigen Unterlagen zuwandte, als würde es sie gar nicht interessieren, was er dem Sergeant sagen würde.

Insgeheim brennt sie bestimmt darauf, neue Gerüchte über mich in Umlauf zu setzen, ärgerte er sich. Sein Ärger übertrug sich auch auf seine Stimme, als er sich meldete: „Steve, du störst! Ich muss eine Klassenarbeit vorbereiten."

„Hey, Mike. Es ist etwas passiert, von dem ich wollte, dass du es von mir erfährst." Steve Praxtons Stimme klang gedrückt. Der Lehrer war sofort alarmiert.

„Was ist los?!"

„Mike, es geht um Tony Campell. Er liegt im Krankenhaus. Zwei Männer haben ihn vor einer halben Stunde aus dem Fluss gefischt. Wir wissen noch nicht, ob er überlebt."

„Mein Gott."

Mrs McGuire drehte sich um und sah besorgt, wie Mikes Gesicht schlagartig alle Farbe verlor.

„Wie ... wie konnte das passieren?"

Vom anderen Ende des Hörers drang ein tiefer Atemzug an sein Ohr. „Sie spielten auf der Brücke. Das heißt, Tony spielte dort. Sein Freund Kevin Martin war nach dem Vorfall letztens von seiner Mutter sehr eindringlich ermahnt worden, es nicht zu tun, und das war sein und unser Glück. Er zerstritt sich deswegen mit Tony und rannte direkt nach Hause, um es seiner Mutter zu berichten. Mrs Martin ist ziemlich abergläubisch. Sie glaubt an Vorahnungen und nahm daher deine Geschichte sehr ernst. Sie alarmierte direkt Tonys Eltern und eine Bekannte, die am Fluss wohnt. Die Frau sah aus ihrem Fenster gerade noch, wie Tony von der Brücke stürzte und rief uns sofort an. Tja, das war in letzter Sekunde. Ich hoffe, wir konnten rechtzeitig helfen …"

„Ich versteh das nicht …"

Praxton seufzte. „Glaub mir Mike, ich verstehe das auch nicht. Aber es ist passiert. Na ja, und ich dachte, ich sollte es dir sofort berichten. Also, ich muss auch wieder weitermachen. Ich melde mich dann noch mal. Bye!"

Wortlos ließ Mike den Hörer zurück aufs Telefon gleiten. War das ein unglücklicher Zufall? Er sah in das fragende Gesicht der Sekretärin und informierte sie in knappen Worten über den Vorfall. Dann verließ er Mrs McGuires Büro.

„Wo wollen Sie denn hin, Mr McDouglas?!", rief sie ihm nach.

„Ins Krankenhaus."

Als er ankam traf er auf Mr und Mrs Campell, die ihm erleichtert mitteilten, dass ihr Junge außer Lebensgefahr sei. Mrs Campell machte sich Vorwürfe, dass sie ihren

Jungen nicht ebenso eindringlich ermahnt hatte wie Mrs Martin ihren Sohn Kevin. Tonys Vater begegnete Mike mit einer kaum unterdrückten Feindseligkeit, als gebe er ihm die Schuld an dem, was geschehen war. Doch sprach keiner direkt Mikes Halluzination oder Vorahnung, wie Mrs Martin es nannte, an.

Mike verließ Tonys Eltern und das Krankenhaus bald wieder. Er fuhr noch einmal in der Schule vorbei, um einige Unterlagen für die morgige Klassenarbeit mit nach Hause zu nehmen. Auf dem Gang begegnete ihm Anne.

„Hallo Mike, ich habe gehört was passiert ist. Wie geht's Tony?"

Er berichtete ihr in knappen Worten.

„Und, wie fühlst du dich?"

Mike zuckte mit den Achseln. „Ich weiß nicht. Verwirrt ... traurig ... Es ist irgendwie auch ein bisschen unheimlich, was da passiert ist."

„Ein Zufall."

Mike nickte. „Ja, ein Zufall."

„Mike, du wirkst so abgespannt. Vielleicht solltest du dir einfach mal ein paar Tage freinehmen."

Er nickte. „Ich habe heut Nachmittag noch einen Termin bei Dr. Billington. Mal sehen, was er sagt."

Anne lächelte ihn aufmunternd an. „Keine Sorge, Mike. Wird sich schon alles wieder beruhigen. Tony wird es bald besser gehen, du brauchst nur etwas Ruhe

... alles kommt wieder in Ordnung. Grüble nicht zu sehr darüber nach. Okay?"

Er nickte zögerlich.

„Hast du am Samstag schon was vor?", fragte sie ihn. „Wir könnten mal wieder zusammen essen gehen."

Mikes Miene hellte sich auf. „Oh, ja, äh, ich mein, klar. Gerne. Bei Paddy's?"

Seine Kollegin lächelte. „Bei Paddy's. Also, bis dann."

Anne hatte es doch tatsächlich geschafft, ihn auf andere Gedanken zu bringen. Fast hätte er den Termin bei Dr. Billington vergessen. Der hörte sich Mikes Geschichte aufmerksam an und empfahl ihm zunächst das gleiche wie Anne: Ein paar Tage Ruhe.

Tatsächlich gelang es Mike in den beiden nächsten Tagen, seine innere Ruhe wiederzufinden. Für Freitag hatte er sich einen Tag frei nehmen können und den Tag zu Hause verbummelt. Am Samstag traf er sich dann mit Anne. Paddy's war ihr Lieblingsrestaurant. Sie unterhielten sich prächtig und genossen beide den hervorragenden Lachs mit Kartoffeln und Gemüse.

Als sie das Restaurant verließen, hatte sich der Abendhimmel bedrohlich verdunkelt und schickte ihnen dicke Regentropfen entgegen. Sie waren beide zu Fuß. Da Mikes Haus ganz in der Nähe lag, lud er Anne noch zu einem Drink ein, was sie gerne annahm.

Kurz bevor sie bei ihm ankamen, mussten sie ihre Schirme zuklappen, damit der starke Wind sie ihnen nicht aus den Händen riss.

„Soll ein ziemliches Unwetter werden", meinte Anne.

„Bei dem Wetter sollte man keinen Hund mehr vor die Tür jagen", erwiderte Mike. „Wenn du willst, kannst du gerne bei mir übernachten."

Sie sah ihn wortlos an.

„Heh", er hob abwehrend die Hände. „Ich meine das ganz ohne Hintergedanken. Ehrlich. Ich habe hier noch ein Gästezimmer und genügend Pyjamas."

Anne lächelte geheimnisvoll und antwortete nur: „Warten wir mal ab."

Im Wohnzimmer machten sie es sich mit einer Flasche Rotwein gemütlich, während draußen der Sturm immer wilder um das Haus tobte. Der Widerschein von Blitzen zuckte über die Wände, und mächtige Donnerschläge forderten Einlass für das Unwetter.

Mike stand auf, um die Naturgewalten durch entspannende Musik zu übertönen. In dem Moment, in dem er am Fenster vorbeikam, blitzte es draußen wieder hell auf und er sah, wie der Blitz genau in die alte Erle an der Brücke fuhr. Die Erle!

Fassungslos schaute er zu, wie Flammen aus dem Holz züngelten und lodernd immer höher wuchsen.

„Mike, was hast du denn?" Anne trat an ihn heran.

„Da, Anne, die Erle. Sieh doch! Es ist genau so, wie ich es dir erzählt habe!"

„Was? Unmöglich, Mike!"

„Anne, es ist aber so!" Er bekam eine Gänsehaut. „Du siehst es doch auch, oder?"

„Ja, ich sehe es."

„Das kann kein Zufall mehr sein. Mrs Martin hatte Recht, ich habe Vorahnungen gehabt."

„Aber so etwas gibt es doch nicht, das ist Aberglaube."

„Wie kannst du nur so blind sein, Anne, wo du es doch mit eigenen Augen siehst?"

„Hm, ich will ja nur, dass du dich nicht wieder in irgendwas hineinsteigerst. Du bist in den letzten Tagen zur Ruhe gekommen. Fang also bitte nicht wieder an zu fantasieren."

Mike stieß ein gepresstes Lachen hervor. „Fantasieren? Hör mal, Anne, Tony ist in den Fluss gestürzt, und die alte Erle brennt gerade ab. Komm." Er packte ihre rechte Hand. „Komm."

Anne widersetzte sich. „Wo willst du hin?"

„Zum Fluss, zur Erle. Ich will mich davon überzeugen, dass sie wirklich brennt. Ich will es spüren."

„Mike, du spinnst."

Doch er stand schon an der Tür und zog sich ein Regencape über. „Ich muss wissen, dass ich nicht verrückt bin."

„Mike, du verdirbst uns den ganzen Abend."

„Ich muss es wissen!"

„Okay, dann tu, was du nicht lassen kannst. Ich habe jedenfalls keine Lust, mir im schlimmsten Unwetter einen brennenden Baum anzusehen. Ich gehe nach Hause!"

Mike unternahm keinen Versuch sie aufzuhalten. Er wartete, bis auch sie ihren Mantel angezogen hatte, und beide verließen sie das Haus in unterschiedlichen Richtungen.

„Gute Nacht, Mike. Und überleg lieber mal, wie man eine Frau ordentlich behandelt!"

Normalerweise wäre dies nicht Mikes Art gewesen, schon gar nicht bei Anne. Aber dieser brennende Baum, dieser zweite zur Wahrheit gewordene Tagtraum war zu viel für ihn. Er rannte durch die regennasse Nacht über die Wiese. Schon spürte er trotz der Kühle des Windes die Hitze der Flammen, die das alte Holz der Erle verzehrten. Es gab zischende Geräusche, als immer mehr Regentropfen die Flammen trafen, und nach einiger Zeit stieg Qualm vom Baum auf.

Es war kein Traum, es passierte vor seinen Augen.

Lange saß er danach in seinem Sessel am Erkerfenster. In der Hand hielt er ein Glas Whisky und schaute nachdenklich hinaus. Was geschah hier?

Das Unwetter hatte inzwischen aufgehört und die Erle verkohlt zurückgelassen. Er hatte es vorausgesehen, an dieser Stelle, durch dieses Fenster. Er hatte auch Tonys Unfall vorausgesehen, ebenfalls durch dieses Fenster ...

Das Fenster? Hatte es vielleicht etwas damit zu tun? Zeigte es ihm die Zukunft? Was würde er sehen, wenn er einfach hier sitzen bliebe? Was würde bald passieren?

Stunden saß er da, starrte hinaus und wälzte immer wieder die gleichen Gedanken. Sollte es wirklich das Fenster sein, dann müsste es ihm irgendwann wieder etwas zeigen ...

„Praxton. Hallo?", meldete sich eine verschlafene Stimme am Telefon.

„Steve, es ist wieder geschehen!"

„Was? Wer spricht da?", fragte der Sergeant müde.

„Steve, ich habe es gesehen! Durch das Fenster. Das Erkerfenster."

„Mike? Bist du es?"

„Ich habe diesmal genau aufgepasst. Steve, du weißt das mit Tony. Ich hatte aber noch eine zweite Vision! Ich sah die alte Erle, wie sie vom Blitz getroffen wurde. Frag Anne Argyll. Es ist gestern Abend geschehen."

„Wovon sprichst du?"

„Meine Visionen werden Wahrheit. Ich kann in die Zukunft blicken. Das Fenster warnt mich!"

„Moment, das geht mir zu schnell. Du meinst, das Erkerfenster ... gewährt einen ... Blick in die Zukunft?"

„Manchmal. Es warnt mich. Es zeigt, was geschehen

wird. Steve, ich hatte vorhin wieder eine Vision! Es war Morgen, Nebel lag noch über der Wiese und dem Fluss, doch ich konnte erkennen, dass jemand bei der Brücke stand. Ein Mann, glaube ich. Er stand dort, als würde er auf etwas warten. Und dann, plötzlich, brach ein verkohlter Ast von der Erle ab und traf ihn, schleuderte ihn in den Fluss! Er wird ertrinken, wenn wir ihn nicht retten!"

„Mike, jetzt beruhig dich doch mal."

„Nein, Steve, dafür ist keine Zeit. Ich sehe die Zukunft, aber ich weiß nicht genau, wann sie eintreffen wird. Ich weiß nur, dass es ein nebliger Morgen war. So einer wie heute Morgen, nach dem Gewitter. Aber Steve, weißt du was?"

„Was?"

„Ich habe drüber nachgedacht. Die Sache mit Tony. Hätte ich nichts gesagt, dann wäre er ertrunken, so wie ich's gesehen hatte. Aber Mrs Martin hat meine Geschichte geglaubt und deshalb ihren Jungen gewarnt. Kevin ist also nicht auf die Brücke gegangen. Verstehst du?!"

„Nein."

„Es ist doch klar: Ich kann das zukünftige Geschehen beeinflussen! Es muss nicht so passieren, wie ich's gesehen habe. Das heißt, ich kann den Mann retten."

„Okay, Mike, ich schlage vor, ich fahre gleich zu dir raus, und dann unterhalten wir uns bei einer Tasse Tee in Ruhe darüber."

„Hörst du mir nicht zu?! Ein Mann schwebt in Lebensgefahr! Komm hierher. Du findest mich draußen bei der Brücke. Ich werde Wache halten!"

„Mike? Mike?! Hallo, bist du noch dran?!"

Steve Praxton war in Sorge um seinen Freund. Er hatte sich nach dem Anruf hastig angezogen und bei seiner verdutzt blickenden Frau entschuldigt. Mit seinem Wagen fuhr er, so schnell es zulässig war, zum Fluss hinunter. Von dort krochen ihm lange Nebelschwaden entgegen, und je näher er ihm kam, umso undurchdringlicher wurden sie. Praxton wohnte auf der anderen Seite des Flusses und musste die Steinbrücke überqueren, um zu Mike zu gelangen. Er parkte sein Auto einige hundert Meter vor der Brücke, da diese nur für Fußgänger passierbar war.

Mit schnellen Schritten bewegte er sich durch die grauen Schwaden. Es war heute Morgen aber wirklich eine dicke Suppe! Kaum drei Yard weit konnte er sehen. Die Sonne ging gerade erst über den entfernten Hügeln auf und hatte noch nicht die Kraft, den Nebel aufzulösen.

Im Näherkommen entdeckte Praxton einen dunklen Schemen am anderen Ufer. Ein Mann? Praxton kniff die Augen zusammen. Der andere bewegte sich auf ihn zu. Er schien mit den Armen zu winken.

Ein dumpfer Knall erschreckte den Sergeant. Er hörte einen Aufschrei, die Schattengestalt verschwand von der Brücke, und es folgte ein klatschendes Geräusch.

„Um Gottes Willen!"

Steve Praxton rannte so schnell er konnte. Verzweifelt spähte er ins wild tosende Wasser. Das Unwetter der vergangenen Nacht hatte den Fluss gefährlich anschwellen lassen.

„Mike?!" Wo war sein Freund?

Er hatte nun die Stelle erreicht, an der der andere ins Wasser gefallen sein musste. An der alten Erle, die ihm ihre verkohlten Äste wie verkrüppelte Finger zum Gruß entgegenstreckte. An einer Stelle war ein großer Ast abgebrochen.

„Miiiike!" Verzweiflung mischte sich in Praxtons Stimme. Es antwortete ihm nur das gurgelnde Rauschen des angeschwollenen Flusses. „Miiike!!!"

Praxton erkannte sofort: Wer hier in den Fluss fiel, hatte kaum eine Chance. Sofort holte er sein Smartphone hervor und verständigte die Bereitschaft. Dann eilte er am Ufer entlang, in der Hoffnung seinen Freund zu finden.

Doch die Suche blieb ergebnislos.

Ein Sonnenstrahl wurde irgendwo reflektiert. Steve Praxton schaute auf und blickte auf das Erkerfenster von Mikes Haus. In diesem Moment wurde ihm klar: Es hatte Mike tatsächlich die ganze Zeit über warnen wollen. Warnen vor seinem eigenen Schicksal ...

Gottes Feder

Sie sagen, Bücher geben nicht das wahre Leben wieder. Sie sagen, Bücher sind vergänglich wie das Leben, wie ich. Sie sagen, meine Bücher seien gefährlich, und ich sei noch gefährlicher. Sie sagen, ich bin ein Hexer.

Du hältst in diesem Augenblick mein Buch in Händen. Hältst du es für gefährlich? Hab keine Furcht. Es tut dir nichts.

Nicht mehr jedenfalls, als du zulässt.

Und ich werde dir ganz sicher nichts tun, denn ich hocke hier in diesem verdammten, modrigen Loch von einem Kerker und frage mich, wie viele Zeilen auf dies bisschen Pergament passen.

Es gibt so viel zu erzählen – und so wenig Zeit dafür.

Glaubst du an gute Geschichten? An wahre Geschichten? Die besten Geschichten schreibt das Leben, heißt es. Und das Leben hat viel zu erzählen hier in Grollmar. Eine Stadt, erbaut mit dem Schweiß und Blut von Generationen, ein Moloch, der jedes lebende Wesen anlockt wie eine fleischfressende Pflanze die Fliegen, und es in sich einschließt. Die Stadt wuchert inzwischen in die Erde und in den Himmel wie ein Krebsgeschwür, und ihre Menschen verlieren ihre Wurzeln, vergessen ihre wahre Identität, gehen verloren in den zahlreichen Ebenen Grollmars. Ihre Vorfahren wussten noch um viele Dinge zwischen Himmel und Erde Bescheid, doch wer hier unten weiß überhaupt, wie der Himmel aussieht? Wer hat ihn jemals wirklich gesehen? Wer war je in einer der anderen Ebenen? Was fühlen und denken die Menschen dort? Was bewegt sie? Was bewegt uns? Die Menschen vergessen sich oft selbst über all der Mühsal, die ihr hartes Leben bestimmt.

Mit mir hat es das Schicksal gnädig gemeint, ich stamme aus begütertem Elternhaus, habe viel gesehen und kam vor über zwanzig Jahren nach Grollmar, um zu studieren.

Und so beschloss ich, den Leuten das Leben zurückzugeben. Ihnen von dem Himmel und der Erde zu berichten, von den Pflanzen, Tieren und den anderen Menschen. Denn nichts hören Menschen so gerne wie Geschichten, besonders wenn sie wahr sind. Doch meine Geschichten sollten nicht bloße Geschichten über das Leben sein, nein, sie sollten echt wie das Leben sein.

Und sie sollen das Leben überdauern.

Dies ist die Geschichte dieser Geschichten.

Ich heiße Johannes Melchior, Magister zweiten Grades der Loge der Astrologen, Doktor philosophicus, Adept der hohen Kunst der Alchemie, Schriftgelehrter und

einst Mitglied des Heiligen Scriptoriums und der Kanzlei der Mittleren Patrizier. Die Menschen jedoch kennen
mich als Melchior, der gesegnete Schreiber, Gottes Feder. Oder als Melchior, der Hexer, der Verdammte. Je
nachdem, wo sie stehen.

Beschreibt mich das? Und was ist wahr? Kann man
einen Menschen, ein Lebewesen überhaupt gänzlich
und zutreffend beschreiben? Oder doch zumindest den
Kern dessen, was ihn ausmacht?

Ich mühte mich Jahre mit dieser Frage, suchte Antworten in den Schriften und Wissenschaften, doch fand
ich sie erst, als ich sie auch im realen Leben suchte.

Der Schwan. Er wies mir den Weg. Ich erinnere mich
noch gut an jenen Abend. Ich lebte damals noch in der
oberen, ursprünglichen Ebene und sinnierte oft stunden-
lang im Park der Universität über das Leben und die
Welt. Zwischen den hoch aufragenden Bauten suchte
mit immer dünner werdenden Fingern das Licht der
untergehenden Sonne verzweifelt Halt. Es streichelte
mit letzter Wärme den See, und der See antwortete mit
einem glücklichen Glitzern. Es sah aus, als wohnten in
ihm die Sterne, die sich des Nachts am Himmel spiegel-
ten.

Ich mochte den Zauber dieser Stunde, saß gerne dort
im Gras am Ufer des Sees. Ich war allein. Aber das
stimmte nicht, denn er kam. In weißer Eleganz und
Anmut glitt er über das Wasser. Die Majestät des Sees,

Wesen der Luft und des Wassers. Er glitt auf mich zu. Würdevoll. Geräuschlos, als würde er fliegen. Ich stellte mir vor, wie es wohl wäre, wenn ich er wäre. Ich sah mich über das Wasser gleiten, frei und sorglos. Es war ein berauschendes Gefühl, ich sprang auf, wollte ihm nahe sein, streckte die Hand nach diesem Zauberwesen aus. Doch er missverstand mich, schlug mit den Flügeln und machte kehrt.

„Bleib!", rief ich ihm hinterher. Sinnlos. Doch etwas von ihm blieb. Ein Sonnenfinger griff nach einer länglichen, weißen Feder. Ich raffte meine Kutte und watete ein paar Schritte in den See hinein, bis ich die Feder greifen konnte. Sie war groß wie ein Schreibkiel. Unbeschreiblich das Gefühl, als ich sie in Händen hielt. Selbst dieser kleine Teil des Schwans besaß noch so viel eigene Majestät, dass ich ehrfürchtig erstarrte.

Ich nahm die Feder mit nach Hause, schnitt den Kiel schräg zu, holte Tintenfass und Pergament hervor und nutzte sie als Schreibfeder, um im Mondschein ein Gedicht über ihren einstigen Besitzer zu verfassen. Es wurde mein erstes, wirklich gelungenes Gedicht.

Die Zuhörer liebten es. Auch und vor allem die der Unterstadt, die noch nie in ihrem Leben einen Schwan gesehen hatten. Sie bekamen glänzende Augen, und die Geschickten unter ihnen zeichneten Schwäne in Lehm und Sand, als wären sie bestens mit ihrem Aussehen vertraut.

Wie hatte ich diese besondere Wirkung erzielt? Lag

es an der Feder, die ich benutzt hatte? Da ein Teil des Wirklichen, des Ganzen, des Edlen, an der Erschaffung des Gedichts beteiligt gewesen war, hatte es wiederum einen Teil seines Selbst auf ebendieses Gedicht übertragen. Ich hatte die edlen Teile isolieren und sie in Schrift, die Schrift aber in lebendige Erfahrung des Wirklichen transmutieren können. Die Alchemie war der Schlüssel.

Ich beschloss, diesen Weg weiter zu erkunden. Was beim Schwan funktionierte, sollte auch beim Menschen gelingen. Und ich hatte bereits eine Idee …

„Sie wollen was?!", war oft die mit Unverständnis, wenn nicht gar mit Entsetzen hervorgebrachte Frage der Personen, die ich um ihre persönliche Geschichte gebeten hatte. Toren und Narren. Ich hatte vor, sie unsterblich werden zu lassen durch meine Aufzeichnungen, und sie schauten mich an, als zweifelten sie an meinen Verstand. Dabei bat ich doch nur um ein paar Tränen der Mutter, die von ihrem verstorbenen Kind berichtete, um etwas von dem Schweiß des Bauern, der über sein hartes Tagwerk erzählte, um die Spucke des Maurers, die er sonst seinem Mörtel beimischte. Ich hielt ihnen die Phiole hin, doch sie sahen mich an, als richte ich eine Waffe gegen sie. Dann aber taten die meisten mir den Gefallen. Viele jedoch erst, nachdem sie noch einen Taler gesehen hatten. Aber Geld war mir nicht wichtig. Geld war tot und beliebig reproduzierbar. Aber diese Geschichten, diese wahren Erzählungen über das Leben, dies waren alles kostbare Einzelstücke, die bislang nur in dem Gedächtnis der Betroffenen existierten und mit ihrem Dahinscheiden aus unserer Welt verschwinden würden. Doch ich wollte dafür sorgen, dass die Erinnerung blieb. Und nicht nur sie, sondern ein Teil von ihnen selbst würde bleiben, würde leben. Für immer und ewig.

Tränen, Schweiß und Spucke mischte ich in meine Tinte und schrieb die Geschichte ihrer Besitzer nieder. Die Wirkung auf mein Publikum war enorm. Viele identifizierten sich sofort mit den Personen, über die ich berichtete und schauten mich oft verwirrt an, wenn die Geschichte endete, so, als wüssten sie gar nicht, wo und wer sie seien, als erwachten sie aus einem lebhaften Traum.

Und ich fand heraus, dass es für jede Geschichte eine bestimmte Zeit gab, sie zu schreiben. So wie die Menschen, die sie mir erzählten, ihren individuellen Rhythmus hatten, Tag- oder Nachtmenschen waren, so wurden die Geschichten authentischer und lebendiger, wenn ich das Aufschreiben diesem Rhythmus anpasste.

„Meister, lehrt mich so zu schreiben wie Ihr", bat mich eines Tages ein abgemagerter Junge aus Feuchtkrume, einem Viertel in der Stadt der Toten. Einst soll diese Stadt an der Oberfläche gewesen sein, und das Volk, das in ihr lebte, hatte herrliche Paläste, Wohnhäuser, Schulen, Arenen und andere Bauten errichtet. Doch die Stadt überschritt ihre Blütezeit, die Bevölkerung schwand und bald wohnten mehr Tote als Lebende in ihr. Schließlich verließ auch der letzte Lebende diesen Ort, und zurück blieb eine Nekropole, die der Sand und Staub der Zeit bedeckte. Andere Völker kamen. Die Wohlhabenden unter ihnen nutzten die Stadt der Toten als Fundament für ihre Bauten. Die Ärmeren jedoch machten sie zu ihrem Zuhause. So entstand die erste der unteren Städte.

Erz war der Antrieb für die nächste, tiefere Stadt. Und wer den Goldhunger der Patrizier kennt, ahnt, dass wir in Zukunft noch mehr unterirdische Städte haben werden. Aber dies ist eine andere Geschichte.

Die Idee des Jungen jedenfalls gefiel mir: Einen Adepten ausbilden, mein Wissen weitergeben. Warum hatte ich nicht früher daran gedacht? Zeit, eine eigene Familie zu gründen, hatte ich nie gefunden. Warum also nicht diesen Jungen nehmen? Wissbegier stand ihm deutlich ins schmutzige Gesicht geschrieben, und in seinen großen, dunklen Augen sah ich Intelligenz. Ungewöhnlich, für einen Bewohner Feuchtkrumes.

„Wie heißt du?"

„Thomas, Meister Melchior."

„Werden deine Eltern einverstanden sein, wenn ich dich als Schüler mitnehme?"

Der Blick des Jungen ging zu Boden. Seine gemurmelte Antwort verstand ich nicht.

„Sieh mich an, wenn du mit mir sprichst. Und vor allem: Sprich deutlich!"

Thomas hob die Schultern und sah mich fast flehentlich an. „Sie haben nicht genug Geld, um mich länger auf die Schule zu schicken. Ich soll im Bergbau arbeiten wie meine beiden älteren Brüder. Wie mein Vater, der ständig hustet und immer schwächer wird. Ich will aber lieber Geschichten schreiben, gute, wahre Geschichten über das Leben und die Welt, so wie Ihr, Meister Melchior. Bitte, nehmt mich mit."

„Hm, wir wollen sehen. Ich fürchte, ohne Einverständnis deiner Eltern geht es nicht. Doch ich verfüge über Mittel, die bei den meisten Menschen Überzeugungen ändern können."

„Ihr sprecht von Geld?"

„Schlauer Junge."

Ja, ich erinnere mich noch gut an den Tag, als wir uns trafen, Thomas. Du wurdest ein gelehriger, ein guter Schüler. Wenn dir auch deine allzu religiöse Erziehung und dein Gewissen in letzter Zeit zu oft im Wege standen.

Doch damals tatest du alles für mich. Während ich zum Beispiel die Geschichte zweier frisch Verliebter anhörte und sie anschließend um ein paar Tropfen ihres heißen Blutes bat im Tausch gegen Gold, schlichst du in ihre Kammer und trenntest ein Stück des Lakens ab, auf dem sie sich geliebt hatten.

Ich hatte herausgefunden, dass die Erzählungen umso besser, lebendiger und intensiver wurden, je mehr ich von den Personen verwendete, über die ich berichtete.

So mischte ich das Blut in die Tinte, doch das Laken zertrennten wir, zerstampften und kochten die Fasern mit denen von Holz und stellten Papier her. Ich experimentierte hierbei erstmals auch mit Druckmaschinen, wie sie Gutenberg benutzte, stellte Buchstaben aus einem Gemisch von Blei, Antimon und Zinn her. In die Druckerfarbe aus Ofenruß, Pflanzenöl und Harz aber verrührte ich das Blut und druckte auf dem neu gewonnenen Papier. Dann verteilte ich ein paar Exemplare und verglich die Wirkung auf die Leser mit der des handschriftlichen Exemplars. Es war erstaunlich: Die Wirkung war die gleiche! Doch anstelle des einen, handschriftlichen Exemplars konnte ich nun Dutzende von Kopien anfertigen, vorausgesetzt, die speziellen „Zutaten" reichten aus, denn je mehr ich diese verdünnte, umso mehr ließ auch die Wirkung nach.

„Ich brauche mehr Blut!", rief ich Thomas bald zu, während mich die neu gewonnene Erkenntnis in einen Rausch der Ekstase versetzte, und ich unermüdlich die Druckplatten neu setzte, mit Schwärze bestrich, Papier schöpfte und weitere Geschichten des Lebens unter die Menschen brachte.

„Mehr Schweiß!" – „Mehr Speichel!" – „Mehr Stoff!" – „Mehr Haar!" – „Mehr … mehr … mehr …"

Wir druckten Geschichten über Krieger, gefertigt aus deren Schweiß und Blut und den Eisenspänen ihrer Klingen, und die Leser lechzten nach mehr; Berichte über die Bergbauarbeiter, deren Staubhusten ich kondensierte und resublimierte, und immer wieder Geschichten über Liebende, denn diese waren am begehrtesten. Bei jedem, der sie las, riefen sie Wollust, Vergnügen und Ekstase hervor. Die Leute waren unersättlich, und sie überschütteten mich mit Lob. Ich wurde zum Gesegneten. Zum Gott der Feder, für viele gar zu Gottes Feder.

„Meister, Ihr müsst Euch in Acht nehmen", sagte Thomas eines Tages zu mir, als wir in unserer kleinen Behausung beim Schein einiger Lampen Papier schöpften. „Eure Geschichten stoßen nicht nur auf Begeisterung und Zustimmung."

„Ich weiß, die Pfaffen. Was meinst du, weswegen wir unsere Druckerei in die Stadt der Toten verlegt haben, wo sie sich kaum herumtreiben, da sie fürchten, hier unten zufällig den Dämonen der Hölle zu begegnen."

„Es sind nicht nur die einfachen Pfarrer, die die Nase rümpfen. Seit Eure Verehrer Euch einen Gott der Dichtkunst nennen, ist die Rede von Blasphemie. Eure Bücher versetzen die Menschen dutzendweise in Kampf- oder Liebesrausch, und man spricht von Hexerei. Ich habe neulich Leute des Erzbischofs hier unten gesehen. Die Menschen munkeln gar von der Inquisition."

„Was kann ich denn dafür, wie die Leute mich nennen oder was sie tun, wenn sie meine Bücher lesen? Ich erfinde doch nichts, gebe nur die Geschichten wieder, die ich von den Menschen höre, ihre eigenen Erlebnisse. Was soll daran verwerflich sein?"

„Meister Melchior, Euer Erfolg macht Euch scheinbar nicht nur blind und taub, sondern auch begriffsstutzig!"

„Thomas! Mäßige deine Worte. Du vergisst, mit wem du sprichst!"

Thomas erschrak sichtlich. Er umfasste mit beiden Händen den Rand des Bottichs, an dem wir standen, und sah mich traurig an. „Verzeiht Meister Melchior, aber ich sorge mich um Euch. Vielleicht wäre es besser, wenn …"

„Ja?" Wollte mir dieser vorwitzige Naseweis tatsächlich Ratschläge geben? Mir, seinem Meister?

„… nun, ich meine, es gibt doch auch noch andere Städte, wo die Leute ebenfalls für gute Geschichten zahlen, und …"

„Genug!" Ich schmiss das Schöpfsieb in den Bottich. „Ich entscheide immer noch selbst, was ich tue. Hinaus mit dir!"

Ja, Thomas, nun tut es mir leid, wie ich reagierte. Meinem Trotz und Hochmut verdanke ich, dass ich in diesem stinkenden Loch sitze, wo das Wasser von den Wänden rinnt und selbst die Ratten das schimmlige Stroh und Brot verschmähen.

Ich hätte wissen sollen, dass mein Erfolg auch Neid und Missgunst hervorrufen wird. Und Furcht bei denen, deren Geist zu klein ist, die Größe meines Werkes zu verstehen. Doch wie hätte ich aufhören sollen? Ich war auf dem Weg, ein Werk zu schaffen, vergleichbar mit der Tabula Smaragdina. Mein Name würde in einem

Atemzug genannt werden mit dem des Hermes Trismegistos. Dazu fehlte nur noch mein Meisterstück! Es würde alle bisherigen Geschichten an Wirkung übertrumpfen. Denn es würde mehr von der Person enthalten, über die ich erzählte, als alle früheren Werke.

Der Zufall wollte es, dass ich drei Tage zuvor von Gottfried, dem Sohn eines Lampenmachers, die Geschichte seiner unerfüllten Liebe und Sehnsucht zu Clara Schwalbe, einer schönen Kaufmannstochter gehört hatte. Obwohl die junge Dame seine Gefühle zu erwidern schien, würde eine solch nicht standesgemäße Verbindung zwischen ihnen doch nie von der Familie der Angebeteten gebilligt werden. Gottfried hatte sogar schon mehrere handfeste Abreibungen einstecken müssen, weil er nicht aufhörte, sich in ihre Nähe zu begeben. Eine herzzerreißende Geschichte. Der junge Mann hatte sie mir unter Tränen erzählt. Ich hielt die Phiole mit der sorgsam gesammelten Flüssigkeit gegen das Licht der Lampen und sah das kalte Glitzern darin. In einer anderen Phiole war sein Blut, dunkel wie Blei, doch ich glaubte die Hitze von glühendem Eisen zu spüren, als ich sie berührte. Auch seinen Atem hatte er gespendet, der im Glaskolben vor mir kondensierte. Dies waren Gottfrieds einzige Hinterlassenschaften, in denen noch Leben steckte.

Am nächsten Tag hatte er sich das Leben genommen. Erhängt, hörte ich. Jetzt hieß es, schnell zu handeln.

Als ich meinen Adepten anwies, mich zum Friedhof zu begleiten, bat dieser inständig: „Meister, tut es nicht! Grabschändung ist eine unverzeihliche Sünde!"

„Was der Vater von Gottfrieds Liebster ihm angetan hat, ist unverzeihlich. Dem werden alle beipflichten, die meine Geschichte lesen."

„Fürchtet Ihr nicht, die Leser könnten ihrem Leben danach auch ein Ende setzen wollen?"

„Nun, es mag da einen Impuls geben, sicher. Aber der wird rasch verfliegen."

„Ihr werdet zudem Ärger mit dem Kaufmann bekommen."

„Er wird nicht abstreiten können, dass er Gottfried zum Teufel wünschte."

„Reichen denn nicht diese Zutaten hier?" Thomas wies auf die Phiolen und den Glaskolben.

„Nein, hierfür nicht. Es wird mein Meisterwerk. Wann werden wir jemals wieder eine solche Gelegenheit bekommen?"

Thomas seufzte, sank auf die Knie und flehte mich an. „Bitte, um Euer Seelenheil und Leben willen, tut es nicht. Ihr fahrt dafür in die Hölle. Und der Inquisitor wird dafür sorgen, dass es bald geschieht."

„Wer sollte es herausbekommen? Wir arbeiten schnell. Die Lampen werden gleich gelöscht, dann liegt Feuchtkrume in absoluter Dunkelheit dar. Und ich werde nicht seinen kompletten Körper brauchen."

Thomas stand auf, den Kopf gesenkt. „Es tut mir leid,

Meister. Aber ich komme nicht mit."

Ich spürte, wie mein Blut anfing zu kochen. Dieser undankbare Bengel!

„Thomas, wenn du mir hierbei deine Hilfe versagst …"

„Ich kann nicht, Meister. Versteht es bitte."

„Dann geh! Und komm diesmal nicht wieder zurück. Nie wieder!" Ich packte den Mörser und warf damit nach ihm. Doch Thomas wich aus und war auch schon aus der Tür.

Also zog ich allein los, die letzten Zutaten meines Meisterwerks zu holen.

Feuchtkrume machte um diese Stunde seinem Ruf als Stadt der Toten alle Ehre. Stille in den Gassen und Stollen. Alle Lichter gelöscht, nur in wenigen Behausungen glomm ab und an noch ein Schimmer. Über mir bildeten die Böden der Gebäude der oberen Ebene einen Himmel aus Holz und Stein, ab und an unterbrochen durch Lichtschächte, Aufgänge, Brücken und freien Nachthimmel. Die Dunkelheit war fast absolut.

Der Friedhof lag nicht weit. Wie zu Zeiten seiner Erbauer lagen die Verstorbenen in einem Komplex von Erdkammern, aufgebahrt in Nischen, die in den Fels gestemmt worden waren. Heutzutage war dies die Ruhestätte der Armen und Selbstmörder. Der Gestank, der mir am Eingang entgegenwehte, war bestialisch, doch ich hatte ein Tuch dabei, das ich um den Hals wickelte und vor Mund und Nase zog. Dann trat ich ein, stieg vorsichtig die Stufen hinab, und erst hier drin wagte ich, den Schirm vor der Kerze meiner Blendlaterne zu entfernen. Ihr Strahl schnitt eine Lichtschneise in das Schwarz der stickigen Gruft. Dort lagen sie. Dutzende, nein, Hunderte von Körpern. Von vielen nicht mehr als blanker Knochen in vermoderten Leichentüchern übrig. Bei anderen schälte sich schwarzes Fleisch ab, oder sie waren noch mit grauer Haut überspannt. Und dort, dort ruhten die wächsernen, bleichen Körper der kürzlich Verschiedenen.

Ja, dort war Gottfried. Sein schmales, junges, einst melancholisches Gesicht zeigte selbst im Tode noch die Qual, die er in seinen letzten Stunden empfunden hatte.

„Gottfried, du wirst unsterblich werden", hauchte ich, stellte die Laterne auf den Boden und zog meinen Dolch hervor. Was zuerst? Kurz überlegte ich. Dann packte ich seine kalte rechte Hand und wählte den kleinen Finger. Daraus ließe sich bestimmt ein Schreibkiel fertigen. Es war schwerer ihn abzubekommen, als ich gedacht hatte. Ich wickelte ihn in ein Tuch und verstaute ihn in einer Tasche meines Mantels. Das war der einfache Teil gewesen. Nun musste ich ihn auf den Bauch drehen. Ich verfluchte Thomas in diesem Moment, wo ich seine Hilfe so gut hätte gebrauchen können. Doch ich schaffte es auch allein. Gottfried lag auf dem Bauch, ein rascher Schnitt und das Leinentuch war durchtrennt. Der Rücken lag entblößt da. Ich sah einige dunkle Flecken an der Schulter. Sie würden sicher bleiben, wenn ich aus seiner Haut das Pergament herstellen würde.

Aber die restliche Haut schimmerte in fast reinem Elfenbeinton. Ich setzte den Dolch an und ritzte zunächst den Umriss der benötigten Hautpartie ein.

„Du wirst ein kostbares Einzelstück", keuchte ich und lächelte.

„Haben wir dich endlich, Hexer!", erklang es unvermittelt hinter mir. Ich fuhr herum und nahm im plötzlichen Schein mehrerer Lampen hereinstürmende Soldaten und andere Männer wahr. „Auf frischer Tat ertappt, Johannes Melchior."

Ehe ich reagieren konnte, hielten sie mich bereits gepackt und entwanden mir den Dolch. Ein Mann im Gewand eines Priesters trat zwischen ihnen hindurch auf mich zu, ein maliziöses Lächeln auf den Lippen.

„Ich beobachte dich und dein unheiliges Tun schon seit einigen Wochen." Er warf einen Blick über meine Schulter auf Gottfrieds Leichnam. „Dafür wirst du büßen, vor Gott und den Menschen." Er schüttelte den Kopf. „Wie kann ein Mensch nur dazu fähig sein?"

„Der Mensch ist zu allem fähig, das solltet Ihr wissen, Mann der Kirche. Was ich tat, tat ich für die Menschheit, und Gott gab mir die Mittel dazu."

Mit der flachen Hand schlug er mir ins Gesicht.

„Noch im Angesicht deines Untergangs verhöhnst du den Schöpfer. Du widerst mich an." Er spukte in den Staub vor meinen Füßen. „Wache, bringt ihn weg. Und

273

sucht nach dem Jungen. Er begleitet ihn ständig, er muss hier irgendwo sein."

Sie fanden auch dich, Thomas, und ich wage mir nicht vorzustellen, was sie mit dir anstellten, damit du öffentlich mir und dem Teufel abschworst und um Aufnahme als Novize in einen Mönchsorden gebeten hast. Ich weiß, du hattest keine andere Wahl, und daher verzeihe ich dir. Vielleicht erreicht dich diese Nachricht. Der Kerkermeister erwies sich als ein Bewunderer meiner Kunst und gewährte mir die letzte Bitte um dies Stück Pergament, die Tinte und den Federkiel, um meine letzte Geschichte niederschreiben zu können. Er wird dafür sorgen, dass sie diese nicht in die Hände bekommen. Sie würden sie vernichten, so wie meine anderen Geschichten. Er erzählte mir, dass du und andere viele von ihnen verstecken konnten. Ich danke euch und hoffe, er hat mir dies nicht nur zur Beruhigung erzählt. Nutze dein Wissen, Thomas, gib es weiter, denn das Leben hat so unendlich viele Geschichten zu erzählen.

Heute ist mein Todestag. Aber wenn ihr diese Geschichte rettet, dann ist heute auch mein Geburtstag. Und er wird es immer wieder von Neuem sein, wenn ein Mensch diese Seiten aufschlägt, und ich in seinem Geist lebendig werde.

Siehst du mich vor dir, du, der du diese Seiten in Händen hältst? Ich bin hier drin, hier und in dir. Sorge dafür, dass meine Geschichten überleben. Dann überlebe auch ich. Denn die Geschichten sind mein Leben. Mein Herzblut habe ich stets für sie gegeben, und so ist es nur richtig, dies bei dieser meiner letzten Erzählung nicht nur metaphorisch zu tun. Die Wunde schmerzt, mit jedem Herzschlag strömt das Leben aus mir, meine Kräfte verlassen mich. Doch ich habe es geschafft.

Es ist alles erzählt.

Nachwort

Liebe Leserin,
lieber Leser,

du bist am Ende des Buches angelangt – ich erlaube mir
das vertrauliche Du, schließlich kennst du mich inzwischen ja durch meine Geschichten. Jedenfalls hoffe ich,
dass du nicht einfach ans Ende gesprungen bist, sondern die Storys gelesen hast.

Dafür schon mal herzlichen Dank!

Wie das mit Anthologien so ist, gefallen einem vielleicht nicht alle Geschichten gleich gut. Ich muss sagen,
ich habe natürlich auch meine besonderen Lieblinge;
aber das Hauptauswahlkriterium für die Aufnahme in
dieses Buch war, dass mich jede Geschichte (immer
noch) anspricht. Das gilt bei einem Autor nicht zwangsläufig für jede seiner Storys.

Kurzgeschichten schreibe und veröffentliche ich
schon seit Schulzeiten. Ganz besonders hängt mein Herz
an Mystery- und Horrorgeschichten, und in diesem
Band habe ich solche Geschichten aus den letzten zwanzig Jahren versammelt, an die ich immer wieder gerne
denke oder die ich gerne selber noch mal lese.

Bewusst habe ich in den Stil der älteren Geschichten nur behutsam eingegriffen. Und so ergibt sich, obwohl alle Geschichten aus meiner Feder stammen, doch ein gewisser Stilmix, was dir wahrscheinlich auch aufgefallen ist.

Die älteste Story, „Das Fenster", stammt aus 1999, die aktuellste „Das Grablicht" aus September 2018. Bis auf „Der Fleck" handelt es sich um bislang unveröffentlichte Geschichten.

Ich hoffe, auch dir haben die Geschichten gefallen und du konntest mit ihnen für einige Zeit aus deinem Alltag abtauchen und dich gut unterhalten oder gruseln.

Ganz besonders würde ich mich freuen, wenn du mir ein Feedback geben würdest über die entsprechenden Bewertungs- und Kommentarmöglichkeiten des Anbieters/ Händlers, bei dem du das Buch erworben hast, oder wenn du es im Netz besprechen würdest.

Für uns unbekannte Autoren ist es schwer, überhaupt im riesigen Büchermarkt wahrgenommen zu werden, und entsprechende Bewertungen verbessern die Chance dafür.

In jedem Fall danke ich dir sehr dafür, dass du deine Zeit mit meinen Geschichten verbracht hast.

Ich hoffe, wir lesen uns wieder.

Andreas Engelmann

Danksagungen

Als Autor ist man sehr oft blind für Fehler und Schwächen im eigenen Text und kann froh sein, wenn es Menschen gibt, die beim Aufspüren helfen (auch wenn man gar nicht auf der Suche war) und dabei auch noch konstruktive Verbesserungsvorschläge machen.

Ich bin sehr froh, dass ich solche Menschen habe!

Ganz besonders herzlich danke ich Adlerauge Christine Kaula, die nicht nur die (neue) Rechtschreibung perfekt beherrscht und unglaublich schnell im Korrekturlesen ist, sondern mich mit ihrem Feedback auch sehr ermutigt hat.

Christine, du warst mir eine unentbehrliche, wunderbare Stütze bei dieser Anthologie!

Großer, großer Dank an meine Autorenkolleginnen und -kollegen der „Wortschmiede Frielingsdorf" für konstruktive Kritik, Demotivation und Motivation über all die Jahre! Ihr zeigt mir immer wieder: Schreiben ist ein Handwerk und will geübt sein. Umso mehr macht es Spaß und umso besser werden die Texte.

Anke, Matthias, Irmgard und Edgar, ihr seid die Besten!

Vielen lieben Dank an Bettina und Sven, die mich an ihrem Erlebnis mit dem Melitta-Mann teilhaben ließen. Es ist schon lange her, doch eure Geschichte ist „unheimlich gut" und begleitet mich immer noch. Ich hoffe, euch gefällt, was ich daraus fabriziert habe.

Ihr seid die wahren Künstler!

Und nicht zuletzt unglaublich tiefer Dank an meine liebe, verständnisvolle Frau, die mir die Zeit allein mit meinen Geschichten gönnt und dafür oft auf mich verzichten muss.

Du bist einzigartig!